dtv

Eine junge Frau und ihr notorisch untreuer Ehemann Christopher sind sich einig: Es ist höchste Zeit, dass sie sich trennen. Aber vorerst soll es eine private Angelegenheit bleiben, ein Geheimnis zwischen den beiden – weder Freunde noch Familie wissen Bescheid. Gerade als die Frau ihr neues Leben beginnt, erreicht sie die Nachricht, dass Christopher vermisst wird. Eher widerwillig reist sie nach Griechenland, in die steinigen, verbrannten Landschaften der Peleponnes, wo er zuletzt gesehen wurde. Aber möchte sie ihn überhaupt finden? Weiß sie vielleicht weniger über ihre eigene Beziehung und den Mann, den sie liebte als sie bisher gedacht hatte? Und was bringt sie dazu, die Fiktion ihrer Ehe dennoch weiterhin aufrecht zu erhalten?

Katie Kitamura, 1979 in Kalifornien geboren, ist eine amerikanische Schriftstellerin, Journalistin und Literaturkritikerin. Sie schreibt für zahlreiche Zeitungen, darunter ›The New York Times‹, ›Wired‹ und ›The Guardian‹. Katie Kitamura lebt in New York.

Katie Kitamura

Trennung

Roman

Aus dem Englischen
von Kathrin Razum

dtv

Ausführliche Informationen über unsere Autoren und Bücher
www.dtv.de

MIX
Papier aus verantwortungsvollen Quellen
FSC® C019821

2019 dtv Verlagsgesellschaft mbH & Co. KG, München
Lizenzausgabe mit Genehmigung des Carl Hanser Verlag

Die Originalausgabe erschien 2017 unter dem Titel
›A Separation‹ bei Riverhead Books in New York.

Umschlaggestaltung: Wildes Blut, Atelier für Gestaltung,
Stephanie Weischer unter Verwendung eines Fotos
von Arc Angel Images/Manuel Reyes
Satz: C.H.Beck.Media.Solutions, Nördlingen
(Satz nach einer Vorlage des Carl Hanser Verlag)
Druck und Bindung: Druckerei C.H.Beck, Nördlingen
Printed in Germany · ISBN 978-3-423-14692-0

FÜR HARI

EINS

Es begann mit einem Anruf von Isabella. Sie wollte wissen, wo Christopher war, was mich in die unangenehme Situation brachte, ihr sagen zu müssen, dass ich es nicht wusste. Für sie muss das unglaubhaft geklungen haben. Ich sagte ihr nicht, dass Christopher und ich uns vor einem halben Jahr getrennt hatten und ich seit fast einem Monat nicht mehr mit ihrem Sohn gesprochen hatte.

Es war ihr unbegreiflich, dass ich ihr nichts über den Verbleib ihres Sohnes sagen konnte, und sie reagierte vernichtend, wenn auch nicht wirklich überrascht, was das Ganze irgendwie noch schlimmer machte. Ich fühlte mich gedemütigt und unbehaglich, zwei Gefühle, die meine Beziehung zu Isabella und Mark schon immer gekennzeichnet haben. Dabei hatte Christopher oft gesagt, dass ich auf sie genau die gleiche Wirkung hätte, dass ich versuchen solle, nicht so reserviert zu sein, es werde zu schnell als eine Form von Arroganz aufgefasst.

Ob ich denn nicht wisse, dass manche Leute mich für einen Snob hielten? Nein, das wusste ich nicht. Unsere Ehe wurde durch das geformt, was Christopher wusste und ich nicht. Es war nicht einfach nur eine Frage des Intellekts, wobei Christopher auch in dieser Hinsicht im Vorteil war, er war zweifelsohne ein kluger Mann. Es war eine Frage des Vorenthaltens von Informationen, über die er verfügte, ich hingegen nicht. Kurz gesagt, es ging um Untreue – Verrat führt immer dazu, dass der eine Bescheid weiß und der andere im Dunkeln tappt.

Wobei Verrat nicht einmal – nicht unbedingt – der Hauptgrund für das Scheitern unserer Ehe war. Es vollzog sich langsam, selbst nachdem wir beschlossen hatten, uns zu trennen, es gab praktische Notwendigkeiten, so leicht ließ sich das Gebäude einer Ehe nicht einreißen. Tatsächlich war die Aussicht darauf so entmutigend, dass ich mich zu fragen begann, ob womöglich einem von uns Zweifel gekommen waren, ob sich in den Tiefen der Bürokratie, den Papierstapeln und Onlineformularen, vor denen wir uns so geflissentlich drückten, nicht ein Zögern verbarg.

Insofern war es vollkommen verständlich, dass Isabella mich anrief, um zu fragen, wo Christopher geblieben war. Ich habe ihm drei Nachrichten hinterlassen, sagte sie, auf seinem Handy geht sofort die Mobilbox an, und bei meinem letzten Anruf klang das Tuten ausländisch –

Der Ton, in dem sie das Wort *ausländisch* aussprach, war eine vertraute Mischung aus Misstrauen, Befremden (sie konnte sich nicht vorstellen, dass ihr Sohn irgendeinen Grund haben könnte, nicht mehr in ihrer Nähe sein zu wollen) und Verstimmung. Und mir fielen diese Phrasen wieder ein, Halbsätze, die im Laufe unserer Ehe geäußert worden waren: Du bist Ausländerin, du bist immer ein bisschen fremd geblieben, sie ist sehr nett, aber anders als wir, wir haben das Gefühl, dich gar nicht richtig zu kennen (und schließlich auch das, was sie bestimmt sagen würde, wenn Christopher ihr erzählte, dass es zwischen uns aus war: Es ist besser so, Schatz, letzten Endes war sie nie eine von uns).

– und deshalb möchte ich gern wissen, wo mein Sohn eigentlich ist.

Sofort begann mir der Kopf zu dröhnen. Es war einen Monat her, dass ich mit Christopher gesprochen hatte. Dieses letzte Gespräch hatten wir am Telefon geführt, zu einem Zeitpunkt, als wir uns bereits seit Wochen – mittlerweile waren es Monate – nicht mehr gesehen hatten. Christopher hatte gesagt, auch wenn wir zweifellos nicht mehr zueinanderfinden würden, wolle er den »Prozess«, anderen davon zu erzählen, noch nicht in Gang setzen – er benutzte genau dieses Wort, das etwas Fortlaufendes beschrieb statt eines einmaligen, entscheidenden Akts, und natürlich hatte er recht, eine Scheidung verlief organischer, in gewisser Weise zufallsbestimmter, als es auf den ersten Blick schien.

Ob es erst mal unter uns bleiben könne. Ich hatte gezögert – nicht dass mir der Gedanke widerstrebt hätte, die Entscheidung war damals noch frisch, und ich dachte mir, dass es Christopher wahrscheinlich ähnlich ging wie mir, dass wir uns beide noch nicht zurechtgelegt hatten, wie wir die Geschichte unserer Trennung präsentieren wollten. Aber mich störte dieser komplizenhafte Ton, den ich unpassend und unnötig fand. Trotzdem sagte ich ja. Christopher, der das Zögern in meiner Stimme hörte, bat mich, es zu versprechen. Versprich mir, dass du niemandem davon erzählst, zumindest vorläufig, bis wir das nächste Mal miteinander reden. Irritiert stimmte ich zu und legte dann auf.

Das war unsere letzte Unterhaltung gewesen. Als ich jetzt darauf beharrte, dass ich nicht wisse, wo Christopher sei, lachte Isabella kurz auf und sagte dann: Red keinen Unsinn. Ich habe vor drei Wochen mit Christopher gesprochen, und er hat mir erzählt, dass ihr zusammen nach Griechenland fahrt. Ich habe größte Schwierigkeiten, ihn zu erreichen, und da du ja offenkundig hier in England bist, muss ich wohl davon ausgehen, dass er ohne dich nach Griechenland gefahren ist.

Ich war zu verwirrt, um zu antworten. Ich konnte mir nicht erklären, warum Christopher ihr gesagt hatte, wir würden zusammen nach Griechenland fahren, ich hatte nicht einmal gewusst, dass er das Land verlassen wollte. Sie fuhr fort: Ich weiß, dass er in letzter Zeit sehr viel gearbeitet hat, ich weiß, dass er für Recherchen dort ist, und –

Sie senkte die Stimme auf eine Weise, die ich schwer zu deuten fand, vielleicht war ihr Zögern echt, vielleicht auch nur vorgetäuscht, sie war sich nicht zu schade für derartige Manipulationen.

– ich mache mir Sorgen um ihn.

Diese Behauptung wirkte auf mich nicht unmittelbar überzeugend, und ich nahm ihre Sorge zunächst nicht ernst. Isabella hielt ihr Verhältnis zu Christopher für besser, als es war, ein naheliegender mütterlicher Irrtum, der bei ihr aber gelegentlich zu sonderbarem Verhalten führte. Früher hätte diese Situation womöglich ein Triumphgefühl bei mir ausgelöst – dass diese Frau sich in einer Angelegenheit, die ihren Sohn betraf, hilfesuchend an mich wandte, hätte mir noch vor einem, ja selbst noch vor einem halben Jahr etwas bedeutet.

Jetzt aber spürte ich vor allem Beklommenheit, während ich ihr zuhörte. Er war in letzter Zeit irgendwie komisch, ich habe ihn angerufen, um zu fragen, ob ihr beide – wieder *ihr beide,* es war offensichtlich, dass sie nichts wusste, dass Christopher sich ihr nicht anvertraut hatte – vielleicht Lust habt, aufs Land zu kommen, ein bisschen frische Luft zu schnappen. Und da hat mir Christopher erzählt, dass ihr nach Griechenland fahrt, dass du dort die Arbeit an einer Übersetzung abschließen willst und er recherchieren wird. Aber jetzt – ein kurzer, genervter Seufzer – stelle ich fest, dass du in London bist und er nicht ans Telefon geht.

Ich weiß nicht, wo Christopher ist.

Eine kurze Pause entstand, ehe sie weitersprach.

Jedenfalls musst du sofort zu ihm fahren. Du weißt, wie stark meine Intuition ist, ich weiß, dass irgendwas nicht stimmt, es entspricht ihm einfach nicht, mich nicht zurückzurufen.

Isabellas Anruf hatte Folgen, die ich selbst heute noch erstaunlich finde. Zum einen die, dass ich dieser Frau gehorchte und nach Griechenland fuhr, wo es mich nie hingezogen hatte, zu einem Zweck, der sich mir absolut nicht erschloss. Gut, Christopher hatte Isabella angelogen, als er ihr erzählt hatte, wir würden zusammen nach Griechenland fahren. Wenn er seiner Mutter nichts von der Trennung sagen wollte, hätte er leicht irgendeinen Vorwand finden können, warum er sich allein auf die Reise machte – dass ich auf eine Konferenz musste, dass ich bei einer Freundin war, die drei Kinder hatte und deshalb immer Hilfe und Gesellschaft gebrauchen konnte.

Oder er hätte ihr die halbe Wahrheit erzählen können, zumindest den Anfang, dass wir eine Auszeit nahmen – wovon oder wo, hätte sie dann vielleicht gefragt. Doch er hatte nichts von alledem gesagt, vielleicht weil es einfacher war zu lügen oder weil es einfacher war, seine Mutter ihre eigenen Vermutungen anstellen zu lassen – dabei war für Isabella die nachträgliche Erkenntnis, geirrt zu haben, immer besonders schwierig. In diesem Moment wurde mir klar, dass wir den Stand der Dinge zwischen uns formalisieren mussten. Ich hatte ohnehin schon beschlossen, Christopher um die Scheidung zu bitten, also würde ich jetzt einfach nach Griechenland fahren und es persönlich tun.

Ich dachte mir, dass das mein letzter pflichtschuldiger Akt als ihre Schwiegertochter sein würde. Eine Stunde später rief Isabella an, um mir mitzuteilen, in welchem Hotel Christopher sich einquartiert hatte – ich fragte mich, woher sie diese Information hatte –, und mir den Reservierungscode eines Flugtickets für den folgenden Tag zu nennen, das sie in meinem Namen gebucht hatte. Hinter ihren verzichtbaren charakterlichen Eigentümlichkeiten und der Aura müßiger Eleganz verbarg sich eine außerordentlich kompetente Frau, was einer der Gründe war, warum sie eine ernstzunehmende Gegnerin gewesen war, jemand, den zu fürchten ich allen Grund gehabt hatte – aber das war alles vorbei, und bald würden wir keine Kämpfe mehr auszufechten haben.

Dennoch nahm ich zur Kenntnis, dass sie mir sichtlich nicht traute – ich war nicht die Sorte Frau, von der man erwarten konnte, dass sie ihren Mann aufspüren würde, jedenfalls nicht, ohne dass man ihr ein Flugticket und die Hoteladresse in die Hand drückte. Vielleicht war es dieser unverhohlene Argwohn, der mich dazu bewog, das Versprechen, das ich Christopher gegeben hatte, zu halten – die zweite überraschende Folge von Isabellas Anruf. Ich erzählte seiner Mutter nicht, dass wir getrennt waren, und zwar schon seit einiger Zeit, die einzige Information, die mich der Reise nach Griechenland enthoben hätte.

Keine Mutter würde ihre Schwiegertochter bitten, nach Griechenland zu reisen, um dort ihren Sohn um die Scheidung zu bitten. Ich hätte in London bleiben und mich um meine eigenen Angelegenheiten kümmern können. Aber ich sagte es ihr nicht, und ich blieb nicht in London. Hätte Isabella gewusst, dass sie mir ein Flugticket gekauft hatte, damit ich ihren Sohn um die Scheidung bitten konnte, hätte sie mich wahrscheinlich an Ort und Stelle umgebracht. So etwas lag durchaus im Bereich des Möglichen. Sie war, wie gesagt, eine außerordentlich kompetente Frau. Oder vielleicht hätte ich auch zu hören bekommen, dass sie mir dieses Flugticket schon viel früher gekauft hätte, wenn sie gewusst hätte, dass es so einfach war, uns auseinanderzubringen, unsere Ehe aufzulösen. Bevor sie das Gespräch beendete, empfahl sie mir noch, einen Badeanzug einzupacken. Angeblich habe das Hotel einen sehr schönen Pool.

In Athen herrschte starker Verkehr, irgendein Streik im Transportwesen war im Gang. Das Dorf, in dem sich Christophers Hotel befand, lag fünf Autostunden von der Hauptstadt entfernt, auf dem südlichsten Zipfel des Festlandes. Am Flughafen erwartete mich ein Taxi, Isabella hatte an alles gedacht. Auf der Fahrt, die im dichten Verkehr begann und sich dann auf einer Reihe trostloser, anonymer Autobahnen fortsetzte, schlief ich ein. Ich war müde.

Ich erwachte von einem harten, wiederkehrenden Geräusch. Draußen war es finster, während ich geschlafen hatte, war es Nacht geworden. Das Geräusch – ein wiederholtes Klopfen – vibrierte durch das Fahrzeug und hörte dann auf. Der Wagen kroch eine schmale, einspurige Straße entlang. Ich beugte mich vor und fragte den Fahrer, ob wir eine Pause machten, ob es noch sehr weit sei. Wir sind da, sagte er. Wir sind bereits angekommen. Das Klopfen ging wieder los.

Streunende Hunde, sagte der Fahrer. Draußen bewegten sich dunkle Schemen neben dem Auto, die Hunde schlugen mit dem Schwanz gegen die Karosserie. Der Fahrer hupte, um die Tiere zu verscheuchen – sie waren so nah, dass es schien, als könnte er jederzeit eines von ihnen überfahren, trotz der gedrosselten Geschwindigkeit –, aber sie ließen sich nicht abschrecken, blieben dicht neben dem Wagen, während wir auf eine große steinerne Villa zuhielten. Der Fahrer hupte weiter, kurbelte dabei das Fenster herunter und schrie die Hunde an.

Vor uns öffnete ein Portier das Tor zum Anwesen. Als der Wagen hineinfuhr, blieben die Hunde zurück. Ich drehte mich um und sah durchs Heckfenster, dass sie im Kreis vor dem Tor standen, ihre Augen so gelb wie der Schein der Rücklichter. Das Hotel lag ganz am Ende einer kleinen Bucht, und ich hörte das Meer, sobald ich aus dem Auto stieg. Ich trug meine Handtasche und eine kleine Reisetasche bei mir, der Portier fragte mich, ob ich noch mehr Gepäck hätte, was ich verneinte, ich hatte für eine Nacht, schlimmstenfalls ein Wochenende gepackt, auch wenn ich das ihm gegenüber anders formulierte.

Der Fahrer sagte irgendwas von wegen Rückfahrt; ich nahm seine Karte und sagte, ich würde ihn anrufen, vielleicht schon morgen. Er nickte, und ich fragte ihn, ob er jetzt noch nach Athen zurückfahre, es sei doch schon sehr spät. Er zuckte mit den Schultern und stieg wieder ein.

Das Foyer war leer. Ich schaute auf die Uhr – es war fast elf. Isabella hatte kein Zimmer für mich gebucht, ich war eine Frau, die ihrem Ehemann nachreiste, es hätte also nicht erforderlich sein sollen. Ich bat um ein Einzelzimmer für diese Nacht. Der Mann an der Rezeption sagte, es gebe jede Menge freie Zimmer, und erklärte mit überraschender Offenheit, das Hotel sei fast leer. Es sei Ende September, die Saison sei zu Ende. Leider sei das Meer inzwischen zu kalt, um darin zu schwimmen, fügte er hinzu, aber das Wasser im beheizten Hotelpool habe eine sehr angenehme Temperatur.

Ich wartete, bis er meine Daten aufgenommen hatte und mir den Schlüssel reichte, bevor ich nach Christopher fragte.

Soll ich in seinem Zimmer anrufen?

Seine Miene war aufmerksam, aber seine Hände hinter

der Empfangstheke regten sich nicht, griffen nicht nach dem Hörer, es war schließlich schon spät.

Nein. Ich schüttelte den Kopf. Ich versuche es morgen früh.

Er nickte verständnisvoll. Sein Blick war wachsam geworden, vielleicht sah er oft ähnlich zerrüttete Beziehungen, vielleicht dachte er sich auch gar nichts dabei und hatte einfach von Natur aus eine verständnisvolle Miene, was in seinem Beruf sicher von Vorteil war. Jedenfalls äußerte er sich nicht weiter zu der Sache. Ich nahm den Schlüssel, er informierte mich über das Frühstück und bestand darauf, meine Tasche zu tragen, während er mich zum Aufzug geleitete. Danke, sagte ich. Ob ich am nächsten Morgen einen Weckanruf wünsche? Eine Zeitung? Das kann warten, erwiderte ich. Das kann alles warten.

Als ich aufwachte, war das Zimmer sonnendurchflutet. Ich griff nach meinem Handy, fand keine Nachrichten vor, es war schon neun Uhr. Das Frühstück würde bald vorbei sein, ich musste mich beeilen, wenn ich noch etwas essen wollte. Trotzdem stand ich länger als nötig unter der Dusche. Bis zu diesem Moment – während ich unter der Dusche stand und mir das Wasser in die Augen lief und die Sicht trübte – hatte ich nicht darüber nachgedacht oder mir ausgemalt, wie Christopher wohl reagieren würde, wenn er mich im Hotel sah, wenn ich ihm gegenüberstand. Ich vermutete, er würde als Erstes denken, dass ich ihn zurückgewinnen wollte.

Warum sonst sollte eine Frau ihrem entfremdeten Mann in ein anderes Land nachreisen, als um die Trennung rückgängig zu machen? Es war eine extravagante Geste, und extravagante Gesten zwischen Mann und Frau werden gemeinhin romantisch interpretiert, selbst im Kontext einer gescheiterten Ehe. Ich würde vor ihm erscheinen, und er würde – würde ihm bang zumute werden, schwer ums Herz, würde er sich fragen, was ich wollte? Würde er sich ertappt fühlen, verfolgt, würde er befürchten, dass sich irgendeine Katastrophe zugetragen hatte, dass seiner Mutter etwas zugestoßen war, er hätte sie zurückrufen sollen.

Oder würde er Hoffnung verspüren, würde er denken, es könnte doch noch zur Versöhnung kommen (und lag diese Hoffnung womöglich dem Versprechen zugrunde, das er mir abgenommen hatte, war es gar eine beiderseitige Hoffnung gewesen, schließlich hatte ich zugestimmt), und würde er dann enttäuscht sein, noch tiefer gekränkt, als er es sonst gewesen wäre, wenn ich ihn um die Scheidung bat, was ich dennoch zu tun gedachte? Mir war das alles, diese ganze Situation, extrem unangenehm, für ihn genauso wie für mich. Ich nahm an – auf Erfahrungen konnte ich ja nicht zurückgreifen –, dass die Bitte um eine Scheidung immer ungute Gefühle erzeugte, aber ich konnte mir nicht vorstellen, dass es immer eine so missliche Angelegenheit war, Ort und Umstände so unpassend.

Das Foyer war leer. Das Frühstück wurde auf der Terrasse mit Blick aufs Meer serviert. Von Christopher war nichts zu sehen, auch im Restaurant war niemand. Weiter unten lag das Dorf in der prallen Sonne, ruhig und reglos, eine Ansammlung kleiner Häuser entlang einer steinernen Uferpromenade. Ein hohes Kliff beschloss die Bucht am anderen Ende, nackter Fels, der ein grelles weißes Licht aufs Wasser warf, sodass der Ausblick von der Terrasse friedlich und dramatisch zugleich war. Am Fuß des Kliffs sah man Überreste von verkohltem Gestrüpp und Gras, als hätte es dort kürzlich gebrannt.

Ich trank meinen Kaffee. Der Kellner hatte mir die Tasse mit der Bemerkung hingestellt, dieses Hotel sei der einzige Ort weit und breit, wo ich meinen Cappuccino, meinen Latte bekäme, sonst gebe es überall nur griechischen Kaffee oder Nescafé. Es war ein romantischer Flecken – Christopher mochte luxuriöse Unterkünfte, und für Menschen einer bestimmten Gesellschaftsschicht waren Luxus und Romantik praktisch synonym –, was mir Unbehagen bereitete. Ich stellte mir Christopher hier vor, allein inmitten von lauter Paaren, es war die Sorte Hotel, wo man seine Flitterwochen verbrachte, seinen Hochzeitstag feierte. Ich fühlte mich peinlich berührt, fragte mich, was er hier wohl wollte, dieser Ort war schlicht absurd.

Ich hielt den Kellner auf, als er mir meinen Toast brachte.

Es ist sehr ruhig hier. Bin ich die Letzte beim Frühstück?

Das Hotel ist leer. Die Saison ist vorbei.

Aber es muss doch noch andere Gäste geben.

Die Waldbrände, sagte er achselzuckend. Das hat die Leute abgeschreckt.

Davon weiß ich gar nichts.

Es hat im ganzen Land gebrannt. Den ganzen Sommer über. Die Berge zwischen hier und Athen sind schwarz. Wenn Sie aus dem Dorf in die Berge hochgehen, merken Sie es, die Erde ist noch heiß vom Feuer. Es stand in der

Zeitung. Weltweit. Es waren Fotografen hier – er tat so, als bediente er eine Kamera –, den ganzen Sommer über.

Er klemmte sich das Tablett unter den Arm und sprach weiter. Ein Modemagazin hat hier Aufnahmen gemacht, im Hotel. Das Feuer hatte sich bis zum Kliff ausgebreitet, man sieht es noch – da, schauen Sie, das Schwarze. Er zeigte auf die geschwärzte, narbige Felswand. Die Models mussten sich an den Pool stellen, dahinter das Feuer und das Meer – er sog die Luft durch die Zähne ein. Es war sehr dramatisch.

Ich nickte. Er zog sich zurück, als ich nichts mehr sagte. Ungebeten erschien vor meinem inneren Auge das Bild von Christopher inmitten dieses Fotoshootings. Es war unplausibel, er stand zwischen Models, Visagistinnen und Modeschöpfer und zog eine Grimasse, als könnte er nicht einmal ansatzweise erklären, was er in diesem ganzen Rummel verloren hatte. Er kam mir dadurch noch fremder vor. Unbehaglich sah ich mich auf der Terrasse um. Es war fast zehn, ich hatte ihn offensichtlich verpasst, er musste zeitig gefrühstückt haben, vielleicht hatte er das Hotel bereits verlassen und kam erst am Abend wieder.

Ich stand auf und ging ins Foyer. Anstelle des Mannes, bei dem ich mich gestern Abend angemeldet hatte, saß nun eine junge Frau mit plumpen Gesichtszügen da, sie trug das Haar straff zurückgekämmt, was ihr nicht stand, es war eine zu strenge Frisur für ihr weiches, volles Gesicht. Ich fragte sie, ob Christopher heute Morgen schon unten gewesen sei. Sie runzelte die Stirn, und ich hatte das Gefühl, dass sie es mir nicht sagen wollte. Ich fragte, ob sie bei Christopher auf dem Zimmer anrufen könne.

Sie wandte den Blick nicht von meinem Gesicht, während sie wählte, ich hörte auf den Puls des Klingelzeichens, ihre Miene unter der nüchtern-geschäftsmäßigen Frisur war unverhohlen mürrisch.

Sie legte auf. Er ist nicht auf seinem Zimmer. Möchten Sie eine Nachricht hinterlassen?

Ich muss ihn dringend sprechen.

Wer sind Sie?

Die Frage war ungehobelt, fast feindselig.

Ich bin seine Frau.

Sie schien perplex, und ich begriff sofort – Christopher war ein unbekümmerter Flirter, er flirtete ganz unwillkürlich, reflexartig, so wie andere Leute *Guten Tag, danke, gern geschehen* sagten, so wie ein Mann einer Frau die Tür aufhält. Er war zu freigebig, was das betraf, lief Gefahr, seinen Charme abzunutzen. Wenn man erst einmal die fadenscheinigen Stellen entdeckt hatte, war es schwierig, diesen Charme – ja den Mann selbst, falls man auch nur den geringsten Argwohn gegenüber Charisma hegte – jemals wieder als intaktes Ganzes zu sehen. Aber die meisten Leute hielten sich dafür nicht lange genug in seinem Dunstkreis auf, die meisten Leute waren wie dieses junge Mädchen, ich merkte, dass sie ihn beschützen wollte, noch in seinem Bann stand.

Ihn, ihn, als gehörte er ihr. Ich trat von der Empfangstheke zurück.

Bitte sagen Sie ihm, dass seine Frau ihn sucht.

Sie nickte.

Sobald er wiederkommt. Es ist wichtig.

Sie murmelte irgendetwas vor sich hin, als ich ging,

zweifellos verwünschte sie mich. Die Ehefrau ist immer Gegenstand von Verwünschungen, und in so einer Situation am allermeisten.

Ich würde gern einen Spaziergang machen.

Sie blickte auf, konnte es nicht fassen, dass ich immer noch da war, sie wartete darauf, dass ich ging, meine Anwesenheit war ihr offenkundig unangenehm. Aber ich zögerte, ich wollte tatsächlich einen Spaziergang machen und wusste nicht, wohin. Sie erklärte mir, wie man zur Uferpromenade kam, das Dorf sei klein, ich könne mich nicht verlaufen. Ich nickte und ging hinaus. Auch jetzt im September war es noch heiß, und das Licht war sehr hell. Einen Moment lang war ich fast geblendet, und ich meinte einen schwachen Holzkohlegeruch in der Luft wahrzunehmen, als würde es noch brennen – ein Moment der Synästhesie.

Fast unmittelbar nachdem ich durch das Tor des Hotels getreten war, tauchten die streunenden Hunde wieder auf. Sie kamen auf mich zu und wedelten auf eine weder freundliche noch unfreundliche Weise mit dem Schwanz. Ich mochte Hunde. Ich hätte sogar fast mal einen gekauft, aber Christopher war dagegen gewesen, er fand, wir seien zu oft auf Reisen, was stimmte. Ich streckte die Hand nach dem Hund aus, der mir am nächsten war. Sein Haar war dünn und kurz und so glatt, dass es sich eher wie Haut anfühlte als wie Fell. Sein rechtes Auge war milchig getrübt, aber der Blick war intelligent und zugleich verzweifelt, der unverstellte Blick eines Tiers.

Die übrigen Hunde wuselten um mich herum, rieben sich kurz an mir, an meinen Händen, Fingern, und ließen wieder von mir ab. Sie begleiteten mich, als ich zur Uferpromenade hinunterging, liefen vor und wieder ein kleines Stück zurück, eine langsame, spiralförmige Vorwärtsbewegung. Nur der Hund mit dem milchigen Auge blieb an meiner Seite. Es war nicht mehr lang bis zum Mittag. Das Wasser in der Bucht war klar und blau. Vereinzelte Boote hier und da.

Gerolimenas war ein kleines Fischerdorf, ich kam an einer Handvoll Läden vorbei – einem Zeitungskiosk, einem Tabakgeschäft, einer Apotheke, alle mit geschlossenen Fensterläden. Während ich weiterging, zerstreuten sich die Hunde allmählich, und ich ließ den Blick suchend über die Gesichter der wenigen vor der Taverne sitzenden Männer schweifen, zumeist faltige, wettergegerbte, braungebrannte Gesichter. Sie hatten nichts mit Christophers glattem, verzärteltem Gesicht gemein. Er war nicht übermäßig eitel, aber schon sein Leben lang attraktiv – für Frauen und ganz allgemein –, was nicht ohne Wirkung geblieben war.

Auch unter den Leuten an der Uferpromenade, müßigen Männern und Frauen sowie ein paar Fischern, war Christopher nicht. Der kleine Strand war leer. Ich stand am Wasser und schaute zum Hotel zurück, das innerhalb der zehn Minuten, die ich hierher gebraucht hatte, zu einem Fremdkörper geworden war. Solange man sich auf dem Gelände des Hotels befand, hätte man theoretisch überall sein können, Luxus hat etwas Anonymes, aber sobald man das wohlgehütete Areal verließ, war man gezwungenermaßen hier an diesem ganz konkreten Ort. Ich merkte, dass die Dorfbewohner mich beobachteten – es war ihr gutes Recht, ich war hier der Eindringling –, und ich senkte den Kopf und wandte mich wieder in Richtung Hotel.

Als ich dort ankam, war weniger als eine Stunde vergangen. Im Foyer sah ich, dass die junge Frau verschwunden war und wieder der Mann vom vorigen Abend an der Rezeption saß. Er blickte auf, dann kam er hinter der Theke hervor und eilte mir entgegen.

Entschuldigen Sie –

Ja?

Meine Kollegin hat mir gesagt, dass sie Mr Wallace' Frau sind.

Ja, und?

Ihr Mann wollte heute Morgen eigentlich abreisen. Aber das hat er nicht getan.

Ich schaute auf die Uhr.

Es ist erst kurz vor zwölf.

Die Sache ist die, wir haben ihn schon seit ein paar Tagen nicht mehr gesehen. Er wollte einen Ausflug machen und ist bisher nicht zurückgekommen.

Ich schüttelte den Kopf.

Wo ist er denn hin?

Er hat einen Wagen gemietet, mit Fahrer, aber mehr wissen wir auch nicht. Er hat das Zimmer im Voraus bezahlt und gesagt, er wolle es behalten, solange er weg sei.

Einen ausgedehnten Moment lang schauten wir uns schweigend an. Dann räusperte sich der Mann höflich.

Also, sein Zimmer wird benötigt, verstehen Sie.

Wie bitte?

Die Leute, die dieses Zimmer reserviert haben, kommen heute an.

Aber das Hotel ist doch leer.

Er zuckte entschuldigend mit den Achseln.

Ja, ich weiß. Menschen sind absurd. Ein Hochzeitstag, glaube ich. Das Zimmer hat für sie eine besondere Bedeutung, sie haben ihre Flitterwochen dort verbracht. Wir erwarten sie heute Nachmittag, und deshalb …

Er verstummte.

Wir würden gern seine Sachen in ein anderes Zimmer bringen.

Da spricht wohl nichts dagegen.

Oder sollten wir seine Sachen lieber packen, falls er heute mit Ihnen abreisen möchte?

Ich weiß nicht, wie lang er noch hier bleiben will.

Ja, verstehe.

Er ist auf Recherche hier.

Der Mann hielt beide Hände hoch, als hätte ich etwas Überflüssiges gesagt.

Wir sollten jetzt anfangen, seine Sachen zusammenzupacken. Vielleicht könnten Sie mich begleiten?

Ich wartete, während er zum Empfang zurückging, um den Schlüssel zu holen. Zusammen gingen wir zu Christophers Zimmer, das sich am anderen Ende des Hotels befand, im Obergeschoss. Der Mann – der laut dem Namensschildchen an seinem Jackett Kostas hieß – erklärte, dass Christopher eine Suite bewohnt hatte. Das Zimmer habe einen wunderbaren Blick aufs Meer, sollte ich mich entschließen, länger zu bleiben, könne er es mir nur wärmstens empfehlen, es sei frei, sobald das Flitterwochenpaar wieder abreise, vielleicht sei ja bis dahin auch mein Mann wieder da.

Als wir das Zimmer schließlich erreichten, klopfte Kostas auf jene diskrete und zugleich bestimmte Art an, die

Hotelangestellten eigen ist, die Hand schon auf dem Türknauf – einen Moment lang hatte ich die Vision, dass die Tür aufgehen und Christopher vor uns stehen würde, überrascht, aber nicht unbedingt verärgert –, dann schloss Kostas die Tür auf, und wir traten ein.

Im Zustand des Zimmers erkannte ich Christopher nicht wieder. Nicht dass er ein pingeliger Mensch gewesen wäre, aber schlampig war er genauso wenig, und gemeinhin war es da, wo er wohnte, sauber (wobei er natürlich nicht selbst saubermachte, er hatte Leute, die das für ihn erledigten – die Putzfrau, eine Weile war ich es gewesen). In diesem Zimmer aber – es war sehr groß, mit eigenem Wohnbereich und bemerkenswertem Ausblick, Kostas hatte recht, es war ein erstklassiges Zimmer, sicher eines der teureren im Hotel – herrschte Chaos.

Auf dem Fußboden lagen Kleidungsstücke herum, die schmutzige Wäsche mehrerer Tage, auf dem Schreibtisch stapelten sich Bücher und Papiere, neben dem Bett ein Wirrwarr von Kabeln, Kopfhörer, eine Kamera, auch sein Laptop lag halb geöffnet auf dem Boden. Überbleibsel vom Zimmerservice standen herum, Kaffeekannen, halbleere Wasserflaschen, sogar ein vollgekrümelter Teller – ich verstand nicht, warum das Zimmermädchen nicht wenigstens das schmutzige Geschirr weggeräumt hatte. Mitten im Zimmer stand das Bett, ungemacht und von Zeitungen und Notizbüchern übersät.

Die Oberflächen waren gewischt und der Boden gesaugt, aber es schien fast so, als hätte das Zimmermädchen um das Chaos herumgeputzt, um es zu erhalten. Er hat darum gebeten, dass nichts angerührt wird, sagte Kostas.

Er zuckte die Achseln. Die Leute geben uns Anweisungen, und wir befolgen sie. Aber sehen Sie –

Er trat an den Schrank und öffnete ihn. Drinnen auf dem Boden lag noch mehr schmutzige Wäsche. Darüber eine Auswahl von Hemden und Hosen, die ich alle wiedererkannte – die Muster und Stoffe, den fein ausgefransten Rand einer Manschette. Mein Gefühl in diesem Zimmer war nach wie vor das massiver Dissoziation, und doch durchzuckte mich hier – und da – und dort – angesichts dieser Gegenstände, mit denen ich viele Jahre gelebt hatte, ein Wiedererkennen, die Erinnerung an ihren Besitzer, den Mann, der hier war und zugleich auch nicht.

Kostas klatschte in die Hände.

So. Wir packen die Sachen also ein? Ist das in Ordnung?

Ich nickte, den Blick auf die Papiere und Bücher gerichtet. Sie befassten sich anscheinend allesamt mit Griechenland, sogar ein Sprachführer war dabei. Ich schlug eines der Notizbücher auf, konnte Christophers enges Gekrakel aber nicht entziffern. Ich hatte seine Handschrift nie lesen können. Kostas wählte die Nummer der Rezeption und bat, ein Zimmermädchen hochzuschicken, das wenige Minuten später erschien und die Kleidung einzupacken begann. Er entschuldigte sich, aber es sei schon fast ein Uhr, die neuen Gäste würden jeden Moment eintreffen, und ich könne ja sehen, dass noch sehr viel zu tun war, bevor sie das Zimmer beziehen konnten.

Mein Handy klingelte. Ich griff in die Tasche. Es war Isabella, perfektes Timing. Ich meldete mich, etwas brüsk, was sie aber nicht bemerkte, sie machte sich ihrerseits gar nicht erst die Mühe, mich zu begrüßen, sondern fragte sofort, wo Christopher sei und ob sie ihn sprechen könne.

Im Hintergrund hörte ich Brittens *Billy Budd*. Isabella und Mark waren Opernfanatiker und hatten uns einmal zu einer Aufführung ebendieser Oper in Glyndebourne mitgenommen. Es war eine unerquickliche Unternehmung gewesen. Damals waren die Risse in unserer Ehe schon nicht mehr zu übersehen. Christopher und ich redeten kaum noch miteinander, doch Isabella und Mark ignorierten die Spannungen zwischen uns mit einer geradezu aggressiven Unbekümmertheit. Ihr Interesse an der Oper hatte etwas Unbeirrbares, an diesem Abend mehr denn je.

Ich weiß noch, wie ich im Theater saß und in einem Zustand der Benommenheit vor mich hin sann – über die Musik, die unbehagliche Situation, ich mochte Britten nicht sonderlich, was nicht dazu beitrug, Christophers Eltern für mich einzunehmen. Als ich jetzt die vertrauten Klänge hörte, dachte ich mir, dass die Ferne doch ein wesentlicher Bestandteil dieser Geschichte war, die fast ausschließlich auf See spielt. Ohne die Ferne würden die Grundelemente der Handlung nicht funktionieren – die drohende Meuterei, das Zurückgreifen auf das Kriegsrecht, der Tod von Billy Budd. Auch wenn mir die Oper nicht gefiel – die Musik war mir zu dicht, es war, als starrte man auf eine Mauer –, fand ich die Geschichte faszinierend, sie bot einen Einblick in die Welt der Männer zu einer anderen Zeit, einer Zeit, in der die Männer fortzogen, in den Krieg oder auf See.

Jetzt zogen sie nicht mehr fort – es gab, zumindest für die meisten von ihnen, keine Ozeane mehr zu erkunden, keine Wüste zu durchqueren, nur noch die Stockwerke der Bürogebäude, den morgendlichen Weg zur Arbeit, eine vertraute, monotone Landschaft, in der das Leben etwas aus zweiter Hand war, nichts, worüber man selbst bestimmen konnte. Nur an den Ufern der Untreue erlangten sie noch ein gewisses Eigenleben, eine innere Lebendigkeit, nur im Reich ihrer Treulosigkeit wurden sie für ihre Ehefrauen wieder zu Fremden, zu allem imstande.

Die Musik endete jäh, und Isabella wiederholte ihre Frage: Wo ist Christopher? Nach kurzem Zögern sagte ich ihr, ich hätte ihn nicht gefunden. Aber du bist dort? Du bist auf der Mani? Ja. Aber Christopher ist nicht hier, er ist nicht im Hotel. Wo ist er denn? Ich weiß es nicht. Er ist irgendwohin gefahren, er hat einen Fahrer angeheuert. Sein Telefon klingelt nicht, wahrscheinlich hat er sein Ladegerät nicht mitgenommen – noch während ich es sagte, fiel mein Blick auf das schlaffe Kabel des Ladegeräts, das in der Steckdose neben dem Bett steckte.

Ich warte auf ihn, sagte ich. Du kommst erst heim, wenn du ihn gefunden hast. Du musst ihn finden. Das werde ich auch, sagte ich. Aber ich bin mir nicht sicher, ob ich wirklich die Richtige bin, um nach ihm zu suchen.

Hätte sie zugehört, hätte sie nachgefragt, was ich damit meinte, dann hätte ich es ihr erzählt, denn hier in diesem Hotelzimmer schien mir die Geheimhaltung unserer Trennung nicht mehr zwingend, aber sie hielt nicht inne, schien mich gar nicht zu hören. Du kommst erst heim, wenn du ihn gefunden hast, wiederholte sie, du musst ihn nach Hause bringen. Sie klang verstört, es war im Grunde eine furchtbare Beziehung. Kein Wunder, dass Christopher sein Leben lang vor ihr davongelaufen war, zumindest seit er ein erwachsener Mann war – bevor er auf irgendetwas zulief, lief er immer davon.

Ich ließ das Handy sinken. Sagte Kostas, sie könnten Christophers restliche Sachen einpacken; wenn er zurückkomme, könne er selbst entscheiden, was damit geschehen solle. Kostas nickte, und ich drehte mich um und verließ das Zimmer. Es gab keinen Grund mehr zu bleiben.

ZWEI

Aber ich reiste nicht ab. Ich sagte Kostas, dass ich noch ein, zwei Tage bleiben würde, es war sehr angenehm im Hotel. Einfach dazusitzen und nichts zu tun bei diesem wunderbaren Wetter. Ich aß draußen zu Mittag, dann schwamm ich im Pool, der so warm war, wie Kostas es versprochen hatte, eher wie eine riesige Badewanne. Man hatte Isabella richtig informiert, es war ein sehr schöner Pool. Ich las ein bisschen, hatte etwas Arbeit dabei, aber nichts Anstrengendes, nichts, was dringend gewesen wäre.

Und ich war nicht böse um diese Verzögerung, dieses Warten, das, oberflächlich betrachtet, nicht wie Unentschlossenheit aussah. Aber solange eine Entscheidung nicht in die Tat umgesetzt wird, bleibt sie hypothetisch, eine Art Gedankenexperiment. Ich hatte beschlossen, Christopher um die Scheidung zu bitten, aber ich hatte es noch nicht in die Tat umgesetzt, hatte ihm nicht ins

Gesicht geblickt und die Worte ausgesprochen. Das war wichtig, dieser Akt des Aussprechens, diese Worte – oder vielmehr dieses eine Wort, *Scheidung*, das in unseren Gesprächen bisher durch Abwesenheit geglänzt hatte und das, einmal ausgesprochen, den Verlauf unserer Trennung unwiderruflich verändern würde.

Natürlich hatte es in der Luft gelegen – als Endphase, Worst-Case-Szenario, Unvermeidlichkeit oder Erleichterung. Das Wort wog schwer, *ça me pèse*, eine Erwachsenenbefindlichkeit. In der Kindheit sind Worte gewichtslos – ich rufe *Ich hasse dich*, und es bedeutet nichts, und für *Ich liebe dich* gilt das Gleiche –, doch wenn man erwachsen ist, verwendet man diese Worte vorsichtiger, sie kommen einem nicht mehr so leicht über die Lippen. *Ja, ich will* ist noch so ein Beispiel, eine Wendung, die in der Kindheit nur im Spiel verwendet wird, ein So-tun-als-ob, aber dann irgendwann mit Bedeutung aufgeladen wird. Wie oft hatte ich diese Worte gesagt? Als Erwachsene nur ein einziges Mal. Christopher und ich hatten uns standesamtlich trauen lassen und waren erst wenige Minuten vor Beginn der Zeremonie eingetroffen, es gab keine Probe, der Standesbeamte versicherte uns, es sei unmöglich, etwas falsch zu machen, wir müssten ihm einfach nur nachsprechen. Als ich dann vor versammelten Freunden und Verwandten *Ja, ich will* sagte, war es also das erste Mal, zumindest das erste Mal seit meiner Kindheit.

Ich weiß noch, dass mich die Macht dieses Rituals überraschte, des feierlichen Aussprechens dieser Worte, die eine tiefe, fast wahnsinnige Bedeutung annahmen. Es leuchtete plötzlich ein, dass diese Worte – *Ja, ich will* – mit der archaischen und überzogenen Formel *bis dass der Tod euch scheide* kombiniert wurden, die morbide war und bei diesem eigentlich doch freudigen Anlass sichtlich fehl am Platz, jedoch einem klaren Zweck diente: Sie hielt den Beteiligten vor Augen, was für eine aberwitzige Wette sie mit diesem Akt eingingen, dem Akt des Heiratens.

Ich versuchte mich daran zu erinnern, was ich während der Zeremonie gefühlt hatte, die gar nicht so viele Jahre zurücklag, aber lange genug, dass ich keine klare Erinnerung mehr daran hatte. Ich glaube, es hatte einen kurzen Moment panischer Angst gegeben, aber vorwiegend war ich glücklich gewesen, sehr glücklich, es war auch lange Zeit eine gute, optimistische Ehe gewesen. Aus all diesen Gründen war es schwierig, über das Aussprechen des Wortes nachzudenken, das diesen Optimismus zerstören würde, auch wenn er längst nicht mehr bestand – obwohl ich also mit der Absicht im Hotel blieb, Christopher um die Scheidung zu bitten, stellte ich fest, dass ich es nicht eilig hatte, ihm entgegenzutreten, ich hatte eine Entscheidung getroffen, die ich für endgültig hielt, und trotzdem hätte ich tage-, ja wochenlang in der Sonne sitzen können, ohne mich zu rühren, ohne irgendetwas zu tun, ohne ein Wort zu sagen.

Später am Nachmittag trafen ein Mann und eine Frau ein, zweifellos das Paar, das Christophers Zimmer beziehen sollte. Sie stolperten durch das Foyer, bereits betrunken, wahrscheinlich hatten sie im Auto schon angefangen, derselbe Fahrer, der auch mich hierhergebracht hatte, folgte ihnen ins Foyer und zog drei große Koffer hinter sich her. Unsere Blicke trafen sich kurz, aber abgesehen von einem kurzen Nicken nahm er keine Notiz von mir, er hatte mit dem Flitterwochenpaar alle Hände voll zu tun.

Sie sahen skandinavisch aus, waren beide hellhäutig und blauäugig, passten nicht in diese Landschaft, für die sie sichtlich nicht geschaffen waren. Die Frau hatte gebleichtes blondes Haar, und der Mann hatte sich jetzt schon einen Sonnenbrand zugezogen, ein hektisches, unbehagliches Rot. Es war nicht zu übersehen, dass sie sich sehr zugetan waren. Sie küssten sich unablässig, und ich konnte selbst von der anderen Seite des Foyers aus das beeindruckend kraftvolle Spiel ihrer Zungen sehen, sie waren außerstande, Kostas, der mit stoischer Miene an der Rezeption seinen Dienst tat, mehr als eine Angabe zu machen – Name, Herkunftsland, Abreisedatum –, ohne sich zwischendurch wieder aufeinanderzustürzen.

Kostas schaute an die Wand hinter dem engumschlungenen Paar, während er ihnen mitteilte, dass das Frühstück auf der Terrasse serviert werde, fragte, welche Zeitung sie wünschten und ob sie einen Weckanruf benötigten, was sich eigentlich von selbst beantwortete. Das Paar schien völlig unbeeindruckt von der Stille im Hotel. Wenn sie redeten, dann zu laut und ausgelassen, ihre Stimmen waren weithin hörbar, es war, als wähnten sie sich in einem Hotel in Las Vegas oder Monaco.

Ich sah zu, wie sie Kostas durchs Foyer folgten, die Arme umeinander gelegt, es war bemerkenswert, wie anhaltend sie einander ihr Verlangen signalisierten, es ließ einfach nicht nach. Sie verschwanden die Treppe hinauf in Richtung von Christophers Zimmer, wobei es natürlich nicht mehr sein Zimmer war, und der Gepäckträger folgte ihnen mit ihren Koffern. Früher am Nachmittag hatte ich denselben Träger auf der steinernen Treppe mit Christophers Koffern gesehen, einen in jeder Hand, allerdings trug er sie nicht hinauf, sondern hinunter in den Gepäckaufbewahrungsraum.

Von Christopher selbst nach wie vor keine Spur. Ich saß den restlichen Nachmittag mit einem Roman auf der Terrasse, den ich zu übersetzen erwog, er handelte von einem Paar, dessen Kind in der Wüste verlorengeht. Mein Lektor hatte mir das Buch geschickt, und ich würde mindestens ein Kapitel als Übersetzungsprobe einreichen müssen. Übersetzen ist eine sonderbare Tätigkeit. Es heißt oft, gelungen sei eine Übersetzung dann, wenn sie nicht als solche zu erkennen sei, so als bestünde die wesentliche Aufgabe der Übersetzer darin, unsichtbar zu sein.

Vielleicht stimmt das ja. Als Übersetzer agiert man durchaus ähnlich wie ein Medium, man schreibt die Worte selbst und zugleich auch wieder nicht. Christopher fand immer, dass ich zu vage über meine Arbeit sprach, es beeindruckte ihn nicht, vielleicht hielt er meine Darstellung für ungenau oder gar mysteriös, oder vielleicht ahnte er, was ich tatsächlich meinte, nämlich dass mir die Möglichkeit zur Passivität, die das Übersetzen bietet, durchaus gefiel. Ich hätte Übersetzerin oder eben auch Medium werden können, beides wären ideale Tätigkeiten für mich. So eine Aussage hätte ihn natürlich entsetzt – und hätte genau darauf auch abgezielt. Christopher hatte immer schreiben wollen, schon seit seiner Kindheit – nicht nur schreiben, sondern wirklich Schriftsteller sein.

Ich las noch ein paar Stunden weiter. Ein- oder zweimal sah ich Kostas, er brachte mir einen Kaffee, fragte, ob ich vorhabe, im Hotel zu Abend zu essen. Christopher erwähnte er nicht, und das eine Mal, als ich ihn fragte, ob Christopher inzwischen zurückgekommen sei, schüttelte er den Kopf und zuckte die Achseln. Weiterhin keine Spur von ihm. Am Abend kam die junge Frau wieder, die am Morgen Dienst gehabt hatte, und bedachte mich mit einem säuerlichen Blick, während sie das Foyer durchquerte.

Ich sah ihr zu, während sie zugange war, sie schien äußerst beschäftigt, obwohl kein Betrieb war, eilte ständig im Foyer hin und her, ging ans Telefon, kommandierte die Gepäckträger und Zimmermädchen herum. Sie war nicht unattraktiv, ich versuchte, mir Christopher und diese Frau zusammen vorzustellen – er hatte garantiert mit ihr geflirtet, vielleicht war er auch mit ihr ins Bett gegangen, das war durchaus denkbar, nicht einmal unwahrscheinlich.

Während ich sie weiter beobachtete, ging mir durch den Kopf, dass sie zwar nicht hübsch war – ihre Züge waren zu plump, als dass derlei konventionelle Beschreibungen gegriffen hätten, und zugleich sehr ausdrucksvoll, was bei Frauen gemeinhin nicht als ansprechend gilt (daher auch diese Manie, sich Botox spritzen zu lassen oder sich mit Cremes zu behandeln, die versprechen, die Gesichtszüge in starrer Jugendlichkeit einzufrieren, es geht über reinen Jugendwahn hinaus, ist Ausdruck einer allgemeinen Aversion gegen jegliche Neigung bei Frauen, übermäßig zu sein, *zu viel* zu sein) –, aber attraktiv war sie, keine Frage.

Ein Körper, wie sie ihn hatte, faszinierte die Männer. Sie sahen ihn und fragten sich, wie er sich wohl anfühlen mochte: seine Formen, sein Gewicht, seine Festigkeit. Mir fiel auf, dass sie mit ihren starken Brauen und ihrem langen schwarzen Haar – es war zu einem schlichten Zopf geflochten, der ihr bis zur Mitte des Rückens hing – mein körperliches Gegenbild war. Es war nicht nur eine Frage des Typs, sie hatte auch einen außerordentlich praktischen Körper, dessen Sinn und Zweck eindeutig waren. Bei meinem Körper hingegen war mir das manchmal selbst nicht klar, es hatte oft Momente gegeben, in denen seine einzelnen Bestandteile, wie sie da auf dem Bett lagen – Beine, Arme, Rumpf –, keinen Sinn für mich ergaben.

Aber der Körper dieser Frau ergab einen Sinn. Ich beobachtete sie durch die Scheibe, während sie sich durch das Foyer bewegte, sie trug Dienstkleidung und robuste Schuhe, es war die Sorte Arbeit, bei der man den ganzen Tag auf den Beinen war. Obwohl sie schnell ging, hatte ihr Körper etwas Bleiernes, sie war eine Frau, die fest mit dem Boden verbunden war. Vielleicht war diese Sinnlichkeit letzten Endes unwiderstehlich. Christopher hatte ihre Attraktivität sicher sofort wahrgenommen, er war ein erfahrener Mann, dessen Ehe suspendiert war, außerdem hatte er keine Skrupel und war als Tourist hier, ihm musste alles, was ihn umgab, prinzipiell verfügbar erschienen sein.

Und sie war für Christophers Charme bestimmt empfänglich gewesen – er war gutaussehend und wohlhabend, allein und unbelastet, scheinbar untätig (nur ein Untätiger konnte so lang in diesem Hotel und diesem Dorf verweilen, die meisten Gäste blieben ein paar Tage, übers Wochenende, die meisten Leute kamen hierher, um Urlaub zu machen). Ich saß auf der Terrasse, die Sonne knallte mir ins Gesicht. Die Bilder kamen wie von selbst, wie der Akt von der einen Seite her ablief, wusste ich, und es war nicht viel Phantasie erforderlich, um auch den Rest zu sehen. Ich erinnerte mich daran – ganz leidenschaftslos, es war schon sehr lange her –, wie Christopher sich einer Frau näherte, wie er in ihr Bewusstsein trat, er war sehr gut darin, sich anderen Menschen einzuprägen.

Ich bestellte etwas zu trinken. Es war heiß, Schweiß sammelte sich in der Mulde über meinem Schlüsselbein. Er ergriff ihr Handgelenk, presste erst den Daumen, dann den Zeigefinger auf ihre Haut. Sie blickte auf, nicht zu ihm, sondern um zu schauen, ob jemand sie beobachtete. Das Foyer war leer, es gab keinen Grund zur Sorge. Der Kellner brachte mir mein Getränk. Ob ich sonst noch etwas wünsche? Nein danke, alles in Ordnung. Ich richte Ihnen den Sonnenschirm, es ist sehr heiß in der Sonne. Bevor ich ihn bremsen konnte, hatte er den schweren Ständer ein paar Meter herübergezerrt, ein lautes Scharren auf dem Steinboden.

Der Kellner fasste nach dem Schirm und stellte ihn schräg, sodass er mein Gesicht beschattete. Es war besser, die Sonne war wirklich zu hell, und ich dankte ihm. Er nahm sie bei der Hand und sie ging hinter ihm her, drängte ihn aber zur Eile, die Schande, wenn man sie erwischen würde. Der Kellner entfernte sich nicht. Es gibt keinen Grund zur Sorge, sagte er. In diesem Moment entschied sie sich, ihm zu glauben. Sie folgte ihm auf sein Zimmer. Sie blieben auf dem Hotelgelände, woanders konnten sie nicht hin, sie wäre eher gestorben, als ihn zu sich nach Hause mitzunehmen, wo nebenan ihre Eltern schliefen, und ihre Brüder und Schwestern, sie wohnten alle im selben Haus.

Alles in Ordnung, sagte ich. Vielen Dank noch mal. Er öffnete die Tür, trat zur Seite, ließ sie zuerst hineingehen. Ich kann Ihnen wirklich nichts mehr bringen?, fragte er fast wehmütig. Im Zimmer war es kühl, die Fenster waren offen und die Balkontür angelehnt, sie war plötzlich angespannt – wenn nun eines der Zimmermädchen hier war, unwahrscheinlich um diese Zeit, aber nicht ausgeschlossen –, er legte den Zimmerschlüssel auf den Tisch, überprüfte sein Handy auf neue Nachrichten, war in einer Weise entspannt, die ihr wie ein Wunder erschien, sie konnte sich nicht vorstellen, in diesem luxuriösen Zimmer so ungezwungen zu sein.

Nein danke, es ist wirklich alles in Ordnung. Endlich entfernte er sich. Sie dachte, er würde ihr einen Drink anbieten – lief es nicht üblicherweise so ab? Sie wusste es nicht, sie war noch nie in dieser Situation gewesen, er hätte den Zimmerservice anrufen, eine Flasche Sekt bestellen können, wie sie es schon bei so vielen Zimmern, so vielen Paaren erlebt hatte, doch er legte das Handy weg, und dann drehte er sich um und fasste sie unvermittelt an der Schulter, was sie zugleich empörte und erregte. War es so gewesen? Fast sicher. Ich schloss die Augen. Es war lange her, aber ich erinnerte mich noch gut daran, es wäre nicht viel anders gewesen, mit dieser oder sonst irgendeiner Frau.

Und dann der Rest, alles gleich. Das Ende hätte ihr mit ziemlicher Sicherheit gefallen, und vielleicht vergingen zehn Minuten oder auch eine halbe Stunde, ehe der Zweifel einsetzte. Was geschah nun? Er schlief nicht (er schlief in diesem Moment nie ein, aber das konnte sie nicht wissen), er sah sie nicht an, er schaute an die Decke. Sie zögerte, war weggedämmert – wie lang? Sie konnte ihn schlecht fragen –, zaghaft legte sie die Hand auf seinen Arm. Er lächelte, legte seine Hand auf ihre.

Ich aß früh zu Abend. Die Terrasse war wieder menschenleer. Im Restaurant war fürs Essen gedeckt, mit weißen Tischtüchern, Blumen und sogar Kerzen. Eine deutsche Familie mit zwei kleinen Kindern war da, sie aßen schnell und gingen, kurz nachdem ich gekommen war. Die Kinder waren sehr ernst, sehr wohlerzogen. Sie saßen die meiste Zeit schweigend da, die Mutter beugte sich ab und zu vor, um dem Jungen das Essen kleinzuschneiden. Ich erkannte die Kellner vom Frühstück wieder, sobald die Familie gegangen war, räumten sie schnell den Tisch ab und deckten ihn neu, als wäre das Restaurant den ganzen Abend über ausgebucht, dann standen sie wieder untätig herum.

Als ich meinen Kaffee bestellte, kam das Flitterwochenpaar. So hießen sie bei mir inzwischen, Kostas hatte zwar gesagt, sie seien nach Gerolimenas gekommen, um ihren Hochzeitstag zu feiern, aber sie verhielten sich in jeder Hinsicht wie Frischvermählte. Sie waren immer noch betrunken oder hatten sich seit ihrer Ankunft am Nachmittag vielleicht sogar noch mehr betrunken. Als sie das Restaurant betraten, begannen sie sofort von dem Ausblick zu schwärmen, er war tatsächlich atemberaubend, die Sonne ging gerade unter, und der Himmel hatte sich spektakulär verfärbt.

Sie setzten sich, um zu essen. Der Mann bestellte gleich Champagner. Warum denn nicht, schließlich hatten sie etwas zu feiern! Bei allem hieß es *Warum denn nicht,* sie wiederholten den Satz immer wieder, warfen ihn sich zu wie einen Ball. Sie bestellten Hummer, warum denn nicht, Kaviar, warum denn nicht, sie sprachen Englisch mit dem Kellner, gestikulierten wild, einmal wedelte die Frau sogar mit der Speisekarte. Der Kellner brachte ihren Champagner, einen Brotkorb, Gläser mit Eiswasser.

Ich bat um die Rechnung und ließ sie aufs Zimmer anschreiben. Es war noch früh, und ich wollte den restlichen Abend nicht auf meinem Zimmer verbringen, also spazierte ich die steinerne Mole entlang, die von der Terrasse aus ins Meer ragte. Es war ein massives, beeindruckendes Bauwerk, ungefähr drei Meter breit, das sich wohl rund hundert Meter ins Wasser hinaus erstreckte, weit genug, um einem das Gefühl zu vermitteln, man sei von Wasser umschlossen. Bald war das anhaltende Geklapper aus dem Restaurant und selbst das Gelärme des Flitterwochenpaars von der Dunkelheit verschluckt.

Und dann nur noch das Geräusch des Wassers. Ich erreichte das Ende der Mole und setzte mich auf den Rand. In einem anderen Leben hätten Christopher und ich vielleicht der stillen Familie geglichen oder sogar dem Flitterwochenpaar, es waren Möglichkeiten, die nie realisiert und somit absurd geworden waren. Hinter mir hörte ich Schritte. Der Kellner erschien mit einem Glas Wein, das geht aufs Haus, sagte er. Vielleicht sah ich aus, als brauchte ich es. Ich fragte ihn, ob hier manchmal Leute ertränken.

Ab und zu. Aber das Meer ist hier ungefährlich. Keine Strudel, keine Haie.

Ich schaute zu ihm hoch, wollte sehen, ob er lächelte, aber in der Dunkelheit konnte ich seinen Gesichtsausdruck nicht erkennen.

Die meisten Leute, die hier ertrunken sind, haben sich umgebracht.

Es klang wie ein Witz.

Waren das denn so viele?

Er schüttelte den Kopf, wich zurück, schien fast beleidigt.

Fast niemand.

Er ging wieder, und ich rief ihm nach, ich würde gleich folgen, nur für den Fall, dass er sich Sorgen machte. Er nickte und ging wieder ins Hotel. Etwas später stand ich auf, und wie ich dort im Dunkeln stand, wurde die Glastür zu einem der kleinen Balkons im zweiten Stock geöffnet. Das Flitterwochenpaar erschien. Sie umarmten sich leidenschaftlich, ohne auch nur eine Sekunde lang aufs Meer hinauszuschauen oder sich etwa aufs Geländer zu stützen und eine Zigarette anzuzünden, was man eben so tut, wenn man auf einen Balkon hinaustritt. Der Mann strich der Frau über den Rücken, und sie berührte mit einer Hand sein Kinn und schob ihm die andere hinten in die Hose.

Es war mir peinlich – ich fand es unangenehm, wie eine Voyeurin im Dunkeln zu stehen, ich wusste nicht, wo ich hinschauen sollte, ringsum war alles dunkel, nur das schmusende Paar war hell erleuchtet, als stünden sie auf einer Bühne. Ihr Anblick hatte nichts Elegantes oder auch nur Erotisches, ihre Leidenschaft war einfach nur grotesk. Mit animalischem Verlangen rieben sie sich weiter aneinander, es war unverkennbar, dass ihr wechselseitiges Begehren bei aller Inszenierung echt war.

Es war echt, und dennoch war ich mir sicher, dass ihnen bewusst war, wie dramatisch das Licht auf sie fiel, wie sich der Balkon vom Nachthimmel abhob. Da sie besonders viel bezahlt hatten für diese Suite, dieses Hotel, das so offensichtlich für Romantik geschaffen war, waren sie sich seiner theatralischen Möglichkeiten zweifellos bewusst. Selbst romantische Liebe braucht einen Hintergrund und ein Publikum, auch – oder vielleicht gerade – wenn sie echt ist, Liebesromantik ist nichts, was man als Paar – zu zweit, nur ein Du und ein Ich – einfach so heraufbeschwören kann, und zwar nicht nur einmal, sondern immer wieder, die Liebe wird grundsätzlich durch den Blick der anderen genährt.

Was nun diesen speziellen Kontext betraf, dachte ich, so war es auch Christophers Zimmer gewesen, er musste ebenfalls auf diesem Balkon gestanden haben, genau da, wo dieses leidenschaftliche Paar jetzt stand, allein oder vielleicht auch mit jemandem zusammen. Ich blieb noch einen Moment am Ende der Mole stehen und sah der ausdauernden Umarmung des Paars zu, sah zu, bis sie ihn schließlich bei der Hand nahm, ins Zimmer führte und die Tür hinter ihnen schloss. Dann ging ich zurück zur Terrasse und von dort ins Foyer. Die junge Frau saß an der Rezeption. Ich nickte ihr zu, als ich das Foyer betrat, sie blickte auf und rief mir entgegen:

Haben Sie von ihm gehört?

Ich blieb stehen. Als ich sie ansah, schaute sie auf den Boden, es war, als hätte sie sich die Frage nicht verkneifen können und bereute sie jetzt. Dann erhob sie die Augen trotzig wieder und sah mich mit ihrem offenen Blick unverwandt an. Wir hatten nichts gemein, nichts verband uns. Und doch war ich mir sicher, dass wir auf denselben Mann warteten, ihre Frage bestätigte mich nur in diesem

Glauben. Ich schüttelte den Kopf. Sie sah zugleich enttäuscht und erleichtert aus, ich begriff sofort, dass es ein Schlag für sie gewesen wäre, wenn ich gesagt hätte, Ja, ich bin auf dem Weg zu ihm, er ist schon oben in meinem Zimmer.

Er wird schon wieder auftauchen, sagte ich. Sie nickte. Hat er das früher auch schon gemacht? Ist er so? Letztlich unzuverlässig? Verschwindet er einfach kommentarlos? Die Fragen waren so präsent, als hätte sie sie ausgesprochen. Ich wollte nicht ihre Befürchtungen beschwichtigen, die nicht meine waren und mich nichts angingen. Aber aus irgendeinem Grunde redete ich weiter, obwohl sie schwieg, ich hatte das Gefühl, etwas sagen zu müssen. Er hat in letzter Zeit irgendwie neben sich gestanden. Sie zuckte zusammen, ich merkte, dass sie das nicht gern hörte, vielleicht dachte sie, ich wollte damit sagen, dass die Begegnung – welcher Art sie auch gewesen sein mochte – untypisch für ihn gewesen war, gewichtslos, eine nichtssagende Verirrung.

Er hat neben sich gestanden. Sie war wieder mürrisch geworden. Ärger verfinsterte ihre Züge. Womöglich hatte sich Christopher mit ihr tatsächlich übernommen, eine unangenehme Überraschung erlebt. Vielleicht war er vor dieser Frau geflohen, vielleicht war dies der Grund seiner Abwesenheit – aber warum hatte er dann seine Sachen hiergelassen, warum war er nicht einfach abgereist oder hatte das Hotel gewechselt, es gab jede Menge Häuser in der Gegend, die es genauso getan hätten. Und als ewiger Frauenheld hatte Christopher noch nie Probleme damit gehabt, eine Frau abzuschütteln.

Wir schwiegen kurz, dann fragte ich sie nach ihrem Namen, sie zögerte und sagte dann: Maria. Angenehm, sagte ich, und als sie nur kurz nickte, ohne mich anzusehen, drehte ich mich um und ging. Im Weggehen dachte ich mir, dass ich diese Begegnung irgendwie vermasselt hatte. Aber wie hätte ich ahnen sollen, dass sie so emotional werden würde? Eine Welle der Erleichterung stieg in mir auf, ich beneidete sie nicht um ihren Gefühlstumult, ihre Eifersucht und Unsicherheit, sie wusste offenkundig nicht, ob sie empört oder beschämt sein sollte. Und trotz allem gab sie die Hoffnung nicht auf, das sah ich ihr an. Es war schrecklich, zu lieben und nicht zu wissen, ob man selbst geliebt wurde, es führte zu den schlimmsten Empfindungen – Eifersucht, Wut, Selbstverachtung –, zu all diesen minderen Gefühlszuständen.

DREI

Ich rief Isabella am nächsten Morgen an und sagte ihr, dass ich Christopher nicht gefunden hatte, dass er noch nicht ins Hotel zurückgekommen war. Sie fragte, ob ich mir denn keine Sorgen machte. Ich verneinte. Christopher sei für Recherchen nach Griechenland gekommen, es könne gut sein, dass er sich vorübergehend in einem anderen Dorf aufhalte oder nach Athen gefahren sei, um irgendwelche Archive zu besuchen. Recherchen! Sie lachte. Was denn für Recherchen?

Christopher hatte sein erstes Buch veröffentlicht, als er noch keine dreißig war, und es wurde von der Kritik wie auch vom breiten Lesepublikum begeistert aufgenommen, stand sogar kurz unten auf der Bestsellerliste. Es war ein ungewöhnliches, ja eigenwilliges Buch gewesen, ein Sachbuch über die gesellschaftliche Bedeutung der Musik – ihre Rolle in Ritualen und Zeremonien, die Art und Weise, wie sie öffentlichen Raum abgrenzte, wie sie als Mittel zur religiösen und ideologischen Überzeugung eingesetzt wurde.

Das Buch war breit gefächert und voller Abschweifungen, und es hatte viel von Christophers Charme. Mal verglich er die relative Intimität von Kammermusik mit orchestralem Pomp, mal erzählte er ausführlich von den Erfahrungen, die er als Teenager in diversen Londoner Nachtclubs gemacht hatte. Er schrieb über die Musik des Dritten Reichs, über die Akustik im Gewandhaus, war in die Kapelle des King's College gegangen, um sich Händel-Kantaten anzuhören (er hatte sein Grundstudium am King's College absolviert, ich nahm an, dass dieser Besuch, in Verbindung mit der Musik und dann dem Schreiben, so etwas wie eine Rückgewinnung der Vergangenheit für ihn war).

Besonders gut recherchiert war das Buch zwar nicht – die wenigen kritischen Rezensenten hatten auf einige eklatante Fehler und Auslassungen hingewiesen, aber im Großen und Ganzen konnte Christopher diese Gegenstimmen gelassen als ebensolche einordnen. Schließlich war er kein Akademiker, und das Buch war für eine allgemeine Leserschaft geschrieben worden. Christopher war im Grunde ein Generalist. Was er gut konnte – und in seinem Buch mit beeindruckender, scheinbarer Leichtigkeit geleistet hatte –, war, Verbindungen zwischen einer Vielzahl unterschiedlicher Quellen herzustellen und das Material in seiner Prosa in einen stimmigen Zusammenhang zu bringen.

Zur Zeit der Veröffentlichung kannte ich Christopher noch nicht. Als ich ihn kennenlernte, lebte er das relativ komfortable Leben, das relativ erfolgreichen Autoren ermöglicht wird. Er wurde eingeladen, Vorträge zu halten, Rezensionen für verschiedene Zeitungen zu schreiben, sein Buch war in mehrere Sprachen übersetzt worden. Man bot ihm eine Dozentur an irgendeiner Uni an, die er jedoch ablehnte – er brauchte das Geld nicht, und er schrieb an einem zweiten Buch, für das er unter Vertrag stand und das eigentlich schon hätte fertig sein müssen.

An diesem Buch arbeitete er, als wir uns kennenlernten. Er neigte dazu, alles auf die lange Bank zu schieben, ließ sich gern detailliert über sein Projekt aus, ja machte eine richtige kleine Vorstellung daraus, doch mir wurde bald klar, dass er lieber über sein Buch sprach, als daran zu schreiben. Er beschrieb es als eine Studie zu Trauerritualen auf der ganzen Welt, ein kultur- und politikwissenschaftliches Werk, das sowohl säkulare als auch religiöse Zeremonien umfassen und eine Landschaft – genau so drückte er es, glaube ich, aus – der kulturellen und geographischen Differenzen skizzieren würde.

Es war ein seltsames Projekt für einen Menschen, der bis dahin nichts Wichtiges verloren hatte, dessen Leben in allen wesentlichen Bereichen intakt war. Wenn er Grund zur Trauer hatte, dann nur abstrakt. Aber er fühlte sich von Menschen angezogen, die gerade einen Verlust erlitten hatten. Das vermittelte fälschlich den Eindruck, er sei ein mitfühlender Mensch. Tatsächlich hielt seine Anteilnahme nur so lange an wie seine Neugier, sobald diese gestillt war, zog er sich unvermittelt zurück, stand nicht mehr zur Verfügung oder zumindest in geringerem Maße, als es die Leute angesichts der Vertrautheit, die er ihnen zunächst so unvermittelt und massiv aufgezwungen hatte, zu Recht von ihm erwarteten.

Aber das war seine Art, sein Wesen. Er konnte gut schreiben, war aber nicht sehr professionell in seiner Arbeitsweise – in den fünf Jahren unserer Ehe hatte ich kein einziges Mal erlebt, dass er eine Bibliothek besuchte, nicht einmal während einer seiner ausgedehnten Recherchephasen. Zweifellos war das der Grund, warum Isabella über seine Arbeit spottete; obwohl er relativ erfolgreich war, nahm sie sein Schaffen nicht ernst, es wäre ihr lieber gewesen, er hätte eine Karriere als Jurist, im Finanzwesen oder sogar in der Politik gemacht; sie pflegte zu sagen, dass er die nötige List und das Charisma dafür hatte.

Doch Christopher konnte mit großer Autorität über sein Thema sprechen. Und obwohl das Trauern ja nun nichts Leichtes hat, konnte er bestimmte Rituale und Traditionen auf eine äußerst unterhaltsame Weise schildern, sein Interesse am Thema war ansteckend. Christopher war zweifelsohne nach Griechenland gekommen, um sich über die Klageweiber kundig zu machen, Frauen, die dafür bezahlt wurden, dass sie bei Beerdigungen wehklagten. Das war mir gleich klar gewesen, als Isabella erzählte, dass Christopher nach Griechenland gefahren war. Diese Tradition interessierte ihn sehr und sollte in seinem Buch eine wichtige Rolle spielen.

Ein uralter Brauch, hatte er mir erklärt, der im Aussterben begriffen sei. Nur in wenigen ländlichen Gegenden Griechenlands werde er noch ausgeübt, unter anderem in einer Region namens Mani auf dem südlichen Peloponnes. Dort habe jedes Dorf einige Klageweiber, Frauen, die bei den Dorfbegräbnissen die Totenklage übernahmen. Was Christopher an diesem Brauch faszinierte, war die Externalisierung der Trauer: Dem Leid des Trauernden wurde durch den Körper eines anderen Menschen Ausdruck verliehen.

Eine buchstäblich außerkörperliche Erfahrung, sagte er. Du als Leidtragende wirst der Notwendigkeit, deine Gefühle mitzuteilen, vollkommen enthoben. All die Zwänge bei einer Beerdigung, die Erwartung, dass du deine Trauer vor den Versammelten kundtust – stell dir vor, du bist Witwe geworden, dein Mann wird begraben, da erwarten die Leute einen entsprechenden Auftritt. Aber das Wesen der Trauer ist mit dieser Forderung unvereinbar, man sagt ja, dass jemand, der trauert, der einen schweren Verlust erlitten hat, davon regelrecht erdrückt wird, also gewiss nicht in der Verfassung ist, seiner Trauer Ausdruck zu verleihen.

Stattdessen kauft man ein Instrument, das der Trauer Ausdruck verleiht, oder vielleicht eher einen Kassettenrekorder, man drückt einfach auf die Play-Taste, und die Zeremonie, die lange, kunstvolle Aufführung, findet ohne einen statt. Man geht weg und kann mit seiner eigenen Trauer allein sein. Es ist ein sehr aufgeklärter Brauch, wobei der finanzielle Aspekt natürlich ganz wesentlich ist, eben weil es sich um ein Geldgeschäft handelt, ist es ein so sauberes und zivilisiertes Arrangement. Kein Wunder, dass dieser Brauch in Griechenland beheimatet ist, der sogenannten »Wiege der Zivilisation« – das leuchtet absolut ein.

Er sagte das halb im Scherz, ich weiß noch, dass er dabei sogar lachte. Einen Augenblick lang war ich verblüfft. Es war, als spaltete sich der Mann, der da vor mir stand, gerade auf – einerseits sprach er wie jemand, der noch nie etwas verloren hatte, weder Frau noch Geliebte, noch Vater oder Mutter, nicht einmal ein Haustier, jemand, der keine Vorstellung hatte, wie sich ein wirklicher Verlust anfühlte. Und genau so war es auch, ich kannte ja seine Vergangenheit. Dennoch trat andererseits im Klang seiner Stimme – ironisch und kühl-distanziert – schemenhaft ein Mensch zutage, der etwas oder jemand innig Geliebtes verloren hatte, ein Mensch gar, der irgendwann einmal alles verloren hatte, war da die Andeutung einer verborgenen Tiefe.

Was für ein Verlust das allerdings sein könnte, das entzog sich mir. Ich hatte ihn einmal gefragt, warum er dieses Buch schreibe, es war ja nicht nur eine Frage des Interesses – um ein Buch zu schreiben, reicht meiner Erfahrung nach reines Interesse als Triebfeder nicht aus, es braucht mehr dazu, schließlich ist es gemeinhin eine Arbeit von Jahren. Aber er antwortete mir nicht, weder damals noch irgendwann später, er schüttelte nur den Kopf und wandte sich ab, als wäre ihm die Antwort selbst ein Rätsel. Im vergangenen Jahr hatte er zunehmend von diesem Buch gesprochen, es tauchte immer wieder in Unterhaltungen auf, als lastete die unabgeschlossene Arbeit auf ihm, trotzdem konnte er nicht erklären, warum er an diesem Buch überhaupt schrieb.

Zweifellos war das der Grund, warum er es nicht fertig bekam. Christopher war ein Charmeur, und Charme ist ganz Oberfläche – jeder Charmeur ist zugleich ein Schwindler. Aber auch das ist nicht der entscheidende Punkt. Was ich meine, sind die ganz normalen Fehlschläge innerhalb einer Beziehung, selbst einer, die eine Weile lang sehr gut war. Denn was ist eine Beziehung letztlich anderes als zwei Menschen, und zwischen zwei Menschen wird es immer zu Überraschungen und Missverständnissen kommen, zu Dingen, die nicht erklärt werden können. Anders ausgedrückt könnte man vielleicht sagen, zwischen zwei Menschen ist immer mit einem Scheitern der Vorstellungskraft zu rechnen.

Kaum hatte ich das Telefonat beendet, klingelte mein Handy. Es war Yvan. Ich hatte ihn vom Athener Flughafen aus angerufen, aber es war ein hektisches Gespräch gewesen – ich hielt gleichzeitig nach dem Fahrer Ausschau, im Ankunftsterminal herrschte Chaos, und aus der Lautsprecheranlage kam ein endloser Strom von Ansagen auf Griechisch und Englisch –, und seither hatten wir nicht mehr miteinander gesprochen. Der Zeitunterschied zwischen Griechenland und England war minimal, aber es war eine weite Strecke, die zu einer spürbaren Verzögerung in der Kommunikation führte, einer Art Verschleppung.

Er fragte mich, wie die Reise gewesen sei und wie ich Christopher vorgefunden hätte – er zögerte, ehe er nach Christopher fragte, und ich sagte sofort, dass Christopher nicht da sei. Genauer gesagt, sei er unauffindbar. Yvan schwieg und fragte dann: Wie meinst du das, unauffindbar, hat Isabella sich geirrt? Isabella irrt sich nicht, sagte ich. Nein, sie hat sich nicht geirrt. Er war hier, aber zurzeit ist er nicht hier, ich warte darauf, dass er zurückkommt. Yvan schwieg noch einmal kurz und fragte dann: Wie lange willst du warten?

Ich erwiderte: Es ist doch sinnvoll zu warten, oder? Nach einer weiteren kurzen Pause sagte Yvan: Ja, schon. Aber mir gefällt die Vorstellung nicht, dass du allein da unten bist, ich sag's dir ganz ehrlich, mich macht das nervös. Das war ungewöhnlich direkt für Yvan, er war kein Mann, der gern Forderungen stellt. Seine Stimme war mild, als er es sagte, nicht der Hauch eines Vorwurfs. Es gibt keinen Grund, nervös zu sein, sagte ich, aber ich kann es verstehen, es ist eine komische Situation. Dann sagte Yvan: Wie wär's, wenn ich einfach zu dir komme?

Als ich Yvan drei Monate zuvor zufällig getroffen hatte – auf der Straße, mitten auf einer Kreuzung –, schlug er vor, in ein nahes Café zu gehen, statt in der Kälte stehen zu bleiben. Selbst jetzt, im Rückblick, könnte ich nicht sagen, ob er bei diesem Vorschlag an irgendetwas anderes als den Wind und Nieselregen dachte. Keiner von uns war dem Wetter entsprechend gekleidet, es war aus heiterem Himmel kalt geworden, wie er sagte, genau im gleichen Ton, in dem er jetzt fragte, ob er nicht zu mir nach Gerolimenas kommen solle.

Jedenfalls nahm ich seine Einladung damals an. Ich hatte Yvan immer gemocht, er sah gut aus, aber auf eine bescheidene Art, seine Attraktivität hatte nichts Forderndes. In dieser Hinsicht unterschied er sich von Christopher, der sich seines Äußeren bewusst war und dessen Wirkung nur zu gut für sich zu nutzen vermochte – gegen Ende unserer Ehe, erst ganz zum Schluss, wurde mir klar, dass er wusste, aus welchem Blickwinkel sein Aussehen besonders gut zur Geltung kam, und dass er im Laufe der Zeit eine Reihe ansprechender Mienen, Blicke und Gesten perfektioniert hatte, ein Zug an ihm, der absurd und nicht sonderlich liebenswert war.

Yvan sah besser aus als Christopher, aber er vermittelte diesen Eindruck irgendwie nicht, man musste sehr genau hinsehen, um hinter dem nachlässigen Äußeren den schönen Mann zu entdecken. Ich hatte ihn nie als schönen Mann betrachtet. Aber als wir uns dann am Tisch gegenübersaßen und er mich auf seine sehr freundliche Art fragte, was das Leben so mache und wie es mir gehe, erzählte ich ihm eindeutig nicht zuletzt deshalb, weil ich ihn attraktiv fand, ziemlich abrupt und im Vertrauen, dass Christopher und ich uns getrennt hatten. Er war der Erste, dem ich es erzählte.

Zu diesem Zeitpunkt hatte mir Christopher noch nicht das Versprechen abgenommen, niemandem von unserer Trennung zu erzählen. Falls Yvan überrascht war, zeigte er es nicht, er sagte bloß, es tue ihm sehr leid, wir hätten immer glücklich miteinander gewirkt, wir seien eins der Paare gewesen, mit denen er immer gern zusammen gewesen sei. Dann lachte er etwas verlegen, er habe eigentlich nicht über sich reden wollen in dieser Angelegenheit, die schließlich nichts mit ihm zu tun habe – aber letztlich hatte sie dann natürlich sehr viel mit ihm zu tun, und in seinen Worten warf das Arrangement, das folgen und dessentwegen er sich auf geraume Zeit schuldig fühlen würde, seinen Schatten voraus, vielleicht hatte er ja schon damals eine entsprechende Ahnung.

Yvan war Journalist und zunächst ein Bekannter von Christopher gewesen, sie hatten einander an der Uni flüchtig gekannt. Christopher – das erzählte mir Yvan später, Christopher und ich hatten von Yvan nie anders gesprochen als von einem aktuellen Bekannten, obwohl ich wusste, dass sie zusammen in Cambridge gewesen waren, ich nahm an, dass Christopher nur noch eine äußerst vage Erinnerung an Yvan aus jener Zeit hatte, er hatte ein katastrophales Gedächtnis – sei charismatisch gewesen, eine herausragende Figur auf dem Campus, einer jener Studenten, die in der gesamten Studentenschaft bekannt sind.

Das entsprach ganz dem, was ich über Christopher wusste, viel aufschlussreicher war für mich die Art und Weise, wie Yvan von Christopher erzählte, so als schilderte er, wie er einen Schauspieler auf der Bühne erlebt hatte, aber nicht vom Saal aus betrachtet, sondern aus den Kulissen. Yvan war in mancher Hinsicht derselbe geblieben, ein im Grunde schüchterner Mann, der sich lieber am Rand des Geschehens hielt, als im Mittelpunkt zu stehen. Und doch war er in Christophers Dunstkreis gezogen worden, Yvan erzählte mir, dass sich Christopher eine Weile gezielt bemüht hatte, ihn als Freund zu gewinnen.

Er zauderte kurz, ehe er die Geschichte erzählte, vielleicht dachte er, es sei taktlos, unsere Beziehung war damals in den allerersten Anfängen, und es war eine eigenartige Vertrautheit, die er da geltend machte, eine Erinnerung daran, dass die beiden Männer einander gekannt hatten, bevor sie mich kannten, dass Yvan diesen jugendlichen Christopher immer besser kennen würde als ich. Hier und da zufällig gesammelte Erfahrungen, das falsche Wissen bei der falschen Person. Aber ich bestand darauf, war amüsiert, durchaus auch fasziniert, und musste ja nun wirklich nicht vor Christopher beschützt werden, ob in seinen alten oder neuen Inkarnationen.

Obwohl Yvan seiner eigenen Beschreibung zufolge an der Uni nicht sonderlich populär gewesen war – er kam nicht aus gutem Haus, hatte keinen außerordentlichen Reichtum vorzuweisen, war auch sonst nicht in irgendeiner augenfälligen Weise ungewöhnlich, besaß keinen offensichtlichen Charme oder Stil oder Witz –, hatte Christopher sich mit jener Intensität um diese Freundschaft bemüht, die so typisch für Beziehungen während des Studiums ist, öfter zwischen Männern, aber auch zwischen Frauen. Vielleicht spürte er, dass Yvan die eine Eigenschaft besaß, die Christopher schätzte, die er aber nicht wirklich annehmen konnte: echte Gleichgültigkeit gegenüber seinem Charme.

Während Yvan ihre Freundschaft beschrieb, wurde mir allmählich unbehaglich zumute, denn die Versionen der zwei Männer, die sich da herausschälten, gefielen mir beide nicht – weder Christophers manisches Charisma und zwanghaftes Buhlen noch Yvans unerklärliche Passivität, denn er war auf Christophers Avancen weder eingegangen, noch hatte er sie abgewehrt. Yvan spürte mein Missbehagen, sein Verdacht war richtig gewesen, die Vertrautheit zwischen den beiden Männern war mir unangenehm. Es sei letztlich auch egal, sagte Yvan abrupt, sie seien nicht befreundet geblieben. Christopher habe die Freundschaft fallengelassen, als wäre sein ursprüngliches Bemühen nur eine Chiffre für einen anderen, weniger erkennbaren Drang gewesen, was die beiden aber nicht daran gehindert hatte, ihre Bekanntschaft wieder aufzufrischen, als sie sich einige Jahre später erneut über den Weg liefen.

Bei dieser Gelegenheit war ich dabei gewesen. Eine zufällige Begegnung, nicht auf der Straße, sondern auf einer Party, und nur ein paar Minuten lang, es herrschte großes Gedränge. Damals war Yvan für mich nur ein weiterer von Christophers zahlreichen Bekannten gewesen, aber ich weiß noch, dass ich ihn auf Anhieb mochte: seine lakonische Art, seine verhaltene Gleichgültigkeit gegenüber der Selbstdarstellung ringsum, insbesondere – immer noch – Christophers Charme gegenüber, für den so wenige unempfänglich waren.

Aber wie sich zeigte, war Yvan durchaus kein gleichgültiger Mensch – was er Christopher entgegenbrachte, war nicht Gleichgültigkeit, sondern vorsichtige Zurückhaltung, und zwar nicht nur aufgrund ihrer Vergangenheit. Irgendwie war Christopher nicht wirklich vertrauenswürdig, und Yvan hatte das gespürt. Ich habe ihn mal gefragt, wann er zum ersten Mal den Gedanken hatte, dass wir zusammenfinden würden, dass es zu diesem Arrangement kommen würde – ich wählte tatsächlich dieses eigenartige Wort, *Arrangement,* wie einen Euphemismus für irgendetwas Ungehöriges –, und er antwortete prompt: Sofort, von Anfang an, jedenfalls habe ich es mir gewünscht.

Fraglos kam Yvan erstaunlich schnell zur Sache. Als wir uns kennenlernten, wohnte ich noch in der gemeinsamen Wohnung, und es war viel zu früh für eine neue Beziehung – Christopher war noch nicht einmal ausgezogen, er hatte sich bloß absentiert, die Wohnung war noch voll von seinen Sachen – seinen und meinen. Das Bett war gerade mal frisch bezogen. Und ich war zwar noch nicht alt, aber auch nicht mehr jung. So überstürzt zu handeln schien mir eher charakteristisch für eine jüngere Frau.

Aber Yvan schlug mir gleich vor, bei ihm einzuziehen, schon als unsere Beziehung noch ganz am Anfang stand, die Möglichkeit, direkt von Christopher zu Yvan zu ziehen, war also ein realistisches Szenario. Es war zweifelsohne praktisch. Ich musste an eine bissige Bemerkung denken, die ein Bekannter mal bei einem gemeinsamen Abendessen gemacht hatte und die mich bis heute ärgert: Frauen sind wie Affen, die lassen einen Ast erst los, wenn sie den nächsten in der Hand haben. Dieser Mann – zunächst ein Freund von Christopher, dann auch von mir – saß neben mir, seine Frau und Christopher uns gegenüber.

Als er das sagte, schaute er Christopher an. Ihm schien nicht bewusst zu sein, wie gut wir – die weiblichen Anwesenden, seine Frau und ich – die unverhohlene Verachtung in seiner Miene sehen konnten, oder vielleicht war es ihm egal, er redete schließlich mit Christopher und nicht mit uns. Von meinem Platz aus sah ich ihn im Profil, sodass sein abfälliges Lächeln, die gekräuselten Lippen besonders gut zu sehen waren. Vermutlich sprach er nicht von seinen eigenen Lebensumständen oder der Beziehung zu seiner Frau, die stumm neben Christopher saß und eingehend die Tischdecke und das daraufliegende Besteck musterte.

Aber möglich war alles. Möglich war zum Beispiel, dass sie sich unter widrigen Umständen kennengelernt hatten, dass sie mit einem anderen Mann liiert und nicht willens gewesen war, die Sicherheit, die dieser Mann ihr bot, aufzugeben, ehe sie sich nicht die Fürsorge und Hingabe ihres jetzigen Mannes gesichert hatte (tatsächlich hatte sie während der ganzen Zeit, in der wir sie kannten, nie gearbeitet, war immer gepflegt und gut angezogen gewesen, die Sorte Frau, die wusste, wo man sich am besten das Haar föhnen ließ und die beste Maniküre bekam, ein Wissen, das manchmal bedeutungslos ist, manchmal aber auch die ganze Geschichte erzählt).

Es war nicht angenehm, mir die Beziehung unserer Freunde unter diesen Vorzeichen vorzustellen, aber überraschend einfach, eine unwillkürliche Regung der Phantasie, die ja keinen Sinn für Schicklichkeit besitzt. Vielleicht war die Erinnerung an ihre damalige Vorsicht auch nach vielen Ehejahren noch ein Anlass für Zwistigkeiten – es gibt Männer und Frauen, die eine Kränkung nicht verzeihen können, egal, wie lange sie zurückliegt –, vielleicht war eine der Bedingungen des Kontrakts, der ihrer Ehe zugrunde lag, die stillschweigende Übereinkunft, dass der Mann seine Frau für diese Beleidigung, dieses Zaudern in ihrem gemeinsamen Leben immer wieder bezahlen lassen würde.

Trotzdem fand ich die Bemerkung ihr gegenüber kränkend. Unabhängig von den konkreten Umständen stellte ich es mir schrecklich vor, mit einem Mann verheiratet zu sein, der imstande war, so etwas über Frauen zu sagen, in ihrer Gegenwart und vor anderen Leuten – oder vielmehr vor einer anderen Frau, denn untereinander sagen Männer ja vermutlich ständig solche Dinge. Von diesem Moment an mied ich ihn, machte Ausflüchte, wenn Christopher irgendeine gemeinsame Unternehmung mit den beiden vorschlug, ein Abendessen oder einen Wochenendausflug, bis Christopher schließlich akzeptierte, dass ich nicht mehr mit diesem Paar befreundet sein wollte. So verstand er das jedenfalls, und ich beließ ihn in dem Glauben, tatsächlich hatte sich meine Abneigung, auch wenn sie sich zuerst gegen den Mann gerichtet hatte, in der milderen Form von Unbehagen auch auf die Frau ausgeweitet – ich konnte nicht mehr entspannt mit ihr zusammen sein.

Noch etliche Jahre später wurmte mich dieser Satz – *Frauen sind wie Affen, die lassen einen Ast erst los, wenn sie den nächsten in der Hand haben* –, und er kam mir wieder in den Sinn, als die Beziehung mit Yvan Form annahm. Ich wusste, dass es ab einem bestimmten Punkt nicht mehr reichte zu sagen, dass die Situation kompliziert war, man gewann dadurch keine Zeit (wobei die Situation tatsächlich kompliziert war, ich war verheiratet und nicht offiziell getrennt, nicht einmal inoffiziell, ich wohnte noch in der alten Wohnung, und wohin Christopher verschwunden war, wusste ich nicht, zunächst hatte er bei Freunden gewohnt, dann in einer Wohnung, die seiner Mutter gehörte und die normalerweise vermietet wurde, damals aber praktischerweise gerade leer stand, er erzählte ihr, er nutze sie als Büro).

Nein, ab einem bestimmten Punkt musste man sich vorwärtsbewegen, entweder indem man die Situation entwirrte oder indem man lernte, mit ihren Komplikationen zu leben, Letzteres die üblichere Lösung – das Leben wird vertrackter, je älter man wird, und erst wenn man richtig alt ist, wird es wieder einfacher. Männer kommen damit besser zurecht, sie besitzen die Fähigkeit, zielstrebig durchs Leben zu marschieren, nicht selten ist ein Mann kaum geschieden, da heiratet er schon wieder, es ist schlicht eine Frage der Zweckmäßigkeit und kein Grund, sich zu schämen. Bei Frauen ist das anders – Frauen neigen stärker zur Selbstzensur, die sie meisterhaft beherrschen, schließlich sind sie ihr Leben lang dazu angehalten worden. Trotzdem wollten sich meine Gefühle für Yvan, der so anders war als der Mann, mit dem ich verheiratet gewesen und immer noch verheiratet war, einfach nicht zerstreuen.

Ich zog dann tatsächlich zu Yvan, drei Monate nachdem Christopher und ich uns getrennt hatten. Seine Arbeit als Journalist ermöglichte ihm ein komfortables, wenn auch nicht luxuriöses Leben. Er hatte weniger Sachen als Christopher, die aber mehr zu bedeuten schienen und zugleich besser mit anderen vereinbar waren, meine eigenen Habseligkeiten fanden erstaunlich leicht ihren Platz zwischen den seinen. Wir lebten in der Wohnung, oft arbeiteten wir im selben Zimmer, aßen zusammen und gingen ins Bett, ohne zwischendurch getrennt gewesen zu sein. Yvans Wohnung war viel kleiner als die von Christopher, aber wir schienen als Paar weniger zu brauchen; es war die Disharmonie zwischen Christopher und mir gewesen, derentwegen wir so viel Platz gebraucht hatten.

Und es dauerte nicht lange, bis Yvan mich zu ermuntern begann, die Trennung von Christopher offiziell zu machen oder ihm wenigstens zu sagen, dass ich nicht mehr in der alten Wohnung wohnte, denn nicht einmal das wusste Christopher. Am Anfang war Yvan zurückhaltend gewesen, er schien sich seiner Rechte nicht sicher zu sein – das Fortschreiten einer Beziehung, ob zum Guten oder Schlechten, lässt sich immer auch als Zugewinn oder Verlust von Rechten beschreiben –, doch als unsere Affäre fortbestand und ich nun auch bei ihm wohnte, gab er mir deutlich zu verstehen, dass ich ihn in eine unangenehme Situation brachte, er wolle einfach wissen, wo er stehe.

Was ein berechtigtes Anliegen war, das wusste ich selbst. Schon aus rein logistischen Gründen war es unbedingt notwendig, Christopher mitzuteilen, dass ich ausgezogen war. Was wäre, wenn eine Leitung undicht würde, was war mit der Post, die sich im Briefkasten ansammelte? Es ging um ganz einfache, praktische Dinge. Warum also zögerte ich, Christopher anzurufen und ihm mitzuteilen, was wohl kaum ein Schlag für ihn sein würde, war es deshalb, weil Christopher und Yvan sich von früher kannten? Oder weil Christopher mich gebeten hatte, niemandem von der Trennung zu erzählen, womit ich mich einverstanden erklärt hatte, obwohl ich bereits bei einem anderen Mann wohnte, der sogar ein Freund von ihm war?

Aus naheliegenden Gründen musste ich meine Unentschlossenheit – die für Yvan und mich, ähnlich wie bei dem Paar, mit dem Christopher und ich damals zu Abend gegessen hatten, zu einem verhängnisvollen Zögern werden konnte – vor Yvan verbergen. Ich sagte ihm, dass ich es Christopher sagen würde. Was genau ich ihm sagen würde, besprachen wir aber nie. Er verlangte nie von mir, Christopher rundheraus um die Scheidung zu bitten, vielleicht spürte er, dass er damit zu weit ginge, mal abgesehen davon, dass es erniedrigend wäre, eine Frau zu nötigen, ihren Mann um die Scheidung zu bitten, so etwas sollte sie aus eigenem Antrieb tun, damit sie mit dem Mann, den sie liebt, zusammen sein kann.

Aber je länger ich in Gerolimenas blieb und auf Christopher wartete, desto mehr schwand der Wunsch, ihn tatsächlich damit zu konfrontieren. Ich hatte keinen Zweifel an der Tiefe meiner Gefühle für Yvan, aber das Ganze begann sich mehr nach einem verwaltungstechnischen Akt als nach Leidenschaft anzufühlen, und so etwas gesteht man sich selbst nicht gern ein, geschweige denn einem ungeduldigen Liebhaber. Vielleicht war es eine Frage des Alters: *Du kannst nicht behaupten, du hättest es aus Liebe getan, denn in deinem Alter ist die Leidenschaft erlahmt, und das Herz gehorcht dem Verstand.*

Und doch bestimmte der Verstand, dass ich nicht mit einem Mann verheiratet sein und mit einem anderen zusammenwohnen konnte, jedenfalls nicht lange. *Das Herz gehorcht dem Verstand.* Irrational wäre es, in diesem Zustand der Unentschlossenheit zu verharren, weder in noch außerhalb der Ehe, weder mit dem Ehemann zusammen noch frei. Je rascher es mir gelang, mich aus dieser Situation zu befreien, desto besser, ich konnte nicht zwei verschiedenen, widerstreitenden Erwartungen verpflichtet bleiben, ich rief mir in Erinnerung, dass es gute Gründe gab, warum ich Christopher finden musste, wenn schon nicht um meinet-, dann um seinetwillen.

Wie wäre es, wenn ich zu dir komme?, fragte Yvan noch einmal.

Ich glaube, das ist keine gute Idee, sagte ich.

Ich befürchtete, dass er diese Antwort als zu aggressiv, zu feindselig empfinden könnte, ich wollte seine Ängste nicht negieren, sie andererseits aber auch nicht nähren, das hätte keinem von uns gutgetan. Ich fuhr fort: Das würde die Sache nur komplizieren, ich will dich in diese Geschichte nicht reinziehen, damit wäre niemandem gedient, und ehe ich noch mehr sagen konnte, fiel er mir ins Wort und sagte: Du hast natürlich recht, du fehlst mir einfach. Du mir auch, antwortete ich.

Wir telefonierten noch ein bisschen länger, ich erzählte ihm von dem Hotel, von Maria – er fand die Vorstellung, dass Christopher sie verführt haben könnte, ausgesprochen unterhaltsam, es wäre typisch Christopher, er sei halt durch und durch verdorben, aber irgendwie sei das ja – *chic*, sagte er, und die Anführungszeichen um das Wort waren in seiner Stimme zu hören. Wir lachten beide, es war ein guter Moment, als unterhielten wir uns über einen gemeinsamen Freund, den wir beide mochten, und in gewisser Hinsicht war es ja auch so.

Bevor wir uns verabschiedeten, sagte ich ihm noch einmal, er müsse sich keine Sorgen machen, Christopher werde sich meiner Bitte um Scheidung nicht widersetzen, als wir das letzte Mal miteinander telefoniert hätten, sei er mir völlig gleichgültig vorgekommen, er habe es vor allem eilig gehabt, das Telefonat zu beenden, so als hätte er noch einen Termin. Es war das erste Mal, dass ich das Wort Scheidung ausgesprochen hatte, und ich spürte Yvans Freude eher, als dass ich sie hörte. Es ist eine unbehagliche Situation, aber mehr auch nicht, fuhr ich fort, sobald Christopher wieder da ist, werde ich ihm sagen, dass ich mich von ihm scheiden lassen will, und dann ist es vorbei, dann geht es nur noch um den Papierkram. Wenn das so ist, sagte Yvan, und ich hörte, wie er sich bemühte, seine Stimme beiläufig klingen zu lassen, dann hoffe ich, dass er bald wiederkommt.

VIER

Später an diesem Nachmittag bestellte ich ein Taxi und ließ mich in eines der kleinen Dörfer im Landesinnern fahren. Ich vermutete, dass Christopher das auch irgendwann getan hatte – man hielt es nur eine gewisse Zeit auf der Terrasse, am Pool oder sonst wo auf dem Hotelgelände aus, ehe Langeweile einsetzte.

Ich hatte Kostas gesagt, dass ich mir die Umgebung ansehen wolle. Er versuchte, mir zu erklären, dass es hier nichts zu sehen gebe. Ich sagte, das könne ich mir kaum vorstellen, angesichts des ausgedehnten Hinterlandes. Schließlich erwähnte er widerwillig eine in der Nähe gelegene Kirche mit ehemals beeindruckenden Fresken, die aber von Mitgliedern der örtlichen kommunistischen Partei verunstaltet worden seien.

Ich sagte, das klinge gut, interessant. Worauf er sofort einen Rückzieher machte und einen Stapel Broschüren und Prospekte durchblätterte, auf der Suche nach irgendeiner

Alternative, die mich verlocken könnte. Es gebe da verschiedene Ausflüge, die er mir empfehlen könne, er könne mir auch einen Tisch in einem beliebten Restaurant ein Dorf weiter an der Küste reservieren. Es sei größer als Gerolimenas, dort gebe es Bars und sogar einen Nachtclub. Oder ich könne ein Boot mieten, in der Nähe gebe es eine Insel mit wunderbaren Stränden, absolut sehenswert, die lege er mir sehr ans Herz.

Ich sagte, ich wolle lieber zu der Kirche fahren, vielleicht würde ich das Restaurant und die Insel an einem anderen Tag ausprobieren. Er schien immer noch zu zögern, ich wolle nur ein bisschen an die Luft, sagte ich, einen kleinen Tapetenwechsel, es müsse überhaupt nichts Aufregendes sein. Schließlich zuckte er mit den Achseln, rief beim Taxiunternehmen im Ort an und bestellte einen Wagen. Nachdem er aufgelegt hatte, sagte er mir noch einmal, es sei nur eine Kapelle für die Einheimischen, völlig unspektakulär, sehr klein und kaum mehr in Gebrauch, nichts für Touristen. Hier in die Gegend kämen die Leute wegen des Meers, des Strandes, der Aussicht …

Es fing an zu regnen, als wir aus dem Dorf hinausfuhren. Ich fragte den Fahrer nach seinem Namen, und er sagte: Stefano. Ich wollte wissen, ob er Kostas und Maria kenne. Ja, sagte er, schon sein Leben lang. Sie seien zusammen aufgewachsen. Besonders Maria – sie sei wie eine Schwester für ihn. Ich sagte, es sei ein kleiner Ort. Er nickte. Jeder kenne jeden, niemand gehe je weg. Ich fragte, ob denn nicht manchmal Leute in die Stadt zögen, nach Athen zum Beispiel. Er schüttelte den Kopf. In Athen gebe es keine Stellen, die Arbeitslosenrate sei die höchste im ganzen Land.

Dann schwiegen wir. Die Landschaft draußen war schwarz vom Feuer. Wir fuhren in die Berge, weg von der Küste. Die Vegetation war dezimiert, zu Haufen verbrannter Holzkohle reduziert, eine Mondlandschaft. Reihe um Reihe dieser seltsamen Formen erstreckte sich über das Land. Hier und da stieg noch Rauch vom Boden auf – zum Teil habe es hier noch vor einer Woche gebrannt, erzählte Stefano, erst vor kurzem sei es gelungen, das Feuer zu löschen, nachdem es wochen-, ja monatelang gebrannt habe.

Ich fragte Stefano, wie das Feuer begonnen habe, und er sagte, es sei Brandstiftung gewesen. Ich wartete darauf, dass er fortfuhr. Eine Fehde zwischen zwei Bauern, scheinbar wegen gestohlenen Viehs. Die Tiere spazieren überall herum, sagte er, wer weiß schon, wem welches gehört? Da landet mal ein Tier auf dem falschen Feld, das ist wohl kaum etwas, was nach Vergeltung ruft. Aber die Bauern haben natürlich nicht nachgedacht, sie haben verrückte Anschuldigungen erhoben, erst der eine, dann der andere, jede Behauptung ungeheuerlicher als die andere. Sie begannen einander wirklich Tiere zu stehlen, und vom gestohlenen Vieh war es nur noch ein kleiner Schritt zu Vandalismus, die Situation eskalierte, mehr und mehr Leute wurden hineingezogen – Familie und Freunde, dann die Großfamilie und Freunde von Freunden, und plötzlich brannte das ganze Land.

Völlig absurd, sagte er. Dem konnte man kaum widersprechen, es bestand eine unüberbrückbare Kluft zwischen fehlendem Vieh, einer Ziege, einem Schaf, einer Kuh, und der Verwüstung, die uns umgab. So einfach sei es nicht, erklärte er, es handele sich um eine moderne Blutfehde, das mit dem Vieh und den Bränden sei einfach nur die neueste Auflage von etwas, was Jahr für Jahr wiederauflebe. So wie die Natur, sagte er, und so wird es auch diesmal nach den Bränden wieder geschehen – mit dem Frühling wird eine neue Fehde beginnen, wegen etwas anderem, aber tatsächlich ist es immer das Gleiche, dieses Land ist süchtig nach Streit.

Besonders die Mani – diese Region sei schon immer für ihre erbitterten Auseinandersetzungen bekannt gewesen, die Maniaten, wie die Bewohner der Mani genannt würden, seien dafür bekannt, äußerst freiheitsliebend zu sein, aber es sei schwer zu sagen, was ihnen diese Freiheitsliebe gebracht habe. Es gibt hier nichts, sagte er. Sie sehen es ja selbst, überall nur Steine, die ganze Gegend ist eine einzige Ansammlung von Steinen. Wir haben für unsere Freiheit und unser Land gekämpft, aber wir haben nichts als Steine vorzuweisen.

Er bog in ein schmales Sträßchen ein, und hier war die Vegetation nicht niedergebrannt, sondern sah aus wie geschmolzen, auf beiden Seiten der Straße standen zusammengesunkene Kakteen, deren Arme schlaff herunterhingen und die stellenweise angesengt waren. Der Geruch war widerlich. Das Land verrottet, sagte Stefano. Es habe den ganzen Sommer so gestunken. An der Küste, wo das Hotel stehe, zerstreue sich der Geruch, der Wind trage ihn aufs Meer hinaus, aber weiter im Landesinneren sei er mit jedem Tag stärker geworden. Am schlimmsten sei es im Hochsommer gewesen, als es sehr heiß und der Gestank so intensiv gewesen sei, dass man kaum habe atmen können.

Am Horizont zeichnete sich eine kleine steinerne Kirche

ab. Ringsum nichts, nur die verkohlte Landschaft. Wir fuhren zu der Kirche. Im versengten Gras lagen zerbeulte, rostige Dosen herum, aller mögliche Abfall. Die Steinmauern waren mit Graffiti beschmiert – große griechische Buchstaben, die ich mühsam zu entziffern versuchte, *lambda, phi, epsilon,* was ich sprach und übersetzte, war Französisch. Weitere Buchstaben waren in die Holztüren geritzt, das Gebäude war in sehr schlechtem Zustand, niemand schien für seine Instandhaltung verantwortlich, es war nur schwer vorstellbar, dass sich hier eine Gemeinde versammelte. Stefano schaltete den Motor aus und zuckte mit den Achseln, das Gesicht umwölkt.

An der ist nichts Besonderes, es lohnt sich nicht, die anzuschauen.

Wird sie noch benutzt?

Aber ja. Er sah etwas überrascht aus. Natürlich.

Ich öffnete die Autotür. Der Nieselregen wurde sofort von der Erde absorbiert, die trocken blieb. Stefano fragte mich, ob ich einen Schirm brauchte, er habe wahrscheinlich einen im Kofferraum liegen. Ich lehnte dankend ab, der Regen war warm und nicht unangenehm. Achselzuckend stieg er aus. Ich folgte ihm zur Kirche, und er machte mir die Doppeltür auf, anscheinend schloss man hier in der Gegend grundsätzlich nicht ab. Dann trat er zurück und machte eine Handbewegung in Richtung des schummrigen Innenraums. Er zog eine Schachtel Zigaretten aus der Tasche und sagte, er warte draußen.

Ich drückte auf den Lichtschalter – eine einzelne Glühbirne ging an. Sie erhellte den Innenraum nur spärlich. Nicht lange, dann hatten sich meine Augen an die Dunkelheit gewöhnt. Es war wirklich ein bescheidener Raum, ein paar Reihen Holzbänke, ein schlichter Altar und Reliquienschrein. Die Kirche war byzantinisch, wahrscheinlich aus dem zwölften oder dreizehnten Jahrhundert, ein großes Fresko zog sich über drei Wände. Die Gesichter darauf waren weggeschabt worden, was eine seltsame Wirkung erzeugte, eine Reihe blinder, gesichtsloser Heiliger, anonym gemacht von anonymer Hand.

Auch hier drinnen waren die Wände vollgeschmiert, aber das Gekrakel schien nicht von dem oder den gleichen Menschen zu stammen wie die Verunstaltungen auf der Außenseite, es hatte eine andere Farbe und war stärker verblasst, obwohl hier ja offenkundig kaum Sonnenlicht hereinfiel, außerdem waren die Buchstaben anders geschrieben. Stefano stand am Eingang und rauchte. Ich fragte ihn, was da stand. Er trat sorgfältig seine Zigarette aus, dann bückte er sich und hob die Kippe auf.

Er kam herein und bekreuzigte sich rasch, ehe er sich vor das Fresko stellte. Das ist aus dem Bürgerkrieg. Die Kommunisten haben die Heiligen entstellt und hirnrissige kommunistische Propaganda drübergeschrieben. Man kann nicht alle Buchstaben erkennen, zum Teil sind sie übermalt, aber was da steht, ist *Einheitsfront von unten.*

Er deutete auf eine Buchstabenreihe, die teilweise überdeckt war. Ich sah, dass es sich nicht um ein einzelnes Graffito handelte, wie ich zunächst gedacht hatte, sondern um zwei, die zu verschiedenen Zeiten geschrieben worden waren, das erste war unvollständig geschwärzt und nur zum Teil vom zweiten überdeckt. Stefano fuhr mit dem Finger das zweite Graffito nach. Die Armee hat die kommunistische Parole übermalt und ihre eigene darübergeschrieben, *Athen ist Griechenland.* Aber Sie sehen ja, dass die geschludert haben. Man kann Teile der kommunistischen Parole noch lesen, *Einhe* und *ten,* und wenn man alles in einem Stück liest, kommt ein Nonsenssatz heraus: *Einhe Athen ist Griechenland ten.*

Es hat denen damals nicht gereicht, die alte Parole mit ihrer eigenen zu überschreiben, also haben sie ihren Slogan außerdem auch in die Mauer geritzt, das haben sie allerdings nicht zu Ende gebracht. Ich spähte auf die Steinwand, und tatsächlich, jemand hatte ein paar Buchstaben hineingeritzt – sie waren nur rund zehn Zentimeter hoch, viel kleiner als das raumgreifende Graffito darunter, das mit mehr Schwung geschrieben worden war, schließlich war es auch viel schwieriger, etwas in Stein zu ritzen – und dann mittendrin aufgehört, als wäre er unterbrochen worden oder zu dem Schluss gekommen, dass sich die Mühe nicht lohnte.

Das ist wirklich bemerkenswert, sagte ich zu Stefano, ein Zeugnis des Konflikts. Er zuckte die Achseln und sagte: Die Kirche ist viel älter als diese politische Auseinandersetzung, etliche Jahrhunderte älter, in einem anderen Land wäre sie renoviert worden, da gäbe es Geld für den Erhalt, für Reparaturen, aber hier?

Ich nickte. Er wartete einen Moment, wohl um zu sehen, ob ich noch andere Fragen hatte. Dann drehte er sich um und ging hinaus. Ich blieb nur ein paar Minuten länger, wollte Stefano nicht warten lassen – wobei ich sah, dass er sich eine Zigarette angezündet hatte, er hätte wahrscheinlich bereitwillig gewartet, schließlich lief das Taxameter. In der Kirche war es kühl, eine Erholung von der trockenen Hitze draußen. Ich stand vor den Heiligen mit den leeren Gesichtern, so etwas hatte ich noch nie gesehen. Als wir zum Auto zurückgingen, fragte ich Stefano, was ich mir sonst noch anschauen sollte, ich hätte den ganzen Nachmittag Zeit und wolle ein bisschen was von der Gegend sehen.

Sie könnten nach Porto Sternes fahren, das ist nicht weit von hier, etwas weiter unten auf der Halbinsel. Da steht eine schöne Ruine am Strand, eine Kirche. Und in einer Höhle in Porto Sternes liegt angeblich der Eingang zum Hades – den Touristen gefällt das, obwohl es nichts anderes ist als eine Höhle, eine sehr schöne Höhle, sogar eine große, aber eben doch nur eine Höhle. Ich sagte, wenn das so sei, könne ich darauf verzichten, auch wenn mir die Verbindung zwischen Mythen und ganz normalen Orten, wo man hingehen könne, gefalle, vielleicht würde ich da hinfahren, wenn ich noch länger bliebe.

Was hat Sie eigentlich auf die Mani geführt?, fragte Stefano. Es war eine naheliegende Frage, auf die ich nichts zu sagen wusste. Urlaub machen, ausspannen, Tapetenwechsel, ich wollte schon immer mal nach Griechenland. Als ich nicht antwortete, fuhr er fort, die meisten Leute, die in unser Dorf kommen, verlassen das Hotel nicht, sie gehen höchstens mal an den Strand oder fahren auf eine der Inseln. Aber niemand will ins Landesinnere.

Während er das sagte, fuhren wir weiter landeinwärts, durch ein Dorf. Auf beiden Seiten der Straße standen kleine einstöckige Häuser. Sie waren nicht aus Stein, sondern aus Beton gebaut, vollkommen reizlos, es gab hier wirklich nicht viel zu sehen. Hunde streunten herum, und die Vorgärten waren von Drahtzäunen eingefasst. Hier und da hatten sich die Drahtenden von den Pfosten gelöst. Vor den Häusern standen Plastikstühle, von der Sonnenhitze vergilbt und verzogen. Der Ort hatte mit dem pittoresken Gerolimenas nichts gemein. Hier aus diesem Dorf, nicht aus Gerolimenas, stammten Stefano, Maria und Kostas.

Der Fahrer beobachtete mich immer noch im Rückspiegel und wiederholte seine Frage: Was hat Sie eigentlich auf die Mani geführt? Ich hatte kurz den Impuls, ihm aufrichtig zu antworten – vielleicht wäre es eine Erleichterung, jemandem meine Situation zu erläutern, den Zweck meiner Reise, den Grund ihrer unklaren Dauer. Warum nicht diesem Mann, einem Fremden, der nicht übermäßig teilnahmsvoll, aber auch nicht teilnahmslos wirkte? Vielleicht hatte er Christopher ja schon mal irgendwohin gefahren, vielleicht wusste er sogar, wo Christopher war. Aber ich tat es nicht. Stattdessen sagte ich, ohne recht zu wissen, warum oder wo meine Worte überhaupt herkamen, ich schreibe an einem Buch über das Trauern.

Die Worte klangen falsch, schon während ich sie aussprach, eine fadenscheinige Fiktion. Falls Stefano Christopher irgendwann mal begegnet war, würde er wissen, dass diese Antwort nicht stimmte, es war höchst unwahrscheinlich, dass zwei Touristen gleichzeitig an einem Buch über das Trauern schrieben. Aber zu meiner Überraschung und Erleichterung fand er meine Antwort anscheinend durchaus plausibel, er wirkte interessiert, sogar erfreut. Er sagte, das sei nicht der übliche Grund, warum Leute auf die Mani kämen, aber es sei ein guter Grund, ein interessanter Grund, den er verstehen könne, viel eher als die Touristen, die wegen der Strände kämen.

Ob ich wegen der Klageweiber hier sei, wollte er wissen. Und ich erwiderte: Ja, genau. Und wusste dann nichts mehr zu sagen. Glücklicherweise fragte er gleich weiter, ob ich je eine Klagefrau gehört hätte, das sei sehr schön, sehr bewegend. Nein, sagte ich. Persönlich habe ich noch nie eine gehört, ich habe bloß Aufnahmen gehört – das stimmte nicht, und ich hatte keine Ahnung, warum ich diese sinnlose Lüge weiterspann, ich konnte nur hoffen, dass er mich nicht fragen würde, was für Aufnahmen das gewesen seien oder wo ich sie herhätte, vielleicht erlaubten Klageweiber gar nicht, dass ihre Gesänge aufgenommen wurden, und er hatte sofort erkannt, dass ich nicht die Wahrheit sagte.

Ich hätte gern das Thema gewechselt, aber er war zu begeistert, er erzählte mir, dass seine Großtante eine weithin bewunderte Klagefrau sei, eine der besten in der Region. Manchmal fahre sie sehr weit, um zu trauern, sie werde sogar in Dörfern engagiert, die selbst eine Klagefrau hätten. Es sei schade, dass keine Beerdigung anstehe, die ich besuchen könne, leider sei gerade niemand aus den umliegenden Dörfern gestorben. Er sagte das ohne einen Hauch von Morbidität, er war einfach pragmatisch. Wäre ich einen Monat früher gekommen, wäre das anders gewesen. In den Waldbränden seien nämlich mehrere Menschen ums Leben gekommen, und die Totenklagen hätten das Land erfüllt. Seine Großtante und eine Freundin von ihr, die oft zusammen wehklagten, seien von einer Beerdigung zur nächsten gereist und hätten dabei unentwegt gesungen, hätten ihre Klagegesänge – die Musik der Trauer – in die Luft geheult.

Ich sagte, schade, dass ich das verpasst habe, eine idiotische Aussage, aber er schien es nicht zu bemerken. Es sei eine aussterbende Tradition, sagte er abrupt. Aus der jüngeren Generation wolle niemand mehr Klageweib werden, und außerhalb der Mani werde dieser Brauch ohnehin nur noch an sehr wenigen Orten ausgeübt. Es sei ein Jammer. Nicht dass er ein Traditionalist wäre. Aber heutzutage wollten die Mädchen berühmt werden, ins Fernsehen kommen, sie zögen sich an wie Prostituierte und wunderten sich dann, wenn man keinen Respekt vor ihnen hatte. Er verfiel in brütendes Schweigen, es war unverkennbar, dass er jemand Bestimmtes im Sinn hatte.

Ihre Freundin Maria kommt mir jedenfalls nicht so vor, sagte ich, sie scheint ein sehr vernünftiges Mädchen zu sein. Er schwieg einen Augenblick – seine Miene hatte sich bei diesem Namen kurz aufgehellt, dann aber wieder verfinstert, es gab offensichtlich irgendein Hindernis. Ja, sagte er schließlich. Sie ist fast zu vernünftig, sie ist ein sehr pragmatisches Mädchen. Das ist eine große Tugend, aber es macht sie auch etwas hart. Langmut scheint nicht ihre Stärke zu sein, sagte ich. Er stimmte mir zu. Ja, da haben Sie recht, sie ist manchmal ungeduldig, das merkt man ihr auch immer an, sie versteckt nichts, zu Falschheit wäre sie gar nicht imstande, er klang stolz, fast prahlerisch.

Was will so eine Frau, fragte ich, was sind ihre Hoffnungen? (Womöglich mein Mann?) Ihre Hoffnungen?, wiederholte er. Heiraten, Kinder kriegen, in einem schönen Haus wohnen. Sein Ton war irritiert. Das schien mir unmöglich, keine Frau hatte eine derart beschränkte Phantasie, und Maria war da sicher keine Ausnahme. Sie war mir ehrgeizig erschienen, auch wenn ihr Ehrgeiz nicht darauf gerichtet sein mochte, im Fernsehen die Hüften kreisen zu lassen, sondern sich womöglich allein auf Flucht erstreckte, in einer noch nicht näher bestimmten Form.

Ich vermutete, dass Stefano das wusste, er sah unglücklich aus, als er das sagte, das sprichwörtliche offene Buch. Ich rechnete damit, Mitleid zu empfinden – obwohl ich weder wusste, was zwischen Maria und Christopher gewesen war, noch, was zwischen ihr und dem Fahrer im Gange sein mochte –, doch statt der erhellenden Distanz des Mitleids fühlte ich Affinität zu dem Mann. Und das, obwohl die Gründe für diese Affinität – sofern das wirklich das richtige Wort war – höchst dürftig waren, wir hatten nichts miteinander gemein, außer dass wir beide, zumindest hypothetisch, verraten worden waren.

Aber eben nur hypothetisch, und auch nur eine Art von Verrat: Wir hatten keinen Anspruch auf diese Menschen, oder wenn, dann nur teilweise, unvollständig. Stefano hatte keinen formalen Anspruch, konnte aber seine Zuneigung in die Waagschale werfen; ich hatte den rechtlichen Anspruch, aber ohne das Gewicht der Liebe. Zusammen hätten wir womöglich das Recht gehabt, empört oder eifersüchtig zu sein, aber so wie die Dinge standen, hatten wir nur jeder einen privaten Quell von Gefühlen. In meinem Fall waren diese Gefühle immer weniger klar definiert, denn mein Leben mit Christopher begann in die Vergangenheit zu rücken, und alles, was ich über ihn erfuhr – ein belangloses Detail aus seinem neuen Leben, eine Erkenntnis über sein früheres Leben –, konnte mir Unbehagen verursachen, einen mehr oder weniger schmerzhaften Stich versetzen oder auch nur Gleichgültigkeit hervorrufen. Es war der Prozess des Entflechtens zweier Leben, dachte ich, irgendwann würden Furcht und Missbehagen schwinden und durch beständige Gleichgültigkeit ersetzt werden, ich würde ihn zufällig auf der Straße sehen und nichts anderes empfinden, als wenn man ein altes Foto von sich selbst betrachtet. Man erkennt das Bild, kann sich aber nicht mehr so recht daran erinnern, wie es war, diese Person zu sein.

Stefano hingegen – wer wusste schon, ob seine Leidenschaft ebenfalls solcherart ermatten oder ob sie sich als stärker erweisen und bestehen bleiben würde. Würde er schließlich ein anderes Mädchen heiraten – es gab ein anderes Mädchen, ob er sich dessen – ihrer – bewusst war oder nicht, er war ein gutaussehender Mann, und für gutaussehende Männer gibt es immer ein anderes Mädchen –, die Glut seiner ursprünglichen Liebe aber weiterhegen? Es war durchaus möglich, in einem Zustand anhaltender Enttäuschung zu leben, es gab viele Leute, die nicht die Person geheiratet hatten, die sie hatten heiraten wollen, geschweige denn das Leben lebten, das sie sich erhofft hatten, andere Leute wiederum ersannen neue Träume, die an die Stelle der alten traten, fanden neue Gründe, unzufrieden zu sein.

Ich beobachtete Stefano, während er auf seiner Lippe herumkaute und auf die Straße schaute. Er kam mir nicht vor wie einer jener Unzufriedenheitssuchenden. Er wusste, was er wollte, es war nicht einmal unbedingt außer Reichweite, allerdings war es ein riskantes Unterfangen, die Unwilligen zur Liebe zu überreden, und meistens scheiterte es. Leider ist es schwierig, Menschen davon zu überzeugen, dass sie etwas brauchen, dessen Sinn und Zweck sie nicht erkennen.

Als wir das Hotel erreichten, begann es wieder zu regnen. Stefano zögerte einen Moment, ehe er den Motor ausschaltete, dann fragte er mich, ob ich seine Großtante, die Klagefrau, kennenlernen wolle. Er fügte rasch hinzu, dass ich nicht die tatsächliche Totenklage zu hören bekommen würde – sie macht das nicht auf Bestellung, sagte er, was unlogisch war, denn genau das tat sie ja eigentlich. Aber ich würde mit ihr reden können, sagte er, sie interviewen, sie *interviewen*, er wiederholte es in einem Tonfall, als wäre ihm das Wort völlig fremd.

Ich sagte, das wäre natürlich hilfreich. Mir fiel keine andere Antwort ein, die schlüssig geklungen hätte, angeblich war ich ja auf der Mani, um die Trauerrituale dieser Region zu erforschen, Christopher an meiner Stelle hätte Stefanos Angebot ohne Zögern angenommen. Vielleicht hatte er das ja auch – wenn die Großtante eine so namhafte Klagefrau war, war es dann nicht mehr als wahrscheinlich, dass Christopher sie aufgesucht hatte? Vielleicht hatte er sie sogar in seine Recherchen und seine Reisepläne eingeweiht, in das Geheimnis seines derzeitigen Aufenthaltsorts. Stefano schaute auf die Uhr und sagte, er glaube, dass seine Großtante jetzt zu Hause sei, vermutlich habe sie gerade ihren Mittagsschlaf beendet – sie sei alt, brauche eine Siesta –, wenn ich Zeit hätte, könnten wir auf einen Kaffee zu ihr fahren.

Das klingt gut, sagte ich. Er zog sein Handy hervor und wählte, während ich hinten im Auto saß. Er telefonierte nur kurz, seine Stimme klang jovial, er war seiner Mutter wahrscheinlich ein guter Sohn, war ein Mann, dem die Familie wichtig war. Es passt, sagte er, ich habe ihr gesagt, dass Sie eine Freundin sind, sie freut sich darauf, Sie kennenzulernen. Das mit dem Buch können wir ihr später erklären. Er ließ den Motor an und sagte, es sei nicht weit, etwa fünfzehn Kilometer ins Landesinnere. Wir fuhren auf derselben Straße wieder zurück, über die wir gerade gekommen waren, Stefano war gesprächig, es schien ihn zu freuen, dass er mir seine Großtante vorstellen konnte, dass ich mitkam. Sein Verhalten wirkte fast unaufrichtig, und ich fragte mich erneut, ob er auch Christopher gefahren hatte, womöglich sogar zum Haus seiner Großtante, vielleicht hatte er den gleichen Satz auch zu ihm gesagt, sie freut sich darauf, Sie kennenzulernen, es ist nicht weit.

Bald näherten wir uns einem anderen Dorf, ganz ähnlich dem, durch das wir zuvor gefahren waren, eine Ansammlung niedriger Häuser entlang einer einspurigen Straße. Er hielt vor einem kleinen weißen Haus, Wäsche hing auf einer Leine, und in Töpfen neben der Tür standen Plastikblumen, schon von außen wirkte das Haus irgendwie schäbig und zugleich gepflegt. Dieser Eindruck blieb bestehen, als wir die Stufen zur Eingangstür hinaufgingen, Stefano klopfte und die Tür dann schwungvoll öffnete – er wirkte jetzt jünger, wie ein Bub, der am Ende eines Schultags nach Hause kommt – und nach seiner Großtante rief, die augenblicklich erschien.

Sie begrüßte uns mit einem Lächeln und schüttelte dann

entschuldigend den Kopf, als Stefano erklärte, dass sie kein Englisch sprach. Während sie uns in die Küche winkte und mir einen Stuhl heranzog, lächelte sie immer weiter, sie schien von einer unermüdlichen Fröhlichkeit. Nescafé?, fragte sie – das konnte ich verstehen –, und ich nickte. Bald saßen wir zu dritt um einen kleinen Tisch (er war mit einem PVC-Tischtuch bedeckt, das mit Kirschen und Erdbeeren gemustert war, grellbunt, aber leicht zu reinigen), vor uns Tassen mit dünnem, bitterem Nescafé.

Ich fragte sie, wie lange sie schon in diesem Dorf lebe, und nachdem Stefano für sie übersetzt hatte, antwortete sie, was Stefano wiederum für mich übersetzte: schon mein Leben lang. Ich nickte, und so fuhren wir fort, jedes Gesprächshäppchen wurde von Stefano hin- und hergereicht, sodass sich die Unterhaltung langsamer entwickelte als unter normalen Umständen. Ich war es eher gewohnt, in Stefanos Position zu sein – einer des Vermittelns, aber auch Verstehens –, stellte jedoch fest, dass mir diese ungewohnte Konstellation nichts ausmachte, auf eine kuriose Weise nahm sie uns die Befangenheit. Es war für uns beide so, als sprächen wir gar nicht mit einer wildfremden Person, denn in gewisser Weise redete sie nicht mit mir, sondern mit Stefano, und ihre Augen wanderten zwischen uns beiden hin und her. Während ich Stefano und seine Großtante betrachtete und den verblüffenden Familienähnlichkeiten zwischen ihnen nachspürte, eine Falte an den Augen, die Form des Unterkiefers, dachte ich an Christopher. An meinen Mann, der ohne weiteres hätte hier gewesen sein können, erst vor wenigen Tagen. Ich meinte geradezu, seine Gegenwart zu spüren, er hätte auf genau diesem Stuhl gesessen haben können, genau diesen Leuten gegenüber, sie genau so angesehen haben können, wie ich sie jetzt ansah. Aber was er von ihnen gehalten hätte, wusste ich nicht, ich hatte keine Ahnung, welche Fragen er gestellt hätte. Wie immer landete ich bei der Leerstelle, die den Kern meiner Erfahrung mit ihm bildete.

In diesem Moment hätte ich die Großtante fast gefragt, ob sie Christopher kennengelernt habe, ob er auch im wahren Leben und nicht nur in meiner Vorstellung hier gewesen war. Aber ich fand nicht die passenden Worte. Ich wusste nicht, wie ich die Frage formulieren sollte, und so fragte ich die Großtante stattdessen nach den Waldbränden, ob sie irgendjemanden von den Beteiligten kannte. Sie lachte, und ihr Körper bebte ein wenig, sie war klein, aber nicht zierlich, ihr Körper sah aus, als bestünde er aus verdichtetem Fleisch, sie trug ein Kleid mit Blumenmuster, aber ihre Gesichtszüge waren androgyn, vielleicht von Natur aus, vielleicht auch wegen ihres Alters. Sie kennt hier jeden, sagte Stefano. Die Männer, die hinter der Brandstiftung stecken – sie sagt, das wären Kinder. Männer, aber kleine Kinder. Sie lächelte und nickte, während er das sagte, als verstünde sie Englisch.

Ob er sie nach den Totenklagen fragen solle, wollte Stefano von mir wissen, mit gesenkter Stimme und zu mir herübergebeugt. Ich war verdutzt, hatte den Grund unseres Besuchs schon fast vergessen. Wie lange sind Sie schon Klagefrau? Es war eine dämliche Frage, ich war sofort verlegen, meinte fast zu sehen, wie Stefano mich vorwurfsvoll ansah, vielleicht war die Frage zu direkt. Christopher hätte das zweifellos besser gemacht. Aber Stefano übersetzte prompt, und dann die Antwort: Meine Mutter war eine Klagefrau und meine Tante auch, es ist eine Familientradition, es stand außer Frage, dass auch ich Klagefrau werden würde, als klar wurde, dass ich das Zeug dazu habe.

Und wann haben Sie das erkannt?

Schon als ich noch sehr jung war. Wie gesagt, meine Mutter und meine Tante waren beide Klageweiber, sie sangen zusammen, ich weiß noch, wie ich sie als Kind bei Beerdigungen gehört habe. Ich saß dann bei den Hinterbliebenen und sah zu, wie die beiden mit der Totenklage begannen, sie waren berühmt, sie machten das immer zusammen. Ich war also noch sehr jung, als ich anfing, mich selbst im Singen zu versuchen. Und ich habe es gelernt – erst haben sie mich gelehrt zu singen und dann, die Traurigkeit zu kanalisieren, die man zum Weinen braucht.

Das hat man Sie schon als Kind gelehrt?

Auch Kinder erleben schon Traurigkeit. Am Anfang, als junge Frau, habe ich an traurige Geschichten gedacht, die ich gehört hatte, an Soldaten, die im Krieg gefallen waren, und ihre Mütter und Freundinnen, die vergeblich warteten. Als ich dann älter wurde, hatte ich meine eigenen Verluste, auf die ich zurückgreifen konnte, und da wurde es einfacher: Ich habe meinen Vater verloren, meinen Bruder, dann meinen Mann, an Inspirationsquellen mangelt es mir mittlerweile nicht mehr.

Sie denken also an persönliche Verluste?

Ja. Die Gesänge selbst sind festgelegt, sie erzählen Geschichten. Aber um diese Lieder zu fühlen, um die Gefühle auszulösen, die man für die Klage braucht, muss ich an etwas Persönliches denken, wenn es abstrakt bleibt, ist es schwierig. Das ist ein Grund, warum man mit fortschreitendem Alter besser wird, wenn man jung ist, hat man noch keine persönliche Erfahrung mit dem Tod, mit Verlust, man hat noch nicht genug Traurigkeit in sich, um zu trauern. Man muss sehr viel Traurigkeit in sich tragen, um für andere Menschen trauern zu können und nicht nur für sich selbst.

Ihre Augen funkelten, als sie das sagte, und sie lächelte, als hätte sie einen Scherz gemacht. Dann räusperte sie sich und schaute Stefano an, als wartete sie auf die nächste Frage.

Glauben Sie, sie würde für mich singen?

Er schien zu zögern – er hatte mir ja schon gesagt, dass es unwahrscheinlich sei –, fragte sie dann aber doch. Sie schwieg kurz, ordnete die Falten ihres Rocks. Sie räusperte sich erneut, und dann begann sie zu singen. Ihre Stimme war tief und kehlig, und sie begann fast tastend, als müsse sie sich erst an das Gewicht der Stimme gewöhnen, hob eine Hand, während sie eine Reihe atonaler Tonfolgen sang. Dann schien sie den roten Faden zu finden, den sie gesucht hatte, und ihre Finger bewegten sich auf den Daumen zu, als zöge sie diesen Faden zu sich. Ihre Stimme, die sich jetzt im Raum entfaltete, war nicht schön. Sie war schwer, so schwer und sperrig wie die Felsbrocken, die so charakteristisch für die Landschaft der Mani waren, eine Ansammlung von Steinen. Die Töne fielen ihr aus dem Mund, rollten durch die Küche, erst einer, dann der nächste, dann der nächste. Sie sammelten sich an, bald war der ganze Raum von ihrer Dissonanz erfüllt. Sie sang weiter, die Stimme wurde lauter, die Gegenstände um uns herum vibrierten, der Klang ihres Gesangs veränderte die Küche, in der wir saßen. Sie begann mit der flachen Hand auf den Tisch zu schlagen, machte die Augen zu, wiegte sich vor und zurück, während ihre Hand weiter den Rhythmus klopfte.

Die Stimme um ein, dann zwei Oktaven angehoben, begann sie einen schrillen Ton auszustoßen, und während ich gebannt zuhörte, sah ich, dass sich in ihren leicht geöffneten Augen Tränen sammelten, sie hatte den Kopf in den Nacken gelegt, und die Tränen sammelten sich einen Moment lang am unteren Lidrand, ehe sie hinunterrannen. Sie hielt inne, um keuchend Luft zu holen, und fuhr dann fort, wie in einer Trance, die Augen jetzt aufgerissen, die Wehklage drängte aus ihr hinaus, ihr Gesicht war tränennass.

Ich schaute zu Stefano hinüber, wollte, dass sie aufhörte – sie litt, und wozu? Mir wurde das ganze Ausmaß meiner Täuschung bewusst –, ich schrieb kein Buch, recherchierte nicht zu Trauerritualen, es gab nichts, was ich aus ihrem Schmerz lernen konnte, an dessen Echtheit ich keinen Zweifel hatte, ungeachtet der Tatsache, dass es eine Darbietung war, die mehr oder weniger auf Bestellung erfolgte, die ganze Situation war künstlich herbeigeführt. Und ich begriff, wofür man sie bezahlte – nicht für ihre stimmlichen Fähigkeiten, nicht einmal für die beeindruckende Kraft ihres Gefühlsausdrucks, sondern dafür, dass sie bereit war, an Stelle anderer Leid auf sich zu nehmen.

Schließlich verstummte sie, und Stefano reichte ihr ein Papiertaschentuch, mit dem sie sich die Tränen abwischte. Sie nahm ein Glas Wasser, vermied den Blickkontakt mit mir, sie erschien mir – während sie das Wasser trank und Stefanos besorgte Aufmerksamkeiten abwehrte – verlegen, als hätte man sie dabei überrascht, wie sie eine Szene machte. Auch ich war verlegen und stand bald auf. Sie verabschiedete uns mit einem halbherzigen Winken. Ich wusste nicht, wie ich Stefano fragen sollte, ob ich ihr Geld geben sollte, also legte ich ein paar Scheine auf ein Tischchen neben der Tür. Es fühlte sich falsch an, und ich sah, wie Stefano einen kurzen Blick auf die Geldscheine warf, aber er sagte nichts. Es regnete immer noch, als wir das Haus verließen, und wir gingen rasch zum Auto, um nicht nass zu werden.

In meinem Zimmer setzte ich mich aufs Bett. Trotz des Regens war das Fenster offen, und der Deckenventilator drehte sich mit einer langsamen, rhythmischen Bewegung. Ich war erschöpft, der Nachmittag hatte mich körperlich ausgelaugt. Mir war nicht wohl mit meiner Täuschung – wie ich in Christophers Rolle geschlüpft war oder mir zumindest sein Interesse für die Mani, seinen Grund hierherzukommen, angemaßt hatte, ein Akt der Falschheit, der mich bis in dieses Haus, diese Küche geführt hatte – und noch weniger wohl mit der geisterhaften Anwesenheit meines Mannes, während ich dort am Tisch saß, diesem Anhauch seiner Gegenwart, der stärker gewesen war als in seinem verlassenen Hotelzimmer.

Ich war jetzt seit drei Tagen hier, doch von Christopher nach wie vor keine Spur. Zum ersten Mal verspürte ich eine leichte Panik – wenn ihm nun etwas zugestoßen war? Ich musste mir eingestehen, dass mir nicht klar war, wo in dieser Situation meine Verantwortung lag, Christopher hatte jedes Recht zu verschwinden, ohne dass ich ihm nachstellte. Aber war er nicht schon zu lange weg, ohne von sich hören zu lassen, hatte seine Abwesenheit nicht etwas Seltsames, etwas Verkehrtes? Ich rief bei der Rezeption an und bat um eine Liste sämtlicher Hotels in der Umgebung, ohne das näher zu begründen. Die Liste war nicht lang, schon nach fünf Minuten rief Kostas zurück und gab mir die Telefonnummern durch.

Ich rief sofort in allen Hotels an. Er wohnte in keinem davon, jedenfalls nicht unter seinem Namen – aber warum sollte er sich unter falschem Namen in einem Hotel einquartieren, allein der Gedanke war absurd –, und ich legte verunsichert auf. Vielleicht hätte ich Stefano direkt fragen sollen, ob er Christopher mal gefahren hatte, ob er wusste, wo Christopher seine Recherchen hatte betreiben wollen, vielleicht kannte er sogar den Fahrer, den Christopher zuletzt engagiert hatte, unmöglich war das nicht. Kurz darauf klingelte das Telefon. Es war Kostas, der wissen wollte, ob ich noch etwas brauchte. Nein danke, erwiderte ich. Er zögerte, dann sagte er, Christopher sei gestern am Kap Tenaro gesehen worden, nicht sehr weit von Gerolimenas entfernt. Eine Welle der Erleichterung überkam mich, unmittelbar gefolgt von Ärger – während ich hier auf ihn gewartet hatte, war Christopher schlicht auf Besichtigungstour gewesen –, und ich fragte Kostas, ob er wisse, wann Christopher zurückkommen werde.

Er sagte, nein, niemand aus dem Hotel habe mit ihm gesprochen. Nach einer kurzen Pause sagte er: Eine Freundin von Maria hat ihn gesehen, mit einer Frau. Ich war zu überrascht, um zu antworten. Sie ist völlig verstört, sie weint, fuhr er fort, und einen Moment lang wusste ich nicht, von wem er sprach. Entschuldigung, sagte ich. Wer weint? Maria, erwiderte er, sie weint schon die ganze Zeit, es ist ein Albtraum. Oh, sagte ich, und dann, ohne zu wissen, warum: Das tut mir leid. Keine Sorge, sagte Kostas, und er klang fröhlich, als spräche er von irgendeiner Belanglosigkeit, das wird schon wieder. Aber möchten Sie vielleicht einen Wagen bestellen, möchten Sie zum Kap Tenaro zu Ihrem Mann fahren?

Nein, sagte ich. Mein Gesicht glühte, und ich wollte nicht mehr länger telefonieren, ich musste mich zusammenreißen, um nicht einfach aufzulegen. Kostas schwieg und sagte dann: Selbstverständlich, und ich solle ihm Bescheid sagen, wenn er irgendetwas für mich tun könne. Ich sagte ihm, ich würde noch eine Nacht bleiben, aber nicht länger, ich schaute gerade nach einem Flug, der mich am nächsten Tag nach London bringen werde. In Ordnung, sagte er. Ich hoffe, es hat Ihnen bei uns gefallen. Ja, sagte ich, danke. Ich legte auf, und dann rief ich Yvan an und sagte ihm, dass ich nach Hause kommen würde, und er sagte, gut, sagte, ohne irgendwelche Fragen zu stellen, gut, das freut mich.

FÜNF

Ich ging hinunter ans Meer, wollte nicht mehr im Hotel bleiben. Ich ließ meine Sachen am Strand liegen – er war schroff und felsig, nicht gerade paradiesisch, aber die Landschaft war mehr als malerisch, von einer extremen, rauhen Kargheit – und schwamm hinaus. Es war kalt, aber das Wasser war ruhig, und ich schwamm weit, an den Bojen und dem Rand des Kliffs vorbei, wo die Bucht sich ins Meer öffnete.

Ich ging nicht oft schwimmen, war aber eine relativ gute Schwimmerin. Die Kälte war erfrischend, genau was ich brauchte: Sie machte es mir unmöglich nachzudenken. Als ich müde wurde, hielt ich inne und ruhte mich Wasser tretend ein wenig aus, dann schwamm ich weiter, und als ich nach einer Weile etwas kurzatmig wurde und mich nicht mehr so schnell erholte, ließ ich mich auf dem Rücken treiben und schaute in den Himmel – er war eher weiß als blau, sodass die Felswand beinahe bruchlos in ihn überzugehen schien – und dann, als ich mich im Wasser aufrichtete, ins Schwarzblau des Wassers. Ich schloss die Augen, da mich die Sonne blendete, dann drehte ich widerwillig um und machte mich auf den Rückweg zum Ufer. Ich war weiter geschwommen als geplant, ich wusste nicht, wie lang ich schon im Wasser war.

Es gab einiges zu organisieren für meine mehrfach aufgeschobene und nun plötzlich bevorstehende Abreise – das Flugticket besorgen, packen, Isabella anrufen. Ich schwamm fast ohne Pause zurück, und als ich schließlich wieder Grund unter den Füßen hatte – er war voll schmerzhaft spitzer Steine, sodass ich zusammenzuckte und die Füße sofort wieder anhob –, war ich erschöpft und außer Atem.

Während ich aus dem Wasser trat, riefen mir zwei Männer von der Uferpromenade aus etwas zu, und eine junge Frau übersetzte für mich: Sie sagen, es ist zu kalt, zu spät im Jahr zum Schwimmen. Ich sagte, es sei alles in Ordnung, und sie schüttelten den Kopf, sie hätten mir zugesehen, hätten halb damit gerechnet, ein Boot zu meiner Rettung losschicken zu müssen, aber ich sei eine gute Schwimmerin, hätte es problemlos zurück ans Ufer geschafft, sie seien beeindruckt. Sie hätten gesehen, dass ich nur zweimal Pause gemacht hätte, um Atem zu schöpfen, kaum der Rede wert, das sei sehr gut, besser, als sie es gekonnt hätten. Ich rief ihnen einen Dank zu, und sie winkten, ehe sie ihre Unterhaltung wiederaufnahmen.

Dieser belanglose Austausch hob meine Stimmung, es war das erste Mal, dass ich hier im Ort mit jemand anderem als dem Hotelpersonal gesprochen hatte, und die Leute waren freundlicher gewesen, als ich erwartet hatte.

Während ich zum Hotel zurückging, musste ich an Stefanos Verachtung für die Touristen denken, die in Scharen hier einfielen, es war nicht schwer, sich vorzustellen, was die Dorfbewohner von mir dachten, ich war genau die Sorte Mensch, die sie verabscheuen mussten. Eine Außenstehende, reich – relativ gesprochen jedenfalls, ich wohnte in dem großen Hotel, nicht in dem bescheideneren Etablissement am anderen Ende der Dorfstraße, das kaum Ausländer anzuziehen schien –, eine Städterin, eine Touristin.

Eine Touristin – schon fast per definitionem ein Mensch voller Vorurteile, dessen Interessen begrenzt waren, der die *wettergegerbten* Gesichter und die *urtümliche* Art der Einheimischen bewunderte, eine durch und durch herablassende Perspektive, die aber schwer zu vermeiden war. Ich an ihrer Stelle wäre auch von mir irritiert gewesen. Allein durch meine Gegenwart reduzierte ich ihre Heimat auf eine Kulisse für meine Freizeit, sie wurde *pittoresk, malerisch, bezaubernd,* Worte, wie sie auf einer Postkarte oder in einem Prospekt standen. Vielleicht gratulierte ich mir als Touristin sogar zu meinem Geschmack, meiner Fähigkeit, diesen Zauber wahrzunehmen, Christopher hätte das sicher getan, es war nicht Monaco, nicht St. Tropez, dieses reizende Fischerdorf hatte etwas Subtileres, war nicht so berechenbar.

Christopher, der die Gegend hier unsicher machte – ich musste lachen, es war eine schreckliche Vorstellung. Die Kombination aus seinem Charme und seiner unbeständigen Anteilnahme, seine beharrliche Unfähigkeit, sich die Lebenslage anderer Leute realistisch vorzustellen – kein Wunder, dass er solches Chaos stiftete, so viele Tränen verursachte. Plötzlich war ich froh, dass ich auf die Mani gekommen war, um ihn um die Scheidung zu bitten. Ich stellte mir vor, ich wäre in der Hoffnung auf Versöhnung so weit gereist, nur um dann festzustellen, dass Christopher hier einer Frau nach der anderen hinterherlief, kurz standen mir Tränen in den Augen.

Ich hatte das Hotel erreicht und ging die steinernen Stufen von der Uferpromenade zur Terrasse hinauf. Regelrecht erleichtert dachte ich, dass ich nur noch einmal hier im Restaurant zu Abend essen musste; nachdem ich beschlossen hatte abzureisen, konnte es mir gar nicht schnell genug gehen, ich konnte es kaum erwarten. Als ich mich dem Foyer näherte, sah ich, dass Maria und Stefano an der Empfangstheke standen. Mir fiel auf, dass es das erste Mal war, dass ich die beiden zusammen sah, obwohl sich meine Vorstellung von ihnen als Paar hartnäckig hielt. Sie schienen in ein Gespräch vertieft zu sein, womöglich stritten sie sogar.

Maria trug ihre eigenen Sachen, Jeans und Bluse, bisher hatte ich sie immer nur in ihrer Dienstkleidung gesehen, es war geradezu ein Schock. Sowohl sie als auch Stefano waren kaum wiederzuerkennen, ihr Aussehen war unverändert, aber ihr Auftreten, selbst von ferne betrachtet, war vollkommen anders als während der Arbeit, so anders, dass sie mir wie Fremde vorkamen. In ihrer beruflichen Funktion waren sie höflich, reserviert bis hin zur Unnatürlichkeit, ihnen war die ganze Zeit bewusst, dass sie beobachtet wurden.

Auch hier wurden sie beobachtet – Kostas stand hinter der Theke, er schrieb in ein großes Buch und hob ab und zu den Kopf, um sie mit fast gequälter Miene zu betrachten, einmal schüttelte er sogar den Kopf, es war offensichtlich, dass er die beiden nicht zum ersten Mal so miteinander erlebte –, schließlich standen sie an Marias Arbeitsplatz, mitten im Foyer des Hotels. Doch das schien sie nicht zu beeindrucken, sie redeten laut, gestikulierten, ab und zu schrien sie sogar.

Ich stand an der Tür. Kostas beobachtete Maria und Stefano, Maria und Stefano beobachteten einander, die jeweiligen Blickrichtungen ergaben zusammengenommen beinahe eine geometrische Figur. Ich hatte ein Handtuch um die Hüften geschlungen, Haare und Badeanzug waren noch nass – weder war die Sonne heiß genug noch der Weg zurück lang genug gewesen, um sie zu trocknen, aber wenigstens hinterließen meine Sandalen keine Flecken auf den Fliesen –, und ich fühlte mich unwohl bei der Vorstellung, die Tür zu öffnen und das Foyer zu betreten, es kam mir aufdringlich, lächerlich, irgendwie würdelos vor. Ich setzte mich auf einen der Terrassenstühle, vielleicht würden sie ja bald gehen.

Von meinem Platz aus beobachtete ich sie weiter, den Fahrer und die Empfangsdame. Auch wenn sie in diesem Moment keinerlei Zuneigung aneinander verschwendeten, wirkten sie durchaus stimmig zusammen, sie sahen gut miteinander aus, ein attraktives Paar. Sie hatten die Jugend auf ihrer Seite, was nicht zu unterschätzen war. Stefano sah sogar besser aus als Christopher, dessen Attraktivität längst seinem fortschreitenden Alter hatte Tribut zollen müssen. Wenn man sie so sah, war es nicht schwierig, sie sich in einer leidenschaftlichen Umarmung vorzustellen, der Streit – wenn es denn ein Streit war, aber es konnte eigentlich nichts anderes sein, die Zeichen waren eindeutig – konnte einfach als Zank zwischen Liebenden interpretiert werden.

Aber das war er nicht. Ich merkte bald, dass ihr Austausch eine andere Qualität hatte, die Vertrautheit war nicht uneingeschränkt, sie verhielten sich nicht wie zwei Menschen, die miteinander schliefen, nicht einmal wie zwei, die früher einmal miteinander geschlafen hatten oder das für die Zukunft unbedingt anstrebten. Durch die Glasscheibe konnte ich nicht hören, was sie sagten, wobei sie zweifellos ohnehin kein Englisch sprachen. In der Scheibe gespiegelt sah ich nicht nur mich, sondern auch das Meer und den Himmel hinter mir sowie das Durcheinander von Tischen und Stühlen auf der Terrasse, das Bild überlagerte die Szene, die sich drinnen abspielte.

Es war auf eine ähnliche Weise frustrierend, wie wenn man einen Film ohne Ton anschaut und die Schauspieler den Mund auf- und zumachen, ohne dass ein Wort zu hören ist. Ich wollte hören, was sie sagten, obwohl ich wusste, dass ich es nicht würde verstehen können und mich die ganze Sache ohnehin nichts anging. Ich riss die Tür auf, trat ein und setzte mich in einen der Sessel, die um die Empfangstheke herum gruppiert waren. Ich befürchtete, es sei exzentrisch, mich in Badeanzug und Handtuch mitten ins Foyer zu setzen, und rechnete damit, dass Maria und Stefano sich umdrehen und mich anschauen würden, dass Kostas mich fragen würde, ob er mir helfen könne, ob ich irgendetwas benötige.

Aber keiner reagierte, es war fast, als wäre ich gar nicht da. Ich saß in dem Sessel und war wider Willen gebannt, es war allzu plausibel, dass die Probleme dieser Menschen mit meinen eigenen zusammenhingen – zum Beispiel wurde ich den Gedanken nicht los, dass die Ursache ihrer Auseinandersetzung Christopher war, die Vermutung lag nahe. Kostas hatte mir erzählt, dass Maria verstört war wegen dieser anderen Frau, dass sie geweint hatte.

Maria sagte etwas mit lauter, barscher Stimme – sie sprachen Griechisch, sodass ich nur versuchen konnte, ihrem Austausch über Tonfall und Gesten zu folgen. Diese allerdings nahm ich jetzt, wo ich drinnen war, umso deutlicher wahr. Während Maria sprach, schüttelte sie den Kopf. Sie hob ruckartig das Kinn und schaute Stefano direkt in die Augen, als forderte sie ihn heraus. Ich beugte mich vor, die Nässe von meinem Badeanzug drang in das Polster, ich fürchtete, Flecken zu hinterlassen. Machte Wasser Flecken? Maria und Stefano nahmen weiterhin keine Notiz von mir, und einen Moment lang bedauerte ich es, mir keinen Sessel ausgesucht zu haben, der näher bei ihnen stand.

Jetzt redete Stefano mit leiser, eindringlicher Stimme. Maria hörte ihm mürrisch schweigend zu, die Augen abgewandt, er hätte wissen sollen, dass er so nicht mit ihr reden durfte, es brachte gar nichts, das sah ich ihrem Gesicht an, er trieb sie damit nur noch weiter von sich weg. Ich verstand nicht, was er sagte, aber den herrischen Ton erkannte ich nur zu gut, er bevormundete sie, ohne es zu bemerken. Maria hörte ihm zwar zu, ohne ihn zu unterbrechen, aber ihre Miene blieb mürrisch, sie verzog den Mund und sah ihn weiterhin nicht an.

Was immer er sagte, es gefiel ihr nicht. Ihr Gesicht verzerrte sich, eine Grimasse folgte auf die andere, eine beeindruckende Vielfalt an Gesichtsausdrücken, allesamt unfroh. Sie wirkte nicht mehr attraktiv, ihre Augen waren rot und die Lider vom Weinen geschwollen, ihre ohnehin plumpen Züge wirkten dadurch noch gröber. Ich konnte nicht erkennen, ob Stefano davon Notiz nahm, er schien mit den Gedanken ganz woanders, vielleicht war er gar nicht in der Lage, diese Veränderung wahrzunehmen. Er himmelte sie an, obwohl er versuchte streng zu sein – zumindest war das mein Eindruck.

Stefano redete immer weiter, als befürchtete er, sie endgültig zu verlieren, wenn er auch nur einen Moment verstummte. Ab und zu unterstrich er das Gesagte mit einer Geste oder beugte sich flehentlich über sie. Sie antwortete nicht. Doch selbst wenn es ihm gelänge, sie zu überzeugen – ich spekulierte über die Feinheiten seiner Rede, vielleicht ging es um Christopher (er sei reine Zeitverschwendung, ein treuloser, nichtsnutziger Kerl, ich konnte nicht widersprechen), vielleicht auch um etwas völlig anderes, es spielte letztlich keine Rolle, ich war mir sicher, dass das eigentliche Ziel all seiner Worte war, sie dazu zu bringen, ihn zu lieben, so wie er sie liebte –, gewinnen würde er sie nicht, nicht so.

Als spürte er dies, wich Stefano nun zurück, aufgebracht, die Miene umwölkt, er machte eine kleine, aber deutliche, ja gewaltsam anmutende Geste des Zorns. Dieser Zorn richtete sich nicht unbedingt gegen Maria, aber Zorn war es fraglos, vielleicht auf Christopher, vielleicht auf die Situation oder auf sich selbst. Hinter der Empfangstheke hob Kostas die Augen und sah mich an. Kurz erwiderte ich seinen Blick, dann schaute ich weg.

Maria stieß einen jähen, wortlosen Schrei aus. Sowohl Kostas – der mich angesehen hatte – als auch ich wandten ihr den Blick zu. Sie stand mit stocksteifen Armen da, die Augen auf Stefanos Gesicht geheftet. Ihr eigenes Gesicht, aschfahl, leer, ausdruckslos, war besorgniserregend. Normalerweise war es zu ausdrucksstark, es verlieh ihren Gefühlen Ausdruck, auch wenn sie es gar nicht wollte, ja selbst wenn es gar nichts auszudrücken gab. Jetzt aber wirkte es trotz seiner rundlichen Fülle ausgelaugt, ihre Züge geradezu eingefallen. Stefano hatte sich abgewandt, er redete immer noch, murmelte irgendetwas vor sich hin, schaute sie jedoch nicht an, er machte einen Schritt auf die Tür zu, blieb stehen, es war nicht leicht für ihn, sich von ihr zu trennen.

Jetzt sagte Maria etwas, die Worte klangen hart und rauh. Kostas stieß einen langen, leisen Pfiff aus. Stefano – er stand immer noch mit dem Rücken zu Maria – lief rot an, ein tiefes, unruhiges Rot. Er hob die Hand, als wollte er jemandem, der vor ihm stand, ins Gesicht schlagen, aber natürlich stand da niemand, er hatte sich von Maria abgewandt – und diesmal galt sein Ärger zweifelsohne ihr. Er zitterte, und sein Gesicht wurde fleckig, als bekäme er kaum Luft.

Sie hatte ihn irgendwie gedemütigt, und mir wurde klar, dass ihm durchaus bewusst war, dass ich hinter ihm im Foyer saß, er ließ sich zwar nichts anmerken, aber es war offensichtlich. Ebenso war mir klar, dass auch Maria sich meiner Anwesenheit bewusst war, der Tatsache, dass ich ihnen zugeschaut hatte, und dass sie sich das zunutze gemacht hatte, um ihn noch mehr zu demütigen. Meine Haut kribbelte, ich fühlte mich von neuem unbehaglich. Der Sessel war inzwischen durchnässt, wenn ich aufstand, würde ein großer Fleck darauf zu sehen sein. Kostas beobachtete die beiden weiterhin von der Empfangstheke aus, wie ein Kommentator bei einer Sportveranstaltung, seine Miene zugleich jovial und besorgt.

Bald schien sich Stefano wieder gefangen zu haben, jedenfalls einigermaßen: Er ließ die Hand sinken. Aber er war immer noch rot im Gesicht, er hatte seine Gefühle noch nicht wieder im Griff, seine Physiognomie verriet ihn. Er war offenkundig ein Mann, der zu Gewalttätigkeiten fähig war, wie so viele andere. Ich blickte mich nach Maria um, rechnete damit, dass sie irgendein Anzeichen von Furcht zeigte, es war kein angenehmer Anblick, dieser Mann mit seinen erstickten Gefühlen, seiner kaum unterdrückten Wut – dass sie ihn nicht liebte, ihn schon jetzt verachtete, machte die Sache nicht besser –, aber sie schien nicht im Geringsten eingeschüchtert, stand einfach da, die Hände an die Seiten gepresst.

Dann wiederholte sie den Satz – zumindest vermutete ich das, die Wörter klangen sehr ähnlich, nur die Intonation war vollkommen anders, wäre nicht ihre Miene so steinern, ihre Haltung so starr gewesen, hätte ich geschworen, dass sie ihn flehentlich um irgendetwas bat. Und tatsächlich schien sich Stefanos Körperhaltung etwas zu entspannen, er drehte den Kopf ein wenig, als überlegte er es sich noch einmal. Ja, jetzt drehte er sich um, mit einem hoffnungsvollen Gesichtsausdruck, er war wirklich ihr Sklave, ich hatte noch nie einen Mann gesehen, der derart im Bann einer Frau stand, und das praktisch ohne ihr Zutun.

Während sie ihn ansah, runzelte sie kurz die Stirn, es war eines jener Dilemmata, vor denen eine Frau manchmal steht, nicht nur eine Frau, sondern wir alle: Den einen Mann versetzt sie mühelos in Verzückung, einen, den sie nicht begehrt, der ihr wie ein Hündchen folgt, sosehr er auch geprügelt und beschimpft wird, all ihre Bemühungen hingegen, auf einen anderen Mann, den tatsächlich Begehrten, anziehend zu wirken und ihn zu umgarnen, sind vergebens. Charme ist nicht allgemeingültig, Begehren wird allzu oft nicht erwidert, es sammelt sich an den falschen Stellen und wird allmählich zu Gift.

Ihre Grimasse schien sich mehr und mehr auf sie selbst zu beziehen, ein spöttisches Lächeln, das nicht mehr Stefano galt, sondern ihr selbst, sie war sich der Ironie der Situation sichtlich bewusst. Ich konnte nicht erkennen, dass sich die Situation oder ihr jeweiliger Stand geändert hätte, ihr Gesichtsausdruck gab wenig Anlass zu Hoffnung. Dennoch streckte Stefano nun beide Hände nach ihr aus und zog sie an sich. Ihre Haltung blieb zwar starr, aber sie entzog sich nicht. Das Ergebnis war eine Umarmung, die Stefano kaum befriedigt haben konnte, nicht unfreundlich, aber ganz gewiss nicht erotisch oder romantisch, sie duldete seine Umarmung einfach nur.

Doch obwohl sie ihn nicht liebte, wollte sie ihn nicht gehen lassen, das war mir klar. Sie wollte den Ball im Spiel halten – was immer da zwischen ihnen war –, einen Trumpf im Ärmel behalten, jede Frau braucht etwas in der Hinterhand, jede vernünftige Frau zumindest. Sie war nicht dumm, war, wie Stefano gesagt hatte, eine pragmatische Frau, und auch wenn sie steif wie eine Leiche in seinen

Armen dastand, wies sie ihn nicht auf eindeutige Weise ab, es war alles interpretationsfähig. Wie sie da stand, hätte sie sogar über eine Zukunft mit diesem Mann nachdenken können. Auf der einen Seite boten sich ihr Sicherheit und Liebe, die Möglichkeit, Kinder zu haben, auf der anderen Seite war da dieses tiefe Begehren, das würde befriedigt werden müssen. Mit der Zeit würde die Situation nur erdrückender werden – mit der Zeit, einem ganzen Leben, in dem sie seine Berührung mied oder verschmähte. Zweifellos würde er sie für ihre Geringschätzung bezahlen lassen, für die Männer, die sie zu lieben vorgezogen hätte.

Welche Verachtung sie für den Mann empfand, der sie in den Armen hielt! Und doch gab es eine Menge Frauen, die den Fahrer nur zu gern geliebt hätten, er war gutaussehend, durchaus charmant und offenkundig zur Treue fähig. Natürlich war da das Problem seiner Reizbarkeit, aber Frauen konnten erstaunlich anpassungsfähig sein – und optimistisch, man konnte in der Hoffnung leben, dass seine Wut nachlassen würde, besonders wenn er selbst geliebt wurde, unmöglich war das nicht. Doch, es wäre besser, sie würde ihn gehen lassen – besser, sie würde ihm sagen, dass sie ihn niemals lieben werde, dass sie keine gemeinsame Zukunft hätten.

Aber ich sah ganz klar, dass sie nicht die Absicht hatte, ihn gehen zu lassen. Vor meinen Augen hob sie langsam den Arm und strich ihm über den Rücken, eine Art Liebkosung. Die Geste war eine Lüge, vollkommen unaufrichtig, ich konnte ihr Gesicht sehen, der Widerspruch zwischen dessen starrem Ausdruck und der sanften, vertraulichen Bewegung ihrer Finger war verstörend, ihre Hand schien ein Eigenleben zu haben, wie in einem Horrorfilm. Aber Stefano, der nicht sah, was ich sah, nahm die Geste für bare Münze, und sie zeigte unmittelbar Wirkung. Sein Gesicht erstrahlte vor Hoffnung. Er hob die Hand, um ihr übers Haar zu streichen, zögerte dann aber, wollte sein Glück nicht herausfordern. Sie wich sofort zurück, genug davon, schien sie zu sagen.

Natürlich war Stefano enttäuscht, aber immerhin doch zufrieden, die Lage war besser, als er gedacht hatte, in seinen Augen war die Sache noch nicht verloren. Maria wirkte immer noch verdrossen, aber zumindest weinte sie nicht oder schrie, sie schaute ihn nicht einmal böse an, nur so, als wollte sie ihn am liebsten fortschicken, sie hatte Wichtigeres zu tun, hatte genug Zeit damit verschwendet, mit ihm zu reden. Im Handumdrehen hatte sie sich in eine berufstätige, vielbeschäftigte Frau verwandelt, sie schaute sogar auf die Uhr und runzelte die Stirn, sie hatte die Zeit aus den Augen verloren, es war viel später, als sie gedacht hatte.

Sie sagte etwas zu Stefano – abrupt, vielleicht eine knappe Verabschiedung –, er nickte und trat zurück. Sie öffnete die Tür zum Personalraum, wahrscheinlich begann gleich ihre Schicht, sie musste sich umziehen, das Haar bürsten, ihre Gedanken sortieren. Doch dann drehte sie sich noch einmal um und schaute nicht Stefano an, sondern mich. Ihr Blick war direkt und unzweideutig, es war fast unheimlich – so als würde man von einer Schauspielerin, die man im Fernsehen sieht, plötzlich direkt angeschaut und als Zuschauerin zur Kenntnis genommen. Ich war perplex, und sie nickte kalt, vielleicht war dieses Zur-Kenntnis-Nehmen notwendig – uns war beiden klar, dass sie wusste, dass ich die Szene verfolgt hatte. Ich bewunderte die Geste, es war mehr, als ich in dieser Situation zustande gebracht hätte, sie war auf ihre Weise zweifellos eine eindrucksvolle Frau.

Die Tür schloss sich hinter ihr. Ich sah mich nach Stefano um und stellte zu meiner Überraschung fest, dass er auf mich zukam. Ich zog rasch mein Handy hervor – als wäre ich im Begriff gewesen, eine Mail zu schreiben oder meine Nachrichten zu checken, eine alberne, nutzlose Verstellung, die mir kein Mensch abgenommen hätte. Aber ich wusste nicht, was ich sonst hätte tun sollen, während ich dort im Sessel saß und abwartete, dieweil er sich mir in erstaunlicher Geschwindigkeit näherte. Im nächsten Moment stand er vor mir, mit freundlicher, leicht verlegener Miene, nicht sonderlich einnehmend.

Als er sich an mich wandte, war seine Stimme unsicher, er hatte keinerlei Ähnlichkeit mehr mit dem tobenden Mann, dem leidenschaftlichen Liebenden, den ich noch wenige Augenblicke zuvor erlebt hatte. Mit mir sprach er Englisch, das er ausgezeichnet beherrschte, aber natürlich sprach er es nicht mit der gleichen Selbstverständlichkeit wie Griechisch. Während ich ihm zuhörte, wurde mir klar, dass er nicht zuletzt deshalb anziehender, maskuliner gewirkt hatte, als er, wenn auch erfolglos, um Maria warb, weil er da im Vollbesitz der Sprache gewesen war. Selbst in einer derart demoralisierenden Situation hatte er durch seine Redegewandtheit selbstbewusster auftreten können, als wenn er Englisch sprechen musste.

Ich bin wegen Ihnen hier, sagte er.

Ich sah ihn überrascht an, hatte zwar kaum darauf geachtet, was, sondern vielmehr wie er es gesagt hatte, aber der Inhalt seiner Worte, die direkte Ansprache und der sachlich-nüchterne Ton ließen sich unmöglich ignorieren. Es stimmte ganz offensichtlich nicht, er war ins Hotel gekommen, um Maria zu trösten (es hatte sie verstört, dass Christopher mit einer anderen Frau gesehen worden war) oder zur Rede zu stellen (warum musste es sie verstören?). Ich blickte verständnislos zu ihm auf, antwortete nicht, ich konnte mir nicht vorstellen, was er mir zu sagen haben könnte oder was der Sinn dieser Lüge war.

Hätten Sie Lust, heute Abend zum Essen zu meiner Großtante zu kommen?, fragte er.

Ich zögerte, begriff nicht, warum sollte seine Großtante mich noch einmal sehen wollen? Als ich nichts erwiderte, sprach Stefano weiter.

Ich kann Sie hinfahren.

Er klang hoffnungsvoll. Die Einladung wirkte aufrichtig, womöglich war es eine Art instinktive Gastfreundschaft – vielleicht war ich nach unserem gemeinsam verbrachten Tag nicht mehr einfach nur eine Kundin, war mir das von Christopher geborgte Interesse an den Traditionen dieser Gegend zustattengekommen. Es war, als fühlte er sich jetzt verpflichtet, mich in meiner Mission zu unterstützen, so unzulänglich sie auch ersonnen und beschrieben worden war, wenn er nur noch ein bisschen an der Oberfläche kratzte, würde das Konstrukt in sich zusammenfallen, ich wusste nichts über das Thema.

Ich muss zugeben, dass es mich ein bisschen schmerzte – ich würde ablehnen müssen, ihm sagen, dass ich im Begriff sei, auf mein Zimmer zu gehen und meinen Rückflug nach London zu buchen, ich hätte gerade auf meinem Handy das Angebot studiert. Es gab keinen Anlass, ein schlechtes Gewissen zu haben, aber ich kam generell nicht gut damit zurecht, andere zu enttäuschen, selbst – ja insbesondere – Menschen, die ich nicht kannte. Ich versuchte gemeinhin, diese Art von Interaktion zu vermeiden, doch meist schob ich damit bloß auf, was von vornherein unvermeidbar war – war ich nicht genau aus diesem Grund hier in Gerolimenas? Nein, wenn man andere Menschen schon enttäuschen muss, dann tut man es am besten so schnell wie möglich.

Das Problem ist nur, sagte ich, dass ich unmittelbar vor der Abreise stehe. Ich habe meine Pläne geändert, ich brauche nicht länger zu bleiben.

Sie wollen nicht auf Ihren Mann warten?

Soweit ich mich erinnern konnte, hatte ich Stefano nicht erzählt, dass ich verheiratet war, geschweige denn, dass ich hier auf meinen Mann wartete – wobei es nicht unbedingt verwunderlich war, vermutlich wussten alle im Hotel Bescheid (sicher hatte Maria es ihnen erzählt, und wenn nicht sie, dann Kostas). Aber er sah plötzlich verlegen aus, als wäre ihm die Frage herausgerutscht, er wusste, dass er gegen einen Kodex verstoßen hatte, gegen die stillschweigende Übereinkunft, die unseren sozialen Interaktionen zugrunde liegt, nämlich so zu tun, als wüssten wir etwas nicht, obwohl wir es wissen.

Die Zeit, in der wir leben, hat die Lage noch verschärft, dachte ich, während ich ihn erröten sah, die Ära des Googelns und der Social-Media-Profile – inwieweit wird unser Verhalten durch geleugnetes Wissen gesteuert? Wobei das

Internet dazu nicht einmal nötig ist, oft reicht ein bestimmtes sexuelles Verhalten oder Fehlverhalten, eine Freundin hat mir mal die Geschichte von einem Date mit einem Musiker erzählt, den sie, wie sie freimütig erklärte, sexuell sehr anziehend fand.

Sie hatten sich zum Abendessen in einem Restaurant in der Nähe verabredet, das sie nicht kannte. Sie wohnten beide in einem angesagten Viertel im Westen Londons, das von Magazinen, Zeitungsbeilagen und Blogs bereits bis in den letzten Winkel erfasst worden war, es war eine echte Leistung, dort ein Restaurant vorzuschlagen, das sie nicht kannte. Sie zermarterte sich das Hirn, was sie anziehen sollte, denn das übliche Problem, ein passendes Outfit für das erste Date zu finden – man will begehrenswert erscheinen, doch zugleich ist da die Frage, wie viel Bemühen man erkennen lassen will –, wurde dadurch noch verschärft, dass sie das Restaurant nicht kannte, war das Ambiente zwanglos oder eher förmlich, die Art von Lokal, wo von Männern erwartet wurde, dass sie ein Jackett trugen?

Sie behalf sich schließlich damit, im Internet nachzuschauen. Dort erfuhr sie, dass das Restaurant *äußerst beliebt bei den Bewohnern dieses trendigen Viertels* war, mit einer *spektakulären Karte* und einer *intimen, romantischen Atmosphäre*. Das steigerte bloß ihre Nervosität – wie konnte es sein, dass sie dieses Restaurant nicht kannte? Was hatte es zu bedeuten, dass sie es nicht kannte, er dagegen schon? Wahrscheinlich gar nichts, sagte sie, als sie mich aufgeregt anrief, um mir zu beschreiben, was sie anhatte, ihr grünes Kleid und schwarze Stiefeletten.

Ich hatte weder Kleid noch Stiefeletten unmittelbar vor

Augen und bat sie, mir ein Foto von sich zu schicken, was sie auch tat, sie hatte es vor dem Ganzkörperspiegel im Bad aufgenommen, eine Hand in einer halb verführerischen Pose auf der Hüfte, allerdings war das Bild auf Höhe des Halses abgeschnitten oder vielmehr unterhalb des Kinns, sodass ihr Gesicht nicht zu sehen war. Ich wusste nicht, warum sie das Bild so aufgenommen hatte, es wirkte irgendwie gruselig, aber das Outfit war prima, und ich textete ihr, dass ich es gut fand. Viel Spaß, fügte ich, glaube ich, hinzu, dabei hätte ich schon beim Anblick des geköpften Bildes ahnen können, dass es nicht gutgehen würde.

Das Restaurant war klein, vielleicht zehn Tische. Als sie eintrat, sah sie, dass es in vieler Hinsicht ideal für ein erstes Treffen war, mit dunkel gestrichenen Wänden, Kerzen, Wiesenblumen auf den Tischen, die Tageskarte war mit Kreide auf eine Tafel geschrieben, weder mondän noch protzig. Sie konnte es nicht fassen, dass sie noch nie dort gewesen war, wenigstens, dachte sie, kannte sie jetzt ein neues Restaurant, selbst wenn das Date kein Erfolg werden würde.

Doch wie sich zeigte, lief es gut. So gut, dass sie nach dem Essen beschlossen, einen Spaziergang zu machen, es war ein ungewöhnlich warmer Abend. Sie ließen sich treiben, es war noch hell draußen, sie wohnten beide im Viertel. Doch nachdem sie eine Weile so dahingeschlendert waren, die Portobello Road entlang und dann bis zur Golborne Road, begann sie wieder nervös zu werden, es wurde langsam spät, war mittlerweile dunkel, und er hatte zwar ihren Arm genommen, als sie die Straße überquerten, aber ansonsten hatten sie kaum Körperkontakt gehabt, vielleicht war er doch nicht so interessiert.

Sie war kurz davor zu verzweifeln, als er abrupt stehen blieb und auf das schmale Reihenhaus deutete, vor dem sie standen: Hier wohne ich. Auch sie blieb stehen, zu nervös, um etwas zu sagen. Er setzte hinzu: Möchtest du noch auf einen Kaffee reinkommen? Sie fragte sich sofort, warum er sie nicht zu einem Drink einlud, es war schon nach elf, und ein Kaffee um diese Uhrzeit war seltsam, sogar ein bisschen zweideutig, ein Drink dagegen unmissverständlich, jeder weiß, was gemeint ist, wenn ein Mann oder eine Frau sagt: Möchtest du noch auf einen Drink mit reinkommen?

Doch als sie nicht antwortete, lächelte er und wiederholte seine Frage: Möchtest du noch auf einen Kaffee reinkommen? Diesmal beugte er sich vor, als er es sagte, und lächelte – neckend, wie ihr schien, sodass sie keine Zweideutigkeit mehr darin sah, ein Kaffee oder ein Drink, das war doch egal, und sie platzte heraus: Ich kann nicht, ich habe meine Tage.

Sie war verblüfft, diese Worte aus ihrem Mund zu hören, sie wusste noch, dass sie beim Verlassen ihrer Wohnung gedacht hatte, dass es zwar nicht ideal war, sie dadurch aber wenigstens nicht sofort mit dem Mann in die Kiste hüpfen und dadurch alles ruinieren würde. Aber jetzt trat er einen Schritt zurück, mit einem Gesichtsausdruck irgendwo zwischen Belustigung und Abscheu, als wollte er sagen: Aber ich habe doch nur gefragt, ob du einen Kaffee möchtest, ich habe mich nicht nach dem Zustand deiner Gebärmutter oder der Verfügbarkeit deiner Vagina erkundigt. Tatsächlich sagte er jedoch nur drei Worte, nämlich: Dann gute Nacht, ehe er sie höflich auf beide Wangen küsste – sie lehnte sich benommen in diese förmliche, distanzierte Umarmung – und in sein Reihenhaus verschwand, dessen Eingangstür hinter ihm ins Schloss fiel.

Es wunderte sie nicht, dass er nicht mehr anrief. Was sie am meisten bedaure, sagte sie, als sie mir die Geschichte erzählte, sei, dass sie nie wieder in dieses wunderbare Restaurant gehen könne, das kaum zehn Minuten zu Fuß von ihrer Wohnung entfernt lag. Aber was denn mit dem Mann sei, dem attraktiven Musiker? Ob sie ihn nicht anrufen, einen Scherz darüber machen könne – schließlich sei doch alles gut gelaufen, er habe sie zu sich eingeladen, sie hätten einander gemocht. Sie habe doch nicht mehr getan, als direkt anzusprechen, was eh auf dem Programm stand, wie beide wussten, denn was sonst bedeutet so eine Einladung um diese Uhrzeit, als dass man schließlich miteinander schläft? Sie schüttelte heftig den Kopf, nein, niemals. Allein bei dem Gedanken werde ihr übel. Außerdem, fügte sie hinzu, begehre ich ihn nicht mehr. Die ganze Sache ist völlig unmöglich.

Stefano stand immer noch vor mir. Die Illusion, er wisse nicht, was er wusste, hatte er zwar durchbrochen, doch er fing sich schnell wieder. Sein Verhalten – das jetzt zu besagen schien, beenden wir doch dieses Lügenspiel, ich weiß, dass Sie wissen, dass ich Bescheid weiß, oder etwas in der Art – machte es schwierig für mich, auf diese Übertretung einzugehen oder überhaupt zu reagieren. Wie mir jetzt, im Nachhinein, klar wurde, musste Stefano schon die ganze Zeit gewusst haben, dass meine angeblichen Recherchen nichts dergleichen waren, ein fadenscheiniger Vorwand, er musste von Anfang an gewusst haben, dass ich auf die Mani gekommen war, um Christopher zu suchen.

Vielleicht hatte er Christopher mal gefahren und unsere Verbindung erraten, sobald ich bei ihm eingestiegen war. Oder vielleicht hatte Maria Stefano Bescheid gesagt, wobei Maria nicht alles über Christopher wusste, zum Beispiel wusste sie nicht, dass der abwesende Ehemann bald ein Exehemann sein würde. Ob sie erleichtert gewesen wäre, wenn sie es gewusst hätte? Hätte es ihre Hoffnungen genährt zu erfahren, dass ich in der Absicht nach Gerolimenas gekommen war, ihn um die Scheidung zu bitten, dass ich diesen Mann, diesen Weiberhelden, freigab? Hätte es sie veranlasst, sich eine gemeinsame Zukunft, eine Ehe, ein Zusammenleben mit Christopher vorzustellen? Vorstellungen kosten schließlich nichts, der schwierigere Teil ist das Leben selbst.

Deshalb schien Stefano jetzt beunruhigt, nicht mehr wegen seiner unbedachten Bemerkung, sondern wegen meiner angekündigten Abreise, die ja auch seine kleine Indiskretion hervorgerufen hatte, sie war das eigentliche Problem. Sie schien ihn zu bestürzen, vielleicht hatte die Tatsache meiner Existenz – eine Ehefrau war keine Bagatelle, noch dazu war ich nicht bloß ein Abstraktum, sondern leibhaftig anwesend, ich hatte das Hotel in diesen drei Tagen kaum verlassen, und meine Anwesenheit musste Maria ein Stachel im Fleisch sein – seinen Argumenten mehr Triftigkeit verliehen, schließlich war es absurd, sich nach einem Mann zu sehnen, der einen nicht nur hatte sitzenlassen, sondern allem Anschein nach auch von seiner Frau verfolgt wurde.

Würde ihre Hoffnung wachsen, würde Maria meine Abreise als Rückzug interpretieren? Ihr selbst würde er womöglich nicht mehr zugutekommen, wohl aber der Frau am Kap Tenaro oder der nächsten, es gab immer eine nächste Frau, besonders für einen Mann wie Christopher. War Stefano deshalb so sehr daran interessiert, dass ich blieb? Immer angenommen, dass Christopher der Gegenstand ihrer Meinungsverschiedenheit war. Stefano fuhr fort: Aber Sie sollten noch nicht abreisen, es gibt hier noch so viel zu sehen, ich könnte es Ihnen zeigen, es gibt viele Sehenswürdigkeiten ganz in der Nähe, und jetzt ist eine gute Zeit, in der Nebensaison sind nicht so viele Touristen unterwegs.

Mich erfasste eine Welle des Mitleids – er war so verzweifelt, er schien zu wissen, dass seine Überzeugungskraft in dieser Situation noch geringer war als in seinem Streit mit Maria, sein Versuch, mich, eine mehr oder weniger Fremde, zm Bleiben zu überreden, hatte etwas Absurdes, und er wusste es selbst, ihm war klar, dass seine Worte kein Gewicht hatten. Er verstummte und stand nun mürrisch schweigend vor mir.

Es tut mir leid, sagte ich, und meine Stimme klang brüsker, als mir lieb war, aber da ist nichts zu machen, ich muss nach London zurück. Ich wünschte, ich könnte länger bleiben, fügte ich hinzu, aber Stefano zog sich bereits zurück, er hatte sich umgedreht und ging, verließ das Hotel, ohne sich zu verabschieden. Ich war verdattert. Als ich aufblickte, sah ich, dass Kostas – natürlich – herübersah, er hatte den ganzen Austausch beobachtet. Jetzt zuckte er die Achseln. Ignorieren Sie ihn, rief er durchs Foyer, er hat heute keinen guten Tag.

SECHS

An diesem Abend, der mein letzter in Gerolimenas sein sollte, aß ich mit Maria zu Abend. Es ergab sich wie von selbst, dabei ließ sich kaum eine prekärere Situation denken – die Ehefrau und die Geliebte, die sich am Tisch gegenübersitzen und Konversation machen. Noch prekärer wurde das Ganze dadurch, dass es in ihrer Arbeitszeit stattfand, sie trug ihre Dienstkleidung, und bevor sie sich setzte, sagte sie, dass ihre Schicht erst in einer halben Stunde zu Ende sei und dass Hotelangestellte keinen privaten Umgang mit Gästen haben dürften, unter gar keinen Umständen.

Ihre Worte klangen wie eine offizielle Erklärung, und einen Moment lang stand sie einfach nur vor mir. Ihr letzter privater Kontakt mit einem Hotelgast war nicht gut ausgegangen – keine von uns sprach es aus, aber es war, als hätten wir diesen Gedanken beide gleichzeitig gehabt, ihre Stirn legte sich in Falten, und sie stand reglos da und starrte auf den Tisch, eine Hand auf der Stuhllehne. Sie hatte mich gefragt, ob sie sich zu mir setzen könne, aber jetzt schien es, als würde sie es sich womöglich doch anders überlegen. Aber schließlich zog sie den Stuhl vom Tisch weg und setzte sich.

Ich wartete darauf, dass sie etwas sagte. Sie musste etwas zu sagen haben – warum sonst hätte sie gefragt, ob sie sich zu mir setzen könne, was sie dann auf eine sehr überlegte Weise getan hatte, als hätte sie das schon länger vorgehabt, ein paar Stunden, wenn nicht Tage, vielleicht wollte sie mich tadeln, weil ich ihr Gespräch mit Stefano belauscht hatte –, aber sie saß einfach nur auf der Stuhlkante und sah sich um, sie wirkte bang, vielleicht befürchtete sie, Kostas oder jemand anderes könnte auftauchen und sie fragen, was zum Teufel sie da mache. Die Kellner schienen ihr Hinzukommen nicht zu bemerken, als wäre der Anblick einer Hotelangestellten, die sich zum Abendessen zu einem Gast an den Tisch setzt, zu absonderlich, um ihn zur Kenntnis zu nehmen.

Ich fragte, ob sie ein Glas Wein wolle. Sie schien im Begriff abzulehnen, zuckte dann aber mit den Achseln und nickte. Ja, gern. Ich winkte dem Kellner, der sofort an den Tisch kam. Er stellte sich vor mich, ohne Maria anzuschauen, obwohl sie doch Kollegen waren und sich zweifellos kannten.

Ich bestellte ein weiteres Glas Wein und fragte Maria dann, ob sie schon gegessen habe, ich vermutete, nicht, denn als ich sie mit Stefano im Foyer gesehen hatte, war es ein Uhr mittags gewesen, und jetzt war es nach acht. Sie schüttelte den Kopf, und ich bat den Kellner, noch ein Gedeck aufzulegen, was er auch tat, allerdings brachte er keine zweite Speisekarte mit. Geduldig bat ich ihn um eine weitere Speisekarte, doch Maria sagte, das sei nicht nötig, sie wisse, was sie wolle.

Dann gab sie auf Griechisch eine ausführliche Bestellung auf, sie war mit der Karte sichtlich vertraut. Der Kellner hörte gleichmütig zu, die Hände vor sich gefaltet. Er machte keine der kleinen Bewegungen und Gesten, mit denen Kellner üblicherweise ihre fortwährende Aufmerksamkeit demonstrieren – der sorgsam geneigte Kopf, das gemurmelte *Sehr gut* oder *Eine ausgezeichnete Wahl,* das kurze Nicken hie und da, was er mir gegenüber bei früheren Gelegenheiten alles ausgiebig praktiziert hatte.

Er notierte sich ihre Bestellung auch nicht. Er starrte sie einfach bloß an, die Hände vor sich gefaltet, empfand ihre Selbstsicherheit offenbar als Affront. Obwohl ich fast nichts verstand, erkannte ich, dass sie mit ihm sprach, als wäre er hier, um sie zu bedienen, nicht wie mit einem Freund oder Bekannten, der zufällig vorübergehend in der Rolle des Servierenden war. Auch als sie verstummte, sagte er nichts, und sie schob eine scharfe Bemerkung nach, immer noch auf Griechisch. Ohne zu antworten, wandte er sich mir zu und fragte, ob ich meine Wahl getroffen hätte.

Ich bestellte Salat und Pasta, keine überzeugende Wahl, das Nudelgericht war nichts Besonderes, aber ich war all das gegrillte Fleisch und den Käse leid, das schwere griechische Essen war – selbst in der gleichsam internationalisierten Variante, die im Hotelrestaurant serviert wurde – nicht nach meinem Geschmack. Der Kellner nickte und sagte, er werde den Wein gleich bringen. Lächelnd nahm er die Speisekarte an sich und entfernte sich, ohne Maria eines Blickes zu würdigen, es war eine derart betonte Unhöflichkeit, dass ich mich fragte, ob etwas dahintersteckte, ob die beiden womöglich schon länger verfeindet waren, mir war er bisher wie ein absolut friedfertiger Mensch erschienen.

Nachdem der Kellner gegangen war, verstummten wir, es gab nichts Naheliegendes zu sagen, nun da wir die Bestellung hinter uns gebracht hatten. Ich machte mehrere Versuche, eine Unterhaltung in Gang zu bringen, wobei die Themen zugegebenermaßen banal waren. Aber Maria schien nicht die Absicht zu haben, zur Sache zu kommen, zu dem Grund ihrer Bitte, sich zu mir setzen zu dürfen, vielleicht war es ein Fehler gewesen, sie zum Essen einzuladen – vielleicht hatte sie nicht genug Gesprächsthemen für eine ganze Mahlzeit und gedachte bis zum letzten Gang in eisigem Schweigen dazusitzen, um dann schließlich ihr Herz zu erleichtern und zu sagen, was sie mir zu sagen hatte.

Der Kellner brachte den Wein. Nach erneutem längerem Schweigen beschloss ich, die Sache selbst anzusprechen, ich war mir sicher, dass sie sich nicht wegen des Vorfalls vor ein paar Stunden zu mir gesetzt hatte, sondern weil sie mir etwas über Christopher sagen wollte – vielleicht brauchte sie Geld, vielleicht war sie schwanger, vielleicht wollte sie, dass ich ihr die Rechte an diesem Mann abtrat, sie würde mir sagen, dass sie sich liebten und nur ich im Weg stand, dieser Gedanke kam mir durchaus –, woraufhin ich ihr sagen würde, dass ich weder haftbar noch interessierte Partei war, dass ich Christopher um die Scheidung bitten würde, sobald es ging, sobald er wiederkam.

Ich fragte Maria, wann sie Christopher kennengelernt, wie das Ganze angefangen habe, es war ein bisschen gefühllos formuliert, dieses vage »Ganze« für das, was sich zwischen ihnen zugetragen hatte, was immer es sein mochte, aber ich wusste nicht, wie ich es anders ausdrücken sollte. Ich wusste nicht, ob es sich als Affäre bezeichnen ließ (nicht sehr wahrscheinlich angesichts der Kürze von Christophers Aufenthalt, es war weniger als ein Monat gewesen), ja, ich wusste nicht einmal, ob überhaupt etwas zwischen ihnen stattgefunden hatte – etwas Konkretes, Körperliches, meine ich, vielleicht hatte es sich ja auch auf Hoffnungen und Anspielungen beschränkt.

Aber sie wurde sofort ungehalten, sah mich an, als würde ich sie sinnlos verhöhnen, und vielleicht erlebte sie es ja wirklich so. Schließlich war ich die Ehefrau, ich schien in dieser Situation alle oder zumindest die meisten Karten in der Hand zu halten, ungeachtet der Tatsache, dass ich derzeit nicht wusste, wo mein Mann war, und in der Hoffnung an diesen abgelegenen Ort gekommen war, ihn zu finden. Sosehr er mich auch verraten haben mochte (und dem äußeren Anschein nach sowie ihren Informationen zufolge musste ich in einer äußerst verzweifelten Lage sein), so fadenscheinig also die Realität sein mochte, die sich hinter meinem Stand und Status verbarg, hatte dieser doch eine symbolische Kraft.

Ich dachte, sie werde vielleicht nicht antworten, und wollte schon dem Kellner signalisieren, er solle ein weiteres Glas Wein bringen, es schien ein sehr langes Abendessen zu werden. Aber dann lenkte sie ein, als erinnerte sie sich daran, dass sie diese Situation durch ihre Frage, ob sie sich zu mir setzen könne, selbst geschaffen hatte, und murmelte etwas, dem ich entnahm, dass sie Christopher schon am ersten Tag, gleich bei seiner Ankunft, kennengelernt hatte. Sie sprach leise, kaum hörbar, ich würde sie bitten müssen, lauter zu sprechen, was sie mir unter Umständen übelnehmen würde, glücklicherweise schien sie aber von selbst bemerkt zu haben, dass ich sie nur mit Mühe hatte verstehen können. Sie hob die Augen, sodass unsere Blicke sich trafen, und wiederholte: Ich habe ihn am Tag seiner Ankunft kennengelernt, ich hatte Dienst an der Rezeption.

Sie sagte das, als glaubte sie, aufgrund dieses Zeitraums einen größeren Anspruch auf ihn zu haben, drei Wochen ungefähr, die gesamte Dauer von Christophers Aufenthalt auf der Mani. Im Vergleich zu der Unbekannten, mit der man ihn am Kap Tenaro gesehen hatte, eine ganze Ewigkeit. Dennoch hatte ich, als ich ihr dort am Tisch gegenübersaß, den Impuls zu sagen, dass das nichts sei im Vergleich zu fünf Jahren Ehe und drei Jahren vorherigen Zusammenseins, was wiederum nichts war im Vergleich zu einem Jahrzehnt, zwei Jahrzehnten, einem ganzen Leben, das man in der Gesellschaft eines anderen Menschen verbringen konnte.

Im Laufe unserer Ehe hatten Christopher und ich hin und wieder mit Paaren zu tun gehabt, die über siebzig oder gar achtzig waren; Paare, die ihr gesamtes Erwachsenenleben miteinander verbracht hatten, und wir hatten uns, einfach nur so, gefragt, ob unsere Beziehung wohl so lange halten würde. Seit einiger Zeit wussten wir, dass das nicht der Fall sein würde. Vor allem aber wussten wir, dass wir uns zwar beide wieder verlieben könnten, es jedoch unwahrscheinlich war, dass wir mit diesem neuen Menschen jemals einen fünfzigsten Hochzeitstag feiern würden, unsere voraussichtliche Lebensdauer sprach dagegen, in dieser Hinsicht waren wir bereits gescheitert.

Einen Moment lang, während ich dieser fremden Frau am Tisch gegenübersaß, war dieses gemeinsame Scheitern wie ein letztes Band zwischen Christopher und mir, trotz seiner Abwesenheit und der gewaltigen Distanz zwischen uns, letzten Endes waren wir zusammen unserer Sterblichkeit gewahr geworden. Vielleicht weil ich nicht antwortete, fuhr Maria fort: Er war sehr freundlich, sehr liebenswürdig, die meisten Gäste im Hotel behandeln das Personal wie Abschaum oder schlimmer noch, wie nichts – als gäbe es einen gar nicht, als wäre man Luft. Er ist allein gekommen, fügte sie wie zur Rechtfertigung hinzu, dabei hatte ich gar nichts gesagt, er ist allein gekommen, und als ich ihn gefragt habe, wie viele Personen ich eintragen soll, hat er explizit gesagt, nur ihn, er sei allein.

Natürlich, das war naheliegend. Andererseits, war es letztlich nicht eine Frage der Interpretation? Vielleicht war es nur Smalltalk gewesen, vielleicht war es schlichtweg pragmatisch gedacht (wenn er allein war, benötigte er zum Beispiel nur einen Schlüssel, und beim Frühstück musste nur für eine Person gedeckt werden). Aber es schien grausam, sie darauf hinzuweisen, und ich sah die Szene nur zu gut vor mir, Christopher hatte seine Auftritte immer zu inszenieren gewusst, es waren die Abgänge, an denen er noch arbeiten musste. Ich fragte mich, wie lange er gebraucht hatte, um diese Frau auf sein Zimmer zu kriegen, war es das Werk von Tagen statt Wochen, von Stunden statt Tagen gewesen, wie effizient war er in diesen Dingen inzwischen? In meinem Fall war es genau eine Woche gewesen, das wusste ich noch.

Der Kellner brachte uns den ersten Gang, für mich einen Blattsalat mit etwas geraspelter, sehr bleicher Karotte darauf, alles vermutlich von irgendeinem fernen Ort eingeflogen und dann per Lkw hierhertransportiert. Das Gericht hatte nichts auch nur ansatzweise Einheimisches, allein der Anblick deprimierte mich, dieses Gemüse inmitten der Kargheit einer Landschaft, in der nur Oliven und Kaktusfrüchte wuchsen, ich war selbst schuld, ich hatte den Salat bestellt.

Unterdessen widmete sich Maria in aller Ruhe ihrem üppig beladenen Teller, einem Hummergericht, das auf der Speisekarte in einer, wie ich fand, unnötig komplizierten, mehrere Zeilen umfassenden Prosa beschrieben wurde, was sicher den astronomischen Preis rechtfertigen sollte, es war eines der teuersten auf der Karte. Sie aß mit großem Appetit, im Gegensatz zu meinem Salat sah ihr Essen köstlich aus, das Fleisch glänzte saftig, eine Hummerschere, halb ausgenommen, ragte wie eine erhobene Faust aus dem Berg von Fleisch und Butter.

Es war schwierig, mich vom Anblick dieser Frau, die ihr teures Gericht so genussvoll aß, nicht verstören zu lassen. Vielleicht hatte sie jedes Recht auf diesen kleinen Luxus, zwar war ich diejenige, die dafür zahlte, aber wenn Christopher ihr in irgendeiner Weise unrecht getan hatte – und wie konnte es anders sein? –, war es dann nicht recht und billig, dass seine Frau sie dafür entschädigte? Ich wartete darauf, dass sie weiterredete, und fragte mich zugleich, ob sie in diesem Restaurant, womöglich sogar an diesem Tisch, auch mit Christopher gesessen hatte. Vielleicht hatte sie die gleiche Hummervorspeise bestellt, er hätte sie in ihrem Appetit, ihrer Lust auf sinnliche Befriedigung bestärkt, sie ermuntert, aus sich herauszugehen.

Wenn sich eine Frau erst einmal anders verhält, als es ihr entspricht, wenn sie anders agiert als sonst, dann wird Unwahrscheinliches möglich, und das ist schon die Hälfte der Verführung. Vielleicht durchlebte sie, während sie das Fleisch aus der Hummerschere sog und ihr Kinn von der Butter zu glänzen begann, ihre Verführung gerade noch einmal, und meine Anwesenheit diente gleichsam nur als Hilfsmittel dazu. Als wären ihre Gefühle durch das lukullische Mahl besänftigt worden, begann sie von Christopher zu sprechen, ohne Ärger, fast verträumt. Ich fand ihn sehr attraktiv, sagte sie, die Männer hier sehen nicht so aus wie er. Er hat sich auch völlig anders verhalten, hat viel gelacht, die meiste Zeit wusste ich nicht, worüber, aber sein Lachen hatte nichts Gemeines, ich hatte nie das Gefühl, dass er über mich lacht.

Alle Frauen im Hotel haben sich sofort zu ihm hingezogen gefühlt, vom Moment seiner Ankunft an haben alle darüber geredet, wie gut er aussieht, wie sexy er ist – das war peinlich, und ich wandte den Blick ab, es war, als hätte eine Freundin meinen Vater als sexy beschrieben, aus ihrem Mund klang das Wort naiv, so kindlich, dass es mit dem eigentlichen Sex überhaupt nicht mehr in Verbindung zu stehen schien –, alle hatten mitbekommen, dass er allein gekommen war, nur sehr wenige Männer kommen allein in dieses Hotel, und nie so junge, attraktive wie er.

Sie senkte den Blick bescheiden auf ihren Teller und ließ ihn auf den Überresten des Hummergerichts verweilen. Sie hatte kurzen Prozess damit gemacht. Ich hätte nie gedacht, fuhr sie fort, dass von all den Frauen im Hotel gerade ich ihm auffallen würde. So viele weibliche Hotelangestellte hatte ich gar nicht gesehen – so wie sie das sagte, hätte man meinen können, es wären Unmengen, gegen die sie sich erfolgreich hatte durchsetzen können, aber ich verstand, was sie sagen wollte, Christopher war eine Trophäe. Aber er interessierte sich für mich, erzählte sie weiter, wenn ich Dienst hatte, ist er immer vorbeigekommen, um mit mir zu plaudern, er war offenkundig ein vielbeschäftigter Mann, aber er schien jede Menge Zeit zu haben.

Christopher ist sehr gut darin, Zeit für das zu finden, was ihn interessiert.

Ich versuchte neutral zu klingen, wollte meine Bitterkeit nicht in die Unterhaltung einfließen lassen, aber sie schien kaum zu merken, dass ich überhaupt etwas gesagt hatte, redete weiter, ohne innezuhalten. Und Hand aufs Herz, er war so ein interessanter Mann – jetzt hielt sie doch inne und legte sich die Hand auf die Brust, die vor Gefühl bebte, eine Geste, die Christopher liebenswert, ja bezaubernd gefunden hätte, bei aller Unbeholfenheit –, ich war noch nie einem so intelligenten Mann begegnet. Das wunderte mich nicht, die Latte lag ja wohl nicht besonders hoch, bei all seinen Vorzügen wirkte Stefano nicht gerade wie ein intellektueller Überflieger.

Aber das war nicht nett. Während der Kellner unsere Teller abräumte – auf meinem lag noch eine Menge Salat, ihrer war blankgeputzt –, sprach sie weiter. Er wusste so viel, aber er redete über diese Dinge nie so, dass man sich klein oder dumm vorkam, er war nicht arrogant, obwohl er so ein privilegiertes Leben führte. An dieser Stelle hielt sie kurz inne und sah mich an, wie um zu sagen, mich hingegen habe mein privilegiertes Leben verknöchert. Ich nickte grimmig und bestellte uns beiden noch ein Glas Wein, sie hatte beiläufig, fast desinteressiert genickt, als ich sie fragte, ob sie noch ein zweites Glas wolle. Dann sagte sie: Er war ein Gentleman, das habe ich gleich gesehen.

Verstehe, sagte ich. Ja, da haben Sie wohl recht.

Ich hätte fast gelacht, es war absurd, er war so unwirklich für sie wie ein Märchenprinz, ein Romanheld, und das, obwohl er sie schlecht behandelt hatte. Trotzdem dachte ich, während sie weiterredete, dass sie wahrscheinlich hoffte, ihn irgendwie zur Verantwortung ziehen zu können, ich hörte ihr zu und wartete darauf, dass sie zur Sache kam, zu dem Grund für ihre Bitte, sich zu mir setzen zu dürfen. Aber das schien sie gar nicht zu bemerken, und während sie mir weiter Christophers Qualitäten, seine ansprechende Art, seine Freundlichkeit beschrieb, ohne näher darauf einzugehen, was tatsächlich zwischen ihnen gewesen war, dachte ich erneut, dass womöglich gar nichts geschehen war, dass sie sich einfach in ihn verliebt hatte und seine kleinen, eher unpersönlichen Aufmerksamkeiten ihr genug gewesen waren.

Sie war jünger, als ich ursprünglich gedacht hatte, vielleicht erst neunzehn oder zwanzig, noch ein Kind, mit der Unverfrorenheit eines Kindes. Der Kellner brachte den Hauptgang, sie hatte das Steak bestellt, wieder das teuerste

Gericht auf der Karte, vermutlich hatte sie auf meine Einladung hin beschlossen, die Gelegenheit zu nutzen.

Wie alt sind Sie?, fragte ich unvermittelt.

Zwanzig. Ich hatte im August Geburtstag.

Sie sagte das mit einem gewissen Stolz, vielleicht war zwanzig ein Wendepunkt, man war kein Teenager mehr, wenn man dieses Alter erreicht hatte. Oder vielleicht rührte ihr Stolz auch daher, dass sie so viel jünger war als ich, ihr muss bewusst gewesen sein, was das wert war.

Und Christopher, er war mehr als doppelt so alt wie sie. Natürlich ist einer Zwanzigjährigen das Alter nicht so wichtig, eine dreißigjährige Frau würde es sich schon überlegen, ob sie sich auf eine Affäre mit einem mehr als zwanzig Jahre älteren Mann einlassen sollte, denn falls sich die Affäre zu etwas Ernsterem entwickelte – und die Wahrscheinlichkeit, dass eine Frau auf etwas Ernsteres hofft, wächst mit zunehmendem Alter exponentiell –, würde ein Altersunterschied von mehr als zwei Jahrzehnten kritisch werden, niemand wollte einen Mann heiraten, der bald auf der Schwelle zum Tod stehen würde.

Doch für eine Zwanzigjährige ist der Tod noch etwas Abstraktes. Der Altersunterschied wäre Maria egal gewesen, und vielleicht fühlen sich Männer ja aus diesem Grund zu Frauen hingezogen, die deutlich jünger sind als sie. Die Frauen geben ihnen das Gefühl größerer Jugendlichkeit, nicht durch ihre jungen Körper, sondern weil sie noch nicht zu erkennen vermögen, was das alternde Fleisch ihrer Liebhaber bedeutet. Der Körper eines Vierzig- oder sogar Fünfzigjährigen unterscheidet sich oft nicht wesentlich von dem eines Fünfundzwanzigjährigen – gesunde

Ernährung und Personal Trainer können da Wunder wirken –, aber die Unterschiede sind trotzdem da, nur muss man als Frau ein bestimmtes Alter erreicht haben, um ihre wirkliche Bedeutung zu erfassen.

Und dazu, dachte ich, war Maria noch zu jung. Sie kaute auf ihrem Steak herum, und dann begann sie fast widerwillig mir Fragen über Christopher zu stellen. Ich begriff, dass dies der Grund war, warum sie bei mir saß – um mich nach meinem Mann zu fragen, um mehr über den Mann zu erfahren, der ihre Hoffnung und Zuneigung geweckt hatte. Aber ich sah auch, dass es schwierig für sie war, denn indem sie das tat, überließ sie ein Stück weit mir, der Ehefrau, das Feld, alles, was ich sagte, ja allein die Tatsache, dass ich überhaupt etwas zu sagen hatte, barg das Potential, ihre persönliche Erfahrung mit diesem Mann zu entwerten, und es war unübersehbar, dass sie diese bewahren wollte.

Trotzdem musste sie über ihn reden – zum Beispiel hatte sie ein ausgeprägtes Bedürfnis, seinen Namen auszusprechen, ich merkte, dass das ein richtiger Kitzel für sie war, einfach nur diese drei Silben auszusprechen, *Chris, to, pher,* sie tat es wieder und wieder, ein Zeichen dafür, dass sie wirklich verliebt war, wenn man verliebt ist, dann ist es manchmal schon aufregend genug, einfach nur den Namen des Geliebten auszusprechen. Bei mir war das früher auch mal so gewesen, da hatte ich Christopher in Unterhaltungen übertrieben oft erwähnt, hatte mich über seine Ansichten, seine Taten und Meinungen ausgelassen (die ich damals, dumm, wie ich war, für äußerst individualistisch hielt), ich muss für meine Mitmenschen ziemlich ermüdend gewesen sein.

Und bei Maria war es nicht anders. Es war nur ihr Verlangen nach mehr – mehr von ihm, nehme ich an –, das sie zu mir getrieben hatte, sie wollte alles über ihn wissen, kein Detail war zu banal, auch wenn die Quelle, von der sie diese Informationen erhielt, per definitionem unliebsam war. Sie war bereit, den Preis für diese Informationen zu bezahlen. Doch zugleich war ihr Verlangen fragil, zu spezifisch, sie wollte nichts erfahren, was die Phantasie, die sie sich erschaffen hatte, zerstören könnte. Sie begann Fragen zu stellen, sehr allgemeine, wo Christopher aufgewachsen sei, ob er Geschwister habe, ob er Tiere möge, Hunde zum Beispiel, ob er Hunde möge, und er habe immer irgendwelche Bücher bei sich, ob er wirklich so gern lese?

Ihre Fragen ließen gezielt Christophers und mein gemeinsames Leben aus – zum Beispiel fragte sie nie, wie wir uns kennengelernt hatten, wo wir lebten, ob wir Kinder hatten, das war für sie alles tabu –, Sinn und Zweck der ganzen Übung war allein, es ihr zu ermöglichen, das Bild von Christopher, das sie sich bereits gemacht hatte, noch weiter auszuschmücken. Sie schien ihm gegenüber keinen Ärger zu verspüren, obwohl er ihr Kummer bereitet, sie zum Weinen gebracht hatte. Es schien mir immer wahrscheinlicher, dass nichts Konkretes zwischen ihnen stattgefunden hatte, ›Konkretes‹ hier als Euphemismus für Geschlechtsverkehr zu lesen, sie kam mir eher wie ein verknallter Teenie vor als wie eine verschmähte Geliebte, und vom Alter her war sie das ja fast auch noch.

Aber beides kann man natürlich nicht sein. Wir beendeten unser Essen – zwar bestritt sie den größten Teil der Unterhaltung, redete oft sogar über meine Antworten auf ihre doch so dringlichen Fragen hinweg, doch sie hatte ihr Steak mit beeindruckender Geschwindigkeit verzehrt, ich brauchte für meine Pasta viel länger. Meine Antworten waren nicht sonderlich erhellend, ich wollte ungern irgendetwas sagen, was sie verletzen würde, schließlich war sie ja doch noch ein Kind. Und obwohl sie nur Informationen über Christopher wollte, trat die Realität unserer Ehe umso deutlicher in den Vordergrund, je mehr ich auf ihre Bitte einging, wurde deren Geschichte schmerzlich greifbar.

Einmal unterbrach sie die Flut ihrer Fragen und sagte mit einem Nicken in Richtung meines Tellers: Die Pasta ist hier nicht gut, Sie hätten etwas Einfaches bestellen sollen, die versuchen hier, Italienisch zu kochen, aber es ist nicht ihre Stärke, die können das nicht. Ich nickte, sie sprach in rügendem Ton, was ihr ein gewisses Vergnügen zu bereiten schien, ich sparte mir den Kommentar, dass ein Salat und ein Pastagericht doch eigentlich etwas ziemlich Einfaches waren, denn sie hatte ja nun eindeutig recht und selbst viel besser gegessen als ich, wenn auch, wie ich nicht umhinkam zu bemerken, weitaus teurer.

Ich stand auf, ohne zu fragen, ob sie ein Dessert oder einen Kaffee wolle. Es war kindisch, aber ich war verärgert, es hatte mit der herrischen Art und Weise zu tun, in der sie meine Wahl kritisiert hatte – der Rat kam zu spät, ihre Worte wären am Anfang viel nützlicher gewesen, etwa als wir unsere Bestellungen aufgaben. Aber natürlich wusste ich schon damals, dass es nicht an ihrer Bestellung oder der Mahlzeit lag, für die ich bezahlen würde. Das alles war nur eine Chiffre für einen anderen Verstoß, sie hatte, ob willentlich oder nicht, ihren Flirt – wenn es nicht mehr gewesen war – mit meinem Mann vor sich hergetragen, und zwar so, als hätte ich kein Recht, in irgendeiner Weise daran Anstoß zu nehmen.

Aus ihrer Perspektive hatte ich dieses Recht vielleicht auch nicht, war ich selbst schuld, wenn ich meinen Mann nicht halten konnte, vielleicht war das ihre verquere Logik. Oder, noch wahrscheinlicher, es war ihr gar nicht in den Sinn gekommen, dass mir unbehaglich zumute sein könnte, sie schien mir nicht die Empathischste, außerdem war sie noch jung, eine bestimmte Art von Vorstellungskraft fehlte ihr schlichtweg. Irgendwann würde sie ihr aufgezwungen werden. Sie saß da und starrte mich einen Augenblick lang an, als wäre sie überrascht, dass ich weder Kaffee noch Dessert vorschlug. Aber ich war stur, ich hatte nicht vor, diese Frau weiter freizuhalten, ein Moment des Stillstands trat ein, dann gab sie nach und erhob sich.

Während sie mich durchs Foyer begleitete, fragte ich sie, und ich weiß nicht, woher ich die Chuzpe nahm, eine so direkte und schlichtweg rüde Frage zu stellen: Haben Sie eigentlich mit ihm geschlafen?

Ich fragte sie das wohl, weil ich davon ausging, dass sie nein sagen würde – nicht aus instinktiver Leugnung, denn bei aller mangelnden Feinfühligkeit schien sie mir ein ehrlicher Mensch zu sein, fast zu ehrlich, vielmehr war ich zu dem Schluss gekommen, dass sich wohl doch nichts Wesentliches zwischen ihnen zugetragen hatte. Wenn sie es erst einmal bestritten hätte, würde ich mich einfach für die Frage entschuldigen, schließlich war ich Ausländerin und konnte mir alle möglichen unhöflichen Verrücktheiten erlauben.

Doch sie bestritt es nicht. Stattdessen errötete sie, ihr ganzes Gesicht wechselte die Farbe. Zuerst glaubte ich, ihr Anstandsgefühl verletzt zu haben, die Frage war unvermittelt und nicht eben subtil gewesen, vielleicht war sie gekränkt, es war ein weiterer Beleg für meine Launenhaftigkeit, womöglich hatte Christopher darüber geklagt, es war kein Wunder, dass er vor seiner hysterischen und irrationalen Frau davonlief – andererseits, warum hätte Christopher mich überhaupt erwähnen sollen? Sie war immer noch rot, als sie antwortete, aber ihre Stimme und ihr Körper waren ganz ruhig, nur ihre Gesichtsfarbe verriet sie, das einzige Anzeichen, dass etwas nicht stimmte.

Ja. Ich wusste natürlich, dass er verheiratet war, fügte sie hinzu, und bei diesen – wie sie sicher wusste, belastenden – Worten errötete sie noch mehr. Ich habe den Ring gesehen, als er eingecheckt hat.

Einen Moment lang war ich zu verblüfft, um zu antworten. Unerwartet stieg Wut in mir auf, ohne klares Ziel – ich konnte diesem Mädchen ja kaum Vorwürfe machen, nicht einmal Christopher, sie hatten beide jedes Recht gehabt, zu tun, was sie wollten. Trotzdem fiel es mir schwer, das Mädchen anzuschauen. Ich schluckte und wandte den Blick ab.

Sie haben seinen Ring gesehen?

Natürlich hatte Christopher mit diesem Mädchen geschlafen, ich hätte es von Anfang an wissen sollen. Viel erstaunlicher war die Tatsache, dass er seinen Ring getragen hatte, die Vorstellung, dass Christopher diesen Ring hervorgekramt hatte und wieder trug, wo unsere Ehe gerade endgültig in die Brüche ging, war aberwitzig. Aber

Maria interpretierte meinen Tonfall wohl als vorwurfsvoll, jedenfalls antwortete sie mit glühendem Gesicht, jedoch im selben ruhigen, gemessenen Tonfall: Ja, ich habe seinen Ring gesehen.

Die Fragen, die darauf hätten folgen sollen, die sie vernünftigerweise hätte erwarten können – Fragen zum Wie und Wann, zum Wie oft, ganz zu schweigen von Wut oder Eifersucht oder wahrscheinlich beidem, einer schlüssigen Reaktion auf die Neuigkeit, dass der eigene Mann fremdgegangen ist –, kamen nicht. Stattdessen fragte ich sie dort im Foyer weiter nach dem Ring, wie um nicht nach dem Sex mit Christopher fragen zu müssen, wie der Ring denn ausgesehen habe, ob sie das noch wisse?

Sie zuckte die Achseln, schaute unbehaglich drein.

Silbern, ganz schlicht.

War er schmal? Oder breit?

Nicht sehr breit. Vielleicht –

Sie deutete eine Breite von etwa einem halben Zentimeter an. Es war letztlich nicht relevant, aber das klang durchaus nach Christophers Ehering, oder zumindest klang es nicht so, als wäre es nicht seiner. Womöglich gab es einen völlig logischen, praktischen Grund, warum sich Christopher den schlichten Platinring angesteckt hatte. Vielleicht hatte er ihn in ähnlicher Weise getragen, wie alleinstehende Frauen manchmal einen Ring tragen, um zu signalisieren, dass sie vergeben sind, und dadurch unerwünschte Aufmerksamkeit und Belästigung zu vermeiden, oft reicht das am Finger aufblitzende Metall, um selbst den eifrigsten Verehrer abzuschrecken.

Die Botschaft, dass man bereits vergeben ist, diente bei

einem Mann, jedenfalls einem Mann wie Christopher, natürlich einem anderen Zweck. Ihm verschaffte der Ring womöglich mehr Freiraum, es war schwieriger, an einen verheirateten Mann Forderungen zu stellen, egal, wie weit die Sache ging, konnte er immer sagen, du hast von Anfang an gewusst, dass ich verheiratet bin, du hast gewusst, worauf du dich einlässt, es war so offensichtlich wie der Ring an meinem Finger. Vielleicht hatte er jedes Mal, wenn er auf die Pirsch gegangen war – und ich wusste, dass er das im Laufe unserer kurzen Ehe häufig getan hatte –, seinen Ehering hervorgekramt, um sich freier zu fühlen. Aus seiner Schreibtischschublade oder der Lederschachtel, in der er seine Uhren und Geldscheinclips aufbewahrte, mir wurde klar, dass ich nicht einmal wusste, wo er seinen Ehering aufbewahrte.

Mein Atem hatte sich wieder beruhigt. Aber es war keine Lappalie. Und ich glaubte nicht, dass es je eine Lappalie sein würde – wer konnte sich schon mit den Details eines an ihm begangenen Verrats befassen, egal, wie lange dieser zurücklag, ohne gleichzeitig Schmerz und Erniedrigung zu verspüren? Abrupt sagte ich Maria gute Nacht. Es sei vermutlich auch gleich meine Verabschiedung, wobei es sein könne, dass wir uns am nächsten Morgen noch sehen würden. Ich merkte, dass ich zerfahren war, mein Verhalten war der Situation nicht angemessen. Sie zuckte mit den Achseln, sagte nicht, ob sie am nächsten Tag arbeiten musste oder nicht. Mir fiel auf, dass sie sich nicht für das Essen bedankte, ich hatte auch nicht damit gerechnet, aber es war mir doch immerhin so wichtig, dass ich es wahrnahm. Das Ganze war unerfreulich gewesen, verstörend, eine Erfahrung, die ich nicht wiederholen wollte und wohl auch nicht würde, ein Tête-à-tête mit einer von Christophers Geliebten. Sie stand da, die Hände in den Taschen ihrer Dienstkleidung, und sah mir nach, als ich die Treppe zu meinem Zimmer hinaufging.

SIEBEN

Christophers Leiche wurde in einem flachen Graben außerhalb eines der Dörfer im Landesinnern gefunden, fünfzehn Kilometer von der Kirche entfernt, die ich am Tag zuvor besichtigt hatte. Die Stelle war etwa fünf Minuten Fußweg vom nächsten Haus entfernt, auf der Straße war nicht viel Verkehr. Das Gefühl von Gottverlassenheit wurde dadurch noch verstärkt, dass das Feuer in dieser Gegend besonders heftig gewütet hatte, die Vegetation war restlos niedergebrannt. Der Staub, in dem der Leichnam lag, hatte die Farbe und Textur von Ruß und überzog ihn mit einer feinen Schicht.

Der Leichnam hatte mindestens über Nacht, vielleicht auch länger dort gelegen. Obwohl man das Bargeld und sämtliche Karten aus Christophers Brieftasche entwendet hatte, war es für die Polizei nicht schwierig, ihn zu identifizieren. Später sollten wir feststellen, dass jemand viele Hunderte Dollar von seinen Konten abgehoben und seine

Kreditkarte mit rätselhaften Beträgen belastet hatte, Beträgen, die allesamt über den Betrugsschutzservice zurückerstattet wurden, wobei das irrelevant schien, denn dem Mann, dessen Konten das Geld gutgeschrieben wurde, konnte es nichts mehr bedeuten, er würde nie wieder einen Kontoauszug oder eine Kreditkartenabrechnung studieren.

Er war überfallen und ausgeraubt worden, ein dummer, anonymer Tod, der ihn an jedem beliebigen Ort hätte ereilen können – in Manhattan oder London oder Rom, seine Ermordung hatte keinen speziellen Hintergrund, die Motive waren so geläufig wie trivial, kaum der Rede wert – und dem etwas Schmachvolles anhaftete, nicht nur, weil der Leichnam in einem Straßengraben gelegen hatte, sondern auch, weil Christopher so weit gereist war, in diese fremde Landschaft und Kultur, nur um einen Tod zu sterben, der ihn auch in London ein paar Straßen von seiner Wohnung entfernt hätte ereilen können.

In den ersten Stunden des Schocks, nachdem ich von seinem Tod erfahren hatte – ich war auf meinem Zimmer, als die Polizei ins Hotel kam, packte für die Abreise, Kostas hatte bereits den Fahrer bestellt, denselben, der mich von Athen auf die Mani gebracht hatte, er wurde in Kürze erwartet, aber natürlich würde ich an diesem Tag nicht nach Athen reisen, der Fahrer hatte wahrscheinlich eine längere Strecke zurückgelegt, um mich vom Hotel abzuholen, eine kostspielige Unannehmlichkeit, aber niemand belästigte mich damit, es war die Sorte Angelegenheit, mit der man nicht belästigt wird, wenn es einen Todesfall in der Familie gegeben hat –, in diesen ersten Stunden waren meine Gedanken ganz auf diese Nebensächlichkeit fixiert, die Unangemessenheit seines Todes, so armselig, so zufällig.

Eine Freundin von mir pflegte zu sagen, wenn sie von ihren Exfreunden sprach (und später von ihren drei Exehemännern, sie war eine unverbesserliche Optimistin), der ist für mich gestorben, eine Wendung, die ich nicht sonderlich mochte, sie klang mir zu brutal für ein letztlich alltägliches Geschehnis, das Ende einer Beziehung. Meine Freundin sah nicht aus, als wäre sie imstande, derlei bösartige, radikale Gedanken, geschweige denn Gefühle zu haben, aber sie versicherte mir immer wieder, dass hinter diesen Worten eine aufrichtige Empfindung stand. Natürlich war das nur eine Redewendung, aber ich war zu abergläubisch, um so etwas zu sagen, *der ist für mich gestorben*, es kam mir vor wie schlechtes Karma, obwohl ich daran nicht glaube.

Doch trotz all meiner Vorsicht war diese makabre Redewendung, die nicht einmal meine eigene war, jetzt ausgerechnet für mich wahr geworden, *er ist für mich gestorben*. Es war eine Situation, die man sich manchmal vorstellt – in Momenten äußerster Liebe oder äußersten Hasses, von Angst oder unglaublicher Abscheu getrieben –, aber nicht wirklich für möglich hält. Selbst wenn man vor dem Altar steht und feierlich erklärt *bis dass der Tod uns scheidet*, bleibt der Tod etwas Abstraktes, etwas, was am Ende eines langen und glücklichen gemeinsamen Lebens steht, zwei händchenhaltende Alte, Enkelkinder, ein Häuschen am Meer. Aber in diesem Fall gab es keine Kinder oder Enkel, kein Ferienhaus auf dem Land, ja es gab kaum noch eine Ehe, nur etwas, was irgendwo zwischen den beiden Wendungen *er ist für mich gestorben* und *bis dass der Tod uns scheidet* lag.

Nach dem Anruf verließ ich sofort mein Zimmer und ging hinunter ins Foyer, Kostas hatte mir nur gesagt, dass Christopher etwas Schreckliches zugestoßen sei, ich kannte noch nicht das volle Ausmaß dessen, was geschehen war. Kostas und die beiden Polizeibeamten, die neben ihm standen, senkten den Kopf, als ich mich ihnen näherte. Man begegnet einer Frau, die man gleich vom vorzeitigen Tod ihres Mannes unterrichten wird, mit einer gewissen Pietät, und mir dämmerte, dass Christopher tot sein musste. Kostas stellte mir die beiden örtlichen Polizeibeamten vor, leider hätten sie eine sehr schlechte Nachricht für mich.

Kostas übersetzte, was die Beamten sagten, die mich beim Sprechen nicht ansahen, abgesehen von einem verstohlenen Blick dann und wann, vielleicht versuchten sie, mich einzuschätzen, hielten womöglich Ausschau nach Verdächtigen, und als Erstes steht immer der Ehepartner im Verdacht, das weiß jeder. Doch während Kostas weiter für sie übersetzte und ich wie betäubt zuhörte, aber nichts verstand, kam ich zu dem Schluss, dass ihr Verhalten nicht von Argwohn, sondern schlicht von Unbehagen eingefärbt war, niemand überbringt gern schlechte Nachrichten, und sie konnten nicht ermessen, wie ich reagieren würde, mit Wut oder Hysterie oder schlichtem Unglauben, nein, ich konnte es ihnen nicht verdenken.

Ich vermute, dass man Kostas zumindest einige Details schon vorher mitgeteilt hatte. Trotzdem sog er bei jeder weiteren Information, die er mir vermitteln sollte, erschrocken die Luft ein, ehe er sich mir mit zunehmend bedrückter Miene zuwandte und mir etwa mitteilte, dass man meinen Mann im Straßengraben gefunden habe, er habe einen Schlag auf den Hinterkopf bekommen, es sehe nach einem Überfall aus. Vielleicht hielt er Überraschung für die adäquate Reaktion, es war schwierig, den richtigen Ton zu treffen, er lag irgendwo zwischen mitfühlendem Entsetzen und bürokratischer Ausdruckslosigkeit, Kostas war schließlich nur der Übermittler der Nachricht.

Ich muss unter Schock gestanden haben. Ich nickte immer wieder, während sich die Katastrophe Stück für Stück vor mir entfaltete, ich fragte, wie lange Christopher schon tot sei, und sie antworteten, das wüssten sie nicht genau, die Autopsie werde das zutage bringen, lange jedenfalls nicht, der Leichnam sei – Kostas hielt inne, seine Miene war betroffen, als gäbe er nur sehr ungern wieder, was nun folgte – noch relativ frisch und unversehrt, abgesehen von der Wunde an seinem Hinterkopf, die Verwesung habe noch nicht eingesetzt. Er sei also am vorigen Tag gestorben, während ich hier im Hotel gewesen sei? Die Beamten schüttelten den Kopf, das könnten sie nicht sicher sagen, ehe sie nicht den Bericht des Leichenbeschauers erhalten hätten, aber lange sei es sicher noch nicht her, es gebe hier in der Gegend viele wilde Tiere, und die Leiche sehe unberührt aus, fast so, als schliefe er nur.

Abgesehen von der Wunde am Hinterkopf. Eine große blutige Stelle, wie sie niemals am Kopf eines Schlafenden zu sehen wäre, es war unsinnig, ihn so zu beschreiben. Und trotzdem mochte es so gewesen sein – vielleicht lag er auf dem Rücken, als man ihn fand, sodass das Blut nicht zu sehen war, vielleicht hatte er die Augen geschlossen, konnte es sein, dass sich die Augen im Tod geschlossen hatten, war es möglich, dass seine Augen nicht vor Entsetzen aufgerissen waren – der unerwartete Tod –, als man ihn fand, sondern tatsächlich geschlossen, und seine Miene friedlich? Wie ein Mann, der sich bewusst an den Straßenrand gelegt hatte, ein Mann, der im Graben eingeschlafen war?

Können Sie jetzt mitkommen?

Ich schaute Kostas verständnislos an, hatte ihm nicht mehr richtig zugehört. Wohin?, fragte ich dümmlich. Er sagte: Auf die Wache, um die Leiche zu identifizieren, die brauchen jemanden, der die Leiche identifiziert. Ja natürlich, sagte ich, ich muss nur rasch meine Sachen holen und noch jemanden anrufen. Ich musste Isabella Bescheid sagen – als die Männer mich von Christophers Tod unterrichteten, war es eigentlich schon zu spät, da hätte sie es bereits wissen sollen. Isabella war diejenige, die jetzt hier sein sollte, die den Leichnam ihres Sohns in Empfang nehmen sollte, ich war nur – die Exfrau, fiel mir etwas verspätet ein, jedenfalls fast.

Einer der Beamten räusperte sich ungeduldig, wie um zu sagen, sie hätten jetzt lange genug gewartet, auch Anteilnahme und Diskretion hätten ihre Grenzen. Ich wiederholte, ich müsse nur rasch auf mein Zimmer und ein paar Sachen holen, ein kurzer Anruf, dann könne ich sie begleiten, und sie nickten. Ich wollte von meinem Zimmer aus Isabella anrufen, aber als ich dann neben dem Bett stand, zögerte ich, die Männer standen unten und warteten, und mit ein, zwei Minuten war es sicher nicht getan. Ich wusste nicht, was ich sagen würde, konnte mir die Worte nicht vorstellen – Isabella, ich habe eine sehr schlechte Nachricht, Isabella, etwas Schreckliches ist passiert.

Es wäre einfacher, wenn ich weinen würde, dachte ich, wenn ich hysterisch wäre. Isabella hätte mir gesagt, ich solle mich beruhigen, mich zusammenreißen, sie hätte sich in eine Position gebracht, in der sie die Lage vermeintlich im Griff hatte, obwohl dem nicht so war, keine von uns hatte mehr irgendetwas im Griff. Ich wartete noch einen Augenblick, und dann rief ich sie doch nicht an, ich dachte mir, ich lasse ihr noch ein paar letzte Stunden, in denen ihre Welt schlüssig und rational bleibt, ein Akt der Güte und zugleich der Grausamkeit, sie hätte es sofort wissen wollen, wir alle hätten es sofort wissen wollen.

Als ich ins Foyer zurückkam, war einer der Polizeibeamten verschwunden, und Kostas stand neben dem anderen. Als wir aufbrachen, sagte Kostas, die Polizei werde sich um einen Wagen kümmern, der mich ins Hotel zurückbringen werde. Vielleicht werde mich auch einer der Beamten zurückfahren, aber ich solle nicht zögern, ihn anzurufen, wenn ich irgendetwas brauchte. Er gab mir eine Karte, auf der die Nummer seines Mobiltelefons stand. Dann fügte er hinzu, er nehme an, ich werde nun doch nicht heute abreisen, und ob er bei der Fluggesellschaft anrufen solle, um den Flug zu stornieren, das werde kein Problem sein, versicherte er mir, ein Todesfall in der Familie.

Ich dankte ihm und eilte dem Polizisten hinterher, der schon losgegangen war. Als wir das Hotel verließen, sah ich, dass der Wagen wartete, der andere Polizist saß am Steuer, und der Motor lief. Wir stiegen ein. Der erste Beamte bestand darauf, dass ich auf dem Beifahrersitz Platz nahm, während er sich allein auf die Rückbank setzte wie ein Untergebener. Vielleicht befürchtete er, wenn ich hinten säße und sie beide vorne, würde es zu sehr danach aussehen, als hätten sie mich festgenommen und würden mich zum Verhör bringen, schon so blieben während unserer Fahrt ins Landesinnere die Leute stehen und gafften, spähten durch die Fenster herein, als wäre ich eine Verbrecherin.

Aber ich fühlte mich nicht schuldig, als ich da vorn im Auto saß, während der Beamte neben mir stumm den Wagen steuerte und der Beamte im Fond auf die Nackenstütze vor sich schaute und zwischendurch gelegentlich aus dem Fenster. Auch Trauer verspürte ich noch nicht. Nur Ungläubigkeit angesichts dessen, was passiert war, dieses unvorstellbaren Ereignisses, das einerseits fraglos möglich war (es hatte sich zugetragen, also musste es möglich sein), das ich andererseits aber als vollkommen unmöglich erlebte, etwas Unmögliches, das sich dennoch irgendwie zugetragen hatte, *ein Stottern im göttlichen Sprachfluss*.

Zugleich war ich mit meinen Gedanken auch bei den vielen praktischen Dingen, die jetzt zu erledigen sein würden, wozu ich jedoch die Falsche war. Ich würde das irgendjemandem sagen müssen – allerdings nicht diesen Polizisten, rechtlich betrachtet war ich immer noch Christophers Frau, und es hätte etwas Beschämendes, den verworrenen Zustand unserer Ehe gerade jetzt diesen Fremden darzulegen – dass ich eine falsche Rolle innehatte, nicht gerade eine Schwindlerin war, aber doch unter Vorspiegelung falscher Tatsachen agierte. Kurz, ich würde Isabella aufklären müssen. Über die Trennung, den tatsächlichen Stand der Dinge zwischen ihrem Sohn und mir. Dann würden all diese Aufgaben ihr obliegen, die Organisation der Beerdigung, die Überführung der Leiche und was sonst noch anstehen mochte.

Der Streifenwagen hielt vor der Wache, es war ein einstöckiger Betonbau mit Hunden davor, die aber angekettet waren, furchterregende Tiere, es war leicht, sich vorzustellen, wie sie an der Leine zerrten und nach einem schnappten. Wir hielten an, und die beiden Polizisten schauten sich nach mir um. Ich wandte den Blick ab, merkte, dass ich die Rolle der trauernden Witwe spielte – ein Gefühl, das ich, wäre ich wirklich eine trauernde Witwe gewesen, niemals gehabt hätte, ein schmaler, aber unleugbarer Keil schob sich zwischen mich und die Person, die zu sein ich vorgab.

Einer der Polizisten eilte herbei, um mir die Wagentür aufzumachen. Ich stieg aus, der Himmel war wieder bedeckt, und ich fragte mich, ob es regnen würde. Die Beamten signalisierten mir, ich solle ihnen hineinfolgen, das einstöckige Gebäude war so klein, dass ich mich fragte, wo sie den Leichnam wohl aufbewahrten, ob es hier überhaupt genug Platz für eine Leichenhalle gab. Ich folgte den beiden Beamten hinein, in ihrer ausgesuchten Höflichkeit benahmen sie sich, als müssten sie ein riesiges Schiff in einen kleinen Hafen navigieren, wedelten mit den Armen wie Fluglotsen. Sie trugen besorgte Mienen zur Schau und würden erleichtert sein, wenn sie mich los waren, sich dieser Verantwortlichkeit entledigt hatten.

Die Wache war fast leer, an der Wand hingen ein paar Plakate – ich konnte nicht lesen, was darauf stand, es war Griechisch, und die Bilder waren nicht klar zu erkennen. Die Deckenbeleuchtung flackerte. Man führte mich eilig durch den Wartebereich, zwei Reihen Plastikstühle, die mit der Zeit ihre Form verloren hatten, alle unbesetzt, obwohl es hier in der Gegend doch sicher immer wieder irgendwelche Vorkommnisse gab, allein die Waldbrände mussten etliche Fälle hervorgebracht haben (Vermisste, nicht identifizierte Leichen, Trauernde). Ich wurde in ein kleines Büro geführt, wo ein Mann aufstand, um mich zu begrüßen, allerdings verzichtete er darauf, sich vorzustellen, er stand einfach nur auf und bedeutete mir, mich zu setzen.

Ich setzte mich. Auch er nahm wieder Platz und begann in verschiedenen Ordnern zu blättern, als wäre er sehr beschäftigt und zugleich etwas gelangweilt, was durchaus verständlich war. Er hatte sicher zahlreiche Verpflichtungen, und auch wenn die Angelegenheiten, derentwegen die Leute zu ihm auf die Wache kamen, von größter subjektiver Bedeutung waren, stellten sie für ihn schlicht seinen Arbeitsalltag dar, man konnte nicht von ihm erwarten, dass er sein Leben im permanenten Krisenmodus verbrachte, Tag für Tag, es war seine Aufgabe, ruhig zu bleiben, rational, er durfte nicht seinen Gefühlen nachgeben.

Tatsächlich war die Atmosphäre auf der Wache außerordentlich steril, völlig anders, als man es auf Grundlage all der Fernsehkrimis erwarten würde, die von interessanten Charakteren und extremen menschlichen Dramen handeln, hier war nichts Derartiges zu beobachten. Schließlich blickte der Polizeibeamte auf und bat um meinen Pass, den ich glücklicherweise eingesteckt hatte, obwohl mich keiner der beiden Polizisten angewiesen hatte, meine Papiere mitzunehmen. Als ich ihm meinen Ausweis reichte, sagte ich, ich habe bei der Heirat nicht seinen Namen angenommen, ich habe meinen eigenen behalten.

Er nickte, vielleicht war das irrelevant. Mit dem Pass in der Hand stand er auf und sagte, er sei gleich wieder zurück. Ich saß da, schob die Hände in meine Jackentaschen, musste wieder daran denken, dass ich Isabella nicht angerufen hatte und sie noch nicht wusste, dass Christopher tot war. Die Realität seines Todes umgab mich, hier in diesem Raum, und dennoch wusste Isabella nichts davon, so greifbar diese neue Realität auch sein mochte, sie war noch nicht konsistent, noch nicht etabliert. Es war kaum mehr als eine Stunde her, dass die Polizisten mich abgeholt hatten. Der Beamte kam zurück und brachte sowohl meinen Pass als auch einen Laptop mit, den er aufklappte und vor mich stellte.

Hier ist Ihr Pass, sagte er. Ich dankte ihm, er schob den Laptop ein wenig zur Seite, setzte sich auf die Tischkante und sagte, er werde mir jetzt mehrere Fotos auf dem Computer zeigen – er machte eine Handbewegung zum Laptop –, mit deren Hilfe ich die Leiche identifizieren solle. Ich verstand das so, dass ich erst die Bilder und dann den Leichnam selbst gezeigt bekommen würde – als wären die Bilder eine Art Vorbereitung, so wie beim Arzt die Armbeuge mit Alkohol abgewischt wird, bevor man eine Spritze bekommt, ein Ritual, das die Angst nur verstärkt.

Das erschien mir viel schlimmer, und ich sagte ihm, ich würde lieber direkt zur Sache kommen, lieber gleich den Leichnam sehen. Er schüttelte den Kopf, vielleicht dachte er, sein Englisch reiche nicht aus. Ich entschuldigte mich, dass ich seine Sprache nicht sprach, und er schüttelte erneut den Kopf. Er deutete noch einmal auf den Laptop. Nur die Fotos, sagte er und wiederholte dann: nur die Fotos. Einen Moment lang fragte ich mich, ob der Leichnam verlorengegangen oder zerstört oder sonst wie in Mitleidenschaft gezogen worden war, sodass nur noch diese Fotos existierten – eine Erweiterung des Albtraums, in Sekundenschnelle erdacht. Aber dann wurde mir klar, dass er bloß von der Identifizierung der Leiche gesprochen hatte, die allein über die Fotos erfolgte, *nur die Fotos,* die Leiche selbst war woanders.

Er fragte, ob ich so weit sei, und ich nickte. Die Situation entsprach nicht meiner Erwartung, wie seltsam, dass man Erwartungen bezüglich einer Situation haben kann, die man sich nie zuvor ausgemalt hat, und doch war es so. Ich hatte mich darauf eingestellt, den Leichnam zu sehen, und jetzt würde ich nur Fotos davon gezeigt bekommen, es kam mir unzureichend vor, zu läppisch für den Ernst der Lage, er war allein gestorben, und jetzt würde er auch im Tod allein bleiben, nur von der Kamera bezeugt.

Ich hätte weinen können, es war entsetzlich. Der Polizeibeamte drückte eine Taste, um den Laptop zu starten, es waren fast keine Icons auf dem Desktop, der noch das voreingestellte Hintergrundbild zeigte. Mit gerunzelter Stirn klickte er einen Dateiordner an – ich konnte den Namen nicht lesen, er war in griechischen Buchstaben geschrieben, vielleicht stand *Autopsien* darunter oder *Identifikation* oder einfach nur *Fotos,* ich hatte keine Ahnung – und begann durch eine erstaunliche Menge von Dateien zu scrollen, mindestens fünfzig oder sechzig. Es dauerte eine Weile, und er fing an, unmelodisch vor sich hin zu summen, den Finger auf dem Mousepad.

Vielleicht hatte es in den letzten Wochen viele Todesfälle gegeben, unmöglich war das nicht, es waren Menschen bei den Waldbränden umgekommen, ich wagte mir gar nicht vorzustellen, wie diese Fotos aussehen würden. Der Beamte gab einen zufriedenen Laut von sich, er hatte endlich gefunden, wonach er suchte, ohne weitere Umstände (schließlich hatte er mich bereits vorgewarnt) klickte er die Datei an, und auf dem Bildschirm erschien ein Foto von Christophers Gesicht im Tod, sein Kopf lag auf einer metallenen Oberfläche, vermutlich dem Sektionstisch des Leichenbeschauers. Ich starrte auf das Bild, der Beamte beobachtete mich, wandte dann aber diskret den Blick ab, wie um mir eine gewisse Privatsphäre einzuräumen. Nach einem Moment räusperte er sich, und ich blickte erschrocken auf.

Und?

Ich schaute wieder auf das Foto. Ich sagte nichts – ja, natürlich war das Christopher, aber ich erkannte den Mann auf diesem Bild nicht wieder, das heißt, es war Christopher und doch auch nicht. Ich hatte ihn noch nie in einem solchen Zustand gesehen, ein Auge war halb geöffnet, das andere geschlossen (seine Augen waren im Tod also weder offen noch geschlossen, sondern beides, ich fand das schrecklich, dass niemand sich die Mühe gemacht hatte, das andere Auge auch zu schließen), und sein Mund stand offen wie im Schock, dem Schock seines Todes, der ungewöhnlich brutal gewesen war – Christopher war Gewalt genauso wenig gewohnt wie wir alle, eher noch weniger.

Es war ein Gesicht, wie man es im Leben nicht oft sieht – das ungeschminkte Antlitz des Todes, völlig anders als die Gesichter von Toten, die in der Leichenhalle präsentiert oder in einer Totenmaske abgebildet werden, diese Gesichter sind behandelt, ihre Würde ist wiederhergestellt worden, aus ihnen ist jedes Gefühl verschwunden. *Er sah aus, als schliefe er,* das hört man oft, ein Versuch, die Endgültigkeit des Todes zu leugnen, der Schlaf als Zwischenstadium zwischen dem Sein und dem Nichts, der An- und der Abwesenheit. Aber es war mehr als das, *er sah aus, als schliefe er* – es war auch, wie ich jetzt begriff, ein Versuch, so zu tun, als wäre der Übergang in den Tod, der Prozess des Sterbens, irgendwie friedlich, was er doch ganz und gar nicht war.

Christophers Gesicht war nicht das eines Schlafenden, eines Menschen, der in Frieden ruhte. Es war das Gesicht eines Menschen, der Angst gehabt hatte. Angst macht alle Gesichter dumm, dieses Gefühl setzt alles andere außer Kraft, Intelligenz, Charme, Humor, Güte, die Eigenschaften, an denen wir andere erkennen und derentwegen wir uns in sie verlieben. Aber wer hat im Angesicht des Todes keine Angst? Das war der Grund, warum ich nicht sofort und entschieden sagen konnte, das ist Christopher, er war es, und zugleich war er es nicht, seine Miene war nicht wiederzuerkennen, und selbst die eigentlichen Gesichtszüge glichen nicht denen des Mannes, den ich vor fünf Jahren geheiratet hatte, des Mannes, mit dem ich immer noch verheiratet war.

Der Polizeibeamte beugte sich vor, klickte den Ordner erneut an. Ich hatte auf seine Frage nicht reagiert, er dachte wohl, ich müsste weitere Bilder sehen, um meinen Mann identifizieren zu können, als wäre dieses eine Bild nicht genug, aber vielleicht war es das manchmal wirklich nicht – wie ich gerade gesehen hatte, konnte der Tod ein Gesicht bis zur Unkenntlichkeit verändern. Ich hob die Hand, um ihn aufzuhalten, mehr musste ich nicht sehen, es war ganz offensichtlich Christopher, oder vielmehr würde mein Gefühl, dass er es nicht war – sondern ein Doppelgänger, eine optische Täuschung, irgend so etwas –, durch weitere Bilder nicht verschwinden.

Das ist er, sagte ich. Das ist Christopher.

Ich sagte *Das* ist Christopher, wie es üblich ist, nicht *Er* ist Christopher, der Satz hätte unnatürlich geklungen, niemand sprach so, vor allem aber hätte es nicht der Realität entsprochen, das war kein *Er*, was ich gesehen hatte, war niemand Konkretes, Greifbares, es war nur eine Ansammlung von Pixeln, eine Datei auf einem Laptop. Ich hatte kein Verlangen danach, den Leichnam zu sehen, und zugleich konnte ich nicht glauben, dass ich ihn nicht zu sehen bekommen würde. Ich hatte plötzlich das Gefühl, dass ich zumindest danach fragen sollte. Mit erhobener Stimme fragte ich: Wo ist die Leiche? Ich konnte nicht fragen: Wo ist er?, es klang wie eine Leugnung, aber tatsächlich war es fast schon ein Akzeptieren oder zumindest eine Bestätigung der Tatsache, dass bei einem Todesfall der betreffende Mensch nicht mehr da ist und nichts übrig bleibt als der leblose Körper, der Leichnam, ein *Etwas*, kein *Er*, nur ein Anschein des lebendigen Menschen.

Der Polizeibeamte – der bei meinen Worten sofort die Hände von der Tastatur gehoben hatte, fast erleichtert, als hätte auch er kein Verlangen danach, weitere Fotos anzuschauen, es mochte seine Aufgabe sein, aber das hieß noch lange nicht, dass es ihm Spaß machte – zuckte die Achseln. Der Leichnam ist nebenan, sagte er. Das Wort *nebenan* klang irgendwie zu beiläufig für so etwas Ernstes, den Ort, an dem sich der Leichnam meines Mannes befand. Nebenan, wiederholte ich. Die Leiche ist nebenan, Christopher ist nebenan? Er zuckte erneut mit den Achseln, machte eine Armbewegung in Richtung des Flurs, als befände sich Christophers Leichnam an keinem konkreten Ort, sondern sei irgendwo da draußen, bewegte sich von hier nach da, von einem Zimmer ins nächste.

Er fragte: Möchten Sie den Leichnam sehen? Die Frage überraschte mich, obwohl sie es nicht hätte tun sollen – natürlich bot man das der Ehefrau an, der Witwe, besonders einer, die nach dem Verbleib des Leichnams gefragt hatte und überrascht gewesen war, Fotos statt des eigentlichen Dings vorgeführt zu bekommen –, ich zögerte, nicht dass ich zimperlich gewesen wäre, wobei auch das nicht ganz abzutun war, es war schlimm genug gewesen, das Foto zu sehen. Es war eher so, dass ich mich fragte, ob ich dazu überhaupt berechtigt war, ob es nicht eine andere Frau gab – es war immer eine Frau an der Seite des Leichnams, Maria Magdalena, Antigone, Lady Capulet, die Frau in mannigfaltiger Gestalt –, die statt meiner dort sein sollte, vielleicht Isabella, vielleicht jemand anders.

Christopher war fort. Was jetzt geschah, war seine Privatsache – *so wie es Räume in unserem Innern gibt, die wir nie ohne Entschuldigung betreten, sollten wir auch die Siegel anderer respektieren* –, und was war privater als der eigene Tod, besonders wenn er gewaltsam erfolgt war? War nicht das der Grund, warum uns Fotos von Leichen am Schauplatz eines Verbrechens oder eines Autounfalls so geschmacklos erschienen, warum wir uns selbst verabscheuten, wenn wir wider Willen bei einem Unfall gafften, wo unter der blauen Plane die (noch beschuhten) Füße hervorragten? Es war nicht einfach nur der Schrecken, der von dem Leichnam ausging, es war das Eindringen in die Privatsphäre eines Fremden, das Sehen von etwas, was man nicht sehen sollte.

Wie konnte ich wissen, ob Christopher in diesem Zustand von mir hätte gesehen werden wollen – die Augen verdreht, der Mund offen, er war ein eitler Mann, hatte einen Sinn für Schicklichkeit, allein der Gedanke, so zu sterben, wäre eine Demütigung für ihn gewesen –, wie konnte ich wissen, was ich ihm bedeutet hatte, in jenen letzten Momenten vor seinem Tod? Aber irgendjemand musste ihn sehen. Isabella hatte ich noch nicht angerufen, sie würde frühestens morgen eintreffen, und zu diesem Zeitpunkt würde Christopher seit achtundvierzig Stunden oder länger tot und sein Leichnam in den Zustand der Verwesung übergegangen sein, kein Anblick für eine ältere Frau, so charakterstark sie auch sein mochte – nein, so lange durfte der Leichnam nicht ungesehen bleiben.

Ja, sagte ich zu dem Polizeibeamten, der aufblickte, offenbar erstaunt, ich würde den Leichnam gern sehen, und er nickte, griff in die Tasche und zog einen Schlüsselbund hervor.

ACHT

Unter Christophers Sachen befand sich auch eine alte Ausgabe der *London Review of Books* vom Juni desselben Jahres. Das war wenig überraschend, in unserer Wohnung lagen stapelweise alte Ausgaben dieser und anderer Zeitschriften herum, im Bad türmten sich Magazine, bis zu einem Jahr alt. Diese spezielle Ausgabe der *London Review* enthielt mehrere interessante Artikel, die sicher auch nach Christophers Geschmack gewesen waren und die er zweifellos gelesen hatte – immerhin hatte er die Zeitschrift nach Griechenland mitgenommen, vielleicht hatte er sie im Flugzeug gelesen.

Er hatte überhaupt eine Menge Lesestoff dabei, einen ganzen Koffer voller Bücher, Zeitschriften, Notizhefte, Unterlagen. Anscheinend hatte er vorgehabt, länger in Griechenland zu bleiben, vielleicht hatte er wirklich gehofft, auf dieser Reise sein Buch abschließen zu können. Zu diesem Zeitpunkt hatte ich noch nicht in seinen Computer geschaut, die Dateien geöffnet, Dokumente durchgesehen, nach irgendetwas Ausschau gehalten, das zur Veröffentlichung geeignet war – auf Geheiß seines Agenten, seines Verlegers und nicht zuletzt Isabellas, die bei alldem natürlich nicht außen vor bleiben konnte. Ich hatte das nur ungern gemacht, es lange vor mir hergeschoben, hatte gleich geahnt, dass es eine verstörende Erfahrung sein würde, als schnüffelte man in den Gedanken eines Toten herum.

Als ich mich dann schließlich doch an den Laptop setzte – ein vertrauter Gegenstand, solange wir zusammenwohnten, hatte ich ihn täglich gesehen –, kam mir in den Sinn, wie abrupt und unnatürlich der Tod doch ist, zumindest in unserer Wahrnehmung – immer unterbricht er etwas, bleibt Unvollendetes zurück. Das zeigte sich sehr deutlich auf Christophers Rechner, ein kompliziertes Mosaik von Dateien und Dokumenten bedeckte den Desktop, es gab mindestens hundert verschiedene, zum Teil seltsam benannte Ordner – *Texte von anderen, Internet*. Man benennt Ordner, ohne groß nachzudenken, manche haben naheliegende Namen – *Rechnungen, Artikel* –, andere hingegen ähneln Kramschubladen, man erinnert sich kaum an den Inhalt und denkt nicht im Traum daran, dass eines Tages mal jemand anderes darin herumstöbern könnte.

Aber genau das tat ich jetzt. Auf der Suche nach den Dokumenten, die laut Isabella, dem Agenten und dem Verleger auf jeden Fall da sein mussten – ein noch nicht ganz, aber fast fertiges Manuskript, das Christopher ohne mein Wissen binnen eines halben Jahres abzugeben versprochen hatte, einer Frist, die kurz nach seinem Tod geendet hätte, die gespenstische Bestätigung einer Lüge, die ich Isabella über Christophers Arbeit und die bevorstehende Fertigstellung seines Buchs erzählt hatte, einer Lüge, die irgendwie wahr geworden war oder die Christopher zumindest auch selbst erzählt hatte –, fand ich unter den Kramschubladen noch anderes. Dinge, die ich, wenn es nach Christopher gegangen wäre, vermutlich niemals hätte zu Gesicht bekommen sollen, zum Beispiel einen Ordner mit pornographischen Bildern, die er aus dem Internet heruntergeladen hatte.

Oberflächlich betrachtet gab es darin nichts allzu Schmerzliches zu entdecken, er hatte keine Vorliebe für eine besonders brutale Art von Fetischporno gehabt, keine Schwulenerotika gesammelt oder Websites mit Namen wie Black Beauties oder Hot Asian Anal besucht. Solche Geschichten hatte ich schon gehört, sie handelten letztlich von einer einzigen Erkenntnis, nämlich der, dass man das heimliche Verlangen des Partners, seine lebhaftesten Phantasien, nie erfüllt oder sich auch nur mit ihnen befasst hat. Dass man in gewisser Hinsicht nie das war, was er oder sie gesucht hat, dass der andere mit den Gedanken immer woanders war oder sich beholfen hat, was dem gemeinsamen Sex im Nachhinein etwas Schales, Erniedrigendes gab, der andere hatte immer versucht, einen nicht zu sehen, jedenfalls nicht so, wie man tatsächlich war.

So war es nicht. Dennoch blieb ich angespannt, ich klickte vielleicht vier oder fünf Jpegs an, ehe ich den Ordner mit klopfendem Herzen wieder schloss. Die Bilder waren nicht einmal besonders obszön, dafür, dass sie pornographisch waren, und auch nicht sonderlich persönlich – Pornographie ist ein Beleg dafür, dass Begierde doch etwas ziemlich

Schablonenhaftes ist, anscheinend hatte Christopher die gleichen Dinge erregend gefunden wie viele andere Männer, Dreier, Blowjobs, solche Sachen. Mehrere der Dateien, die ich öffnete, enthielten Bilder von zwei Frauen, aber schockierend war das nicht, im Gegenteil, diese Vorliebe kannte ich bereits aus erster Hand.

Die meisten Bilder waren in einem Stil gehalten, den man früher als Hausfrauenporno bezeichnet hätte – Amateurbilder von ganz normalen Menschen – und der mittlerweile zur vorherrschenden Ästhetik der Internetpornographie geworden ist. Die Qualität der Fotos war schlecht, die Beleuchtung grell und unvorteilhaft, das Setting war von geschmacklosem Vorstadtluxus geprägt, große Wohnzimmer mit Kunstledersofas und Möbeln aus Glas und Stahl. Und die Mädchen waren zwar hübsch, aber eindeutig keine gewöhnlichen Pornostars, sie trugen kaum Makeup, und ihre Körper waren anscheinend noch in ihrem naturgegebenen Zustand belassen.

Allerdings fühlten sie sich vor der Kamera sichtlich wohl. Sie verhielten sich wie Profis, eine typische Zeiterscheinung, heutzutage fotografieren sich die Leute unentwegt selbst, bei jeder Tätigkeit, in jeder Lebenslage, beim Frühstück, im Zug, vor dem Spiegel. Das Ergebnis war nicht etwa eine neue Natürlichkeit oder Wirklichkeitstreue auf diesen Bildern, die weithin verbreitet wurden – über Handys, Computer, Internet –, sondern eher das Gegenteil: Die Künstlichkeit der Fotografie war in unser tägliches Leben eingegangen. Wir posieren ständig, auch wenn wir gar nicht fotografiert werden.

Zwei der Fotos – weder professionell noch amateurhaft,

sondern irgendwo dazwischen – zeigten eine Frau, die splitternackt war, bis auf ein Paar kniehohe Sportstrümpfe. Ich hätte nicht gedacht, dass Christopher auf Kniestrümpfe stand, aber das Mädchen war jung und attraktiv. Auf einem Bild saß sie mit breit gespreizten Beinen auf der Stuhlkante, sie hatte den Kopf in den Nacken gelegt, und ihr Mund war offen, als wäre sie in Ekstase. Auf dem zweiten Bild hielt sie mit beiden Händen ihre Brüste hoch und beugte sich vor, ihr Mund war wieder offen, aber auf eine zweckmäßigere Art, mit so einem Mund konnte man eigentlich nur eins tun, nämlich etwas hineinstecken.

Beide Posen waren tausend-, wenn nicht millionenfach reproduziert worden, das Internet quoll über von Bildern, auf denen Frauen genau diese Haltung einnahmen, selbst der Gesichtsausdruck war der gleiche – aber ich wusste, dass das kein Hindernis für Stimulation und Erregung war, im Allgemeinen scheren einen Klischees nicht sonderlich, wenn man sexuell erregt ist oder werden will. Christopher hatte wohl zu diesen Bildern masturbiert – wozu sonst war Pornographie da, warum hätte er sich sonst die Mühe gemacht, diese Bilder herunterzuladen, wenn nicht als verlässlichen Reiz?

Aber vielleicht musste es kein so naheliegendes, trostloses Szenario sein, Christopher, der vor dem Computer hockte, das Gesicht vom Bildschirm beleuchtet. Vielleicht hatten diese Bilder eine Erregung erzeugt, die er dann mit einer Partnerin aus Fleisch und Blut ausgelebt hatte, einer oder vielleicht auch zwei Frauen, die im Schlafzimmer warteten oder vielleicht mit ihm zusammen auf den Bildschirm schauten, womöglich war ich selbst schon diese Frau gewesen. Eine Frau, mit der er dann zur Tat schritt – das pornographische Bild im Gedächtnis fixiert, eine Ergänzung zu dem Körper aus Fleisch und Blut, der für sich genommen nicht mehr reichte, der lebendige Sex, der folgte, immer ein bisschen enttäuschend im Vergleich zu den unendlichen Verheißungen der pornographischen Phantasie, der Grenzenlosigkeit des Internet.

Aber mit seinem Computer befasste ich mich erst Wochen, nein, Monate später, das Exemplar der *London Review of Books* hingegen sah ich nur wenige Tage nach seinem Tod, oder vielmehr nachdem ich von seinem Tod erfahren hatte. Isabella war mittlerweile eingetroffen. Ich hatte sie von der Polizeiwache aus angerufen, nachdem ich Christophers Leichnam gesehen hatte, er war auf einem Stahltisch aufgebahrt, und ein Laken bedeckte das Ganze, auch das Gesicht. Das ging mir noch mal zusätzlich an die Nieren, wobei es keinen Grund gab, warum ich irgendetwas anderes hätte erwarten sollen, etwa dass das Laken nur bis zu den Schultern hochgezogen war, als läge er im Bett, *er sah aus, als schliefe er.*

Er sah nicht aus, als schliefe er. Als der Polizeibeamte das Laken herunterzog, sah ich, dass Christophers Gesicht denselben Ausdruck hatte wie auf dem Foto – wieder hatte mir meine Phantasie einen Streich gespielt, die Vorstellungskraft ist schwerfällig in derartigen Situationen, ich hatte geglaubt, sein Gesicht würde anders aussehen, anders sein, aber es war genauso wie auf dem Foto, die Augen verdreht, der Mund offen. Nur die Wunde an seinem Hinterkopf mit dem schwarz verkrusteten Blut war größer und klaffender, als ich erwartet hatte, sie schien noch zu arbeiten, als peinigte sie ihn weiterhin, bereitete ihm immer noch Schmerzen, hier vor meinen Augen.

Ich wandte mich von dem Tisch ab. Während er das Laken wieder hochzog, sagte der Beamte, er nehme an, der Leichnam werde nicht hier in Griechenland eingeäschert oder begraben, sondern in die Heimat überführt. Ich nickte, obwohl ich es tatsächlich nicht wusste, ich hatte nicht die geringste Ahnung, was Christopher gewollt hätte, ich konnte nicht glauben, dass er überhaupt irgendetwas gewollt hätte. Sie müssen die Botschaft benachrichtigen, der Leichnam muss einbalsamiert werden, je schneller, desto besser, sagte der Polizeibeamte. Es gibt Vorschriften. Ich nickte erneut und sagte, sobald Christophers Mutter eingetroffen sei, könnten wir gemäß den Vorschriften verfahren, worauf er sich abwandte, offenbar zufriedengestellt.

Er fragte nicht, warum Isabellas Ankunft abgewartet werden musste, vielleicht war diese Rücksichtnahme auf die Mutter für ihn ganz normal. Aber sie war ohnehin im Nu da. Isabella und Mark kamen mit dem ersten Flug aus London, gleich am nächsten Tag. Als ich sie von der Polizeiwache aus angerufen hatte, war Isabella seltsam ruhig gewesen. Sie sagte: O nein, und dann blieb sie so lange stumm, dass ich dachte, sie sei ohnmächtig geworden. Ich sagte mehrmals ihren Namen, dann kam Mark ans Telefon, und ich musste es noch einmal sagen, Christopher ist tot, man hat seine Leiche gefunden. Im Hintergrund hörte ich Isabella schluchzen, ein leises, schreckliches Geräusch. Ich presste die Hand auf den Mund. Dann hörte ich einen dumpfen Schlag, womöglich war sie zusammengebrochen.

Ich schloss die Augen. Ich muss dich zurückrufen, sagte Mark. Ich ruf gleich zurück.

Weniger als vierundzwanzig Stunden später stand ich am Tor des Hotelgeländes, als der Wagen mit Mark und Isabella vorfuhr, die stockstarr auf dem Rücksitz saßen. Sie hatten den Fahrer wohl zur Eile angetrieben, es war erst kurz nach zwölf. Als sie ausstieg, sah Isabella mich nicht an, sondern ließ den Blick schweifen, über die Straße, zu den Bergen, zum Himmel, als versuchte sie zu verstehen, was ihren Sohn an diesen Ort gezogen hatte. Ich beobachtete sie vom Tor aus, die Augen mit der Hand gegen die gleißende Sonne beschirmt. Es wurde täglich kühler, ich sah, dass Isabella und Mark leichte Mäntel trugen, sie hatten sich vor dem Packen wohl die Wettervorhersage angesehen, trotz ihres Kummers. Aber die Sonne war immer noch grell.

Zuerst schien Isabella die Landschaft ringsum mit Verwunderung zu betrachten – sie zeigte die verständnislose Miene, mit der eine schöne Ehefrau das Gesicht einer ordinären Geliebten zur Kenntnis nimmt, das Gesicht ihres Verrats –, doch allmählich begriff ich, dass nicht Staunen, sondern Hass in ihrem Blick lag, die gleiche Feindseligkeit, die die Ehefrau letzten Endes immer für die Geliebte empfindet. Sie würde diesen Ort ihr Leben lang hassen, bis zu ihrem letzten Atemzug. Als ich mit ausgestreckten Armen vortrat – wir umarmten uns, aber vorsichtig, als wären wir beide von einer unwägbaren Zerbrechlichkeit –, begriff ich, dass sie mich zwar immer gehasst hatte, dass ihr Hass sich jetzt aber von mir abgewandt und einen neuen Gegenstand gefunden hatte. Ich hatte ihr Christopher weggenommen, aber nie ganz und gar, nie so wie jetzt.

Fast das Erste, was sie sagte, nachdem man sie zu ihrem Zimmer geleitet und die Tür hinter uns geschlossen hatte (sie hatte Mark unter einem durchsichtigen Vorwand fortgeschickt, er sollte ihr etwas aus der Apotheke besorgen, etwas gegen Übelkeit, ihr Magen sei durcheinander, ihr sei schlecht von der Autofahrt), war: Warum ist er hierhergekommen? Sie stand am Fenster. Kostas hatte Isabella und Mark in einer Suite untergebracht, allerdings nicht derjenigen, in der Christopher gewohnt hatte. Ich sah sie an, ich konnte mich nicht erinnern, wann wir das letzte Mal miteinander allein gewesen waren. Sie erwiderte meinen Blick, einen Moment lang schien die wirklich relevante Beziehung die zwischen uns beiden zu sein, da die Männer gestorben oder fortgeschickt worden waren. Vielleicht war das jetzt ja auch so.

Ich weiß nicht, sagte ich. Ich habe ihn nicht rechtzeitig gefunden, ich bin zu spät gekommen.

Sie schüttelte den Kopf, die Muskeln um ihren Mund spannten sich an. Es ging bestimmt um eine Frau, Christopher konnte seinen Schwanz nie in der Hose behalten.

Ich war verblüfft, hatte es noch nie erlebt, dass sie sich so vulgär ausdrückte, so aggressiv und kritisch über ihren Sohn sprach. Sie redete, als wäre er nicht gestorben, sondern nur weggelaufen, als würde sie ihm eine Standpauke halten, sobald er zurückkam, mir wurde klar, dass sie sich in einem Zustand totaler Leugnung befand.

Sie stand am Fenster, starrte mit unbewegter Miene aufs Meer hinaus, eine Frau voller Wut, auf die Situation, auf den Ort, auf die Tatsache, dass ihr Sohn tot war, was sie nicht akzeptieren konnte. Auf ihren Sohn, der es gewagt hatte, einfach so zu sterben, der sie in die unnatürliche Lage gebracht hatte, ihr einziges Kind zu überleben, der Albtraum jeder Mutter. Es war erschreckend, ihr Gesicht zu sehen, das unter der Trauer, die sie nicht direkt zum Ausdruck bringen konnte, in sich zusammengefallen war, ich hatte jedes Verständnis für ihre schwierige Lage, trotzdem wünschte ich, sie würde aufhören, als sie nun weiterredete.

Heute nennt man das, glaube ich, Sexsucht. Männer, die nicht aufhören können, Frauen nachzusteigen, selbst wenn sie sich damit lächerlich machen. Es wird schlimmer, je älter sie werden, weißt du. Es gibt nichts Schlimmeres als einen keuchenden alten Mann. Natürlich trägst auch du eine gewisse Verantwortung für die Situation, sagte sie. Aber ich mache dir keine Vorwürfe, ich kenne meinen Sohn, ich weiß nicht, ob irgendeine Frau seine Fremdgeherei hätte verhindern können.

Ihre Augen füllten sich plötzlich mit Tränen, als spräche sie nicht von der Untreue ihres Sohns, sondern von seinem Tod – genau davon sprach sie in Wirklichkeit, und sie hatte recht, keine Frau hätte seinen Tod verhindern können. Das Verhältnis zwischen euch muss gespannt gewesen sein, Christopher hat nie ein Wort gesagt, aber ich habe es gespürt. Sie schwieg kurz. Hätte Christopher doch nur keinen Grund gehabt hierherzukommen.

Er ist hierhergekommen, sagte ich, um zu recherchieren, um sein Buch fertig zu schreiben.

Isabella schüttelte energisch den Kopf. Das Buch war nur ein Vorwand, sagte sie. Christopher hat seine Arbeit nie ernst genommen. Er ist immer weggerannt. Er musste immer irgendwohin, war ständig beschäftigt. Ich glaube, er hat befürchtet, wenn er mal innehält, merkt er, wie leer sein Leben tatsächlich ist.

Das war ungerecht – Isabella liebte ihren Sohn zwar über alle Maßen, aber sie hatte ihn nie ernst nehmen können. Und nun, da er tot war, würde sie niemals das Ausmaß seiner Ambitionen anerkennen müssen, die Tatsache, dass er mit seinem Tod viel Unvollendetes hinterlassen hatte. Sie sah mich nicht an. Ich sagte, er sei kurz davor gewesen, sein Manuskript abzuschließen (eine Lüge), ich hätte ganze Kapitel davon gelesen (eine weitere Lüge), und sein Buch werde einen entscheidenden Erkenntnisfortschritt präsentieren (schon die Wendung klang verlogen), der sich seinen Recherchen hier auf dem südlichen Peloponnes verdanke.

Isabella reagierte nicht, vielleicht hörte sie mich nicht. Sie stand am Fenster und sah aus wie die traurigste Frau der Welt. Na ja, sagte sie, den Blick immer noch aufs Meer gerichtet, jedenfalls hast du ihn geliebt. Trotz seiner Schwächen. Und das ist doch immerhin etwas. Er ist geliebt gestorben. Sie schaute nicht bestätigungheischend zu mir – vielleicht war das gar nicht notwendig, man ging davon aus, dass ich Christopher liebte, welche Frau liebte ihren Mann schließlich nicht? Selbst wenn er ihr ausreichend Anlass gab, ihn nicht zu lieben? Nach merklichem Zögern, das Isabella aber nicht wahrzunehmen schien, sagte ich: Christopher wurde von vielen Menschen geliebt, er ist zweifellos geliebt gestorben.

Aber er wurde vor allem von dir geliebt, beharrte sie, die Liebe der eigenen Frau ist noch mal etwas anderes, sie ist sehr wichtig.

Wichtiger als die Liebe seiner Mutter? Ich bereute die Frage sofort, hätte sie zurückgenommen, wenn es möglich gewesen wäre, diese Frau hatte gerade ihren Sohn verloren, wenn ich nicht einmal jetzt großzügig sein konnte, wann dann? Aber sie erwiderte ernst: Ja, es ist die allerwichtigste Liebe, denn die Liebe einer Mutter ist eine gegebene Tatsache, sie wird für selbstverständlich genommen. Wenn ein Kind zur Welt kommt, wird seine Mutter es bis an ihr Lebensende lieben, ohne dass das Kind irgendetwas dafür tun muss. Aber die Liebe der Ehefrau muss man sich verdienen – erst muss man sie gewinnen und dann erhalten. Sie hielt inne und fügte dann hinzu, ich glaube, ohne jede Bosheit: Du hast keine Kinder, vielleicht ist das für dich schwer zu verstehen. Worauf ich erwiderte: Ja, ich habe ihn geliebt, Isabella, er ist geliebt gestorben, und sie sagte: Ah. Mehr wollte ich gar nicht wissen.

Und doch kamen mir ihre Worte wieder in den Sinn, als ich Christophers Sachen durchging und zusammenpackte, damit sie nach London zurückgebracht werden konnten (das Hotelpersonal hatte seine Sachen einfach nur in Kisten gepackt, ein wildes Durcheinander, diese Aufgabe hätte ich nicht Isabella überlassen können. Isabella, deren Trauer bereits Vorrang vor meiner eigenen erlangt hatte, einerseits infolge ihres ureigenen Egoismus, andererseits, weil ich aufgrund meines wenn auch geheimen Status als getrennt lebende Ehefrau fand, dass meine Trauer keine besonderen Rechte geltend machen konnte, ich ließ es selbst zu, dass die Situation sich so entwickelte).

Als ich auf die Juni-Ausgabe der *London Review of*

Books stieß, war sie ganz hinten aufgeschlagen. Es waren die Seiten mit den Kontaktanzeigen und Immobilienangeboten – *Haus im Kolonialstil an der Küste von Goa, eigenes Fahrzeug unerlässlich, bereichernder Schreiburlaub in Luxusunterkunft.* In der linken unteren Ecke der aufgeschlagenen Seite – an den Heftklammern war das Papier schon eingerissen, als wäre die Zeitschrift länger so gefaltet gewesen, war ein Kasten, der mit Bleistift eingekringelt worden war:

> SEITENSPRÜNGE: Ist Ihr Leben irgendwie schal geworden und zur Routine erstarrt? Würden diskret arrangierte Dates Ihrem Leben den fehlenden besonderen Funken zurückgeben?
>
> SEITENSPRÜNGE widmet sich ganz der alternativen Beziehungserfahrung. Wir entwickeln einen persönlichen, professionellen, maßgeschneiderten Plan für Sie, fernab der Suche im Internet. Frauen sind bei unserem einzigartigen Projekt besonders willkommen. Bitte rufen Sie James zu einem vertraulichen, freundschaftlichen Plausch an.

Anschließend wurde sowohl eine Festnetz- als auch eine Handynummer genannt. Als ich die Anzeige ein zweites Mal las, dachte ich unwillkürlich, dass der Verfasser der Anzeige kein Sprachgefühl hatte – warum zum Beispiel *irgendwie schal* und nicht einfach *schal,* warum der *fehlende besondere Funke* statt einfach *der fehlende Funke*? In den meisten Fällen spielte das wahrscheinlich keine Rolle, aber diese Anzeige war in der *London Review of Books* plaziert worden, deren Leserschaft gebildet und kultiviert war und sich auch selbst so sah. Der Ton der Annonce war völlig unentschieden, einerseits las sie sich wie ein Angebot für einen Sparplan oder eine Investitionsmöglichkeit, es war davon die Rede, einen *Plan* zu *entwickeln*. Andererseits klang das Ganze wie ein schlecht ausgedachtes Experiment in freier Liebe – warum musste es als *einzigartiges Projekt*, als *alternativ* beschrieben werden?

Ich strich das Papier glatt, meine Hände zitterten ein wenig. Es war die letzte Zeile, die Aufforderung, James zu einem *vertraulichen, freundschaftlichen Plausch* anzurufen, die mir geradezu grotesk erschien, insbesondere weil sowohl eine Handy- als auch eine Festnetznummer angegeben waren. Ich stellte mir diesen James vor, rund um die Uhr erreichbar, jederzeit bereit, alles stehen und liegen zu lassen, sobald eines seiner Telefone klingelte, egal welches, zu jeder Tages- und Nachtzeit willens, in eine vertrauliche, freundschaftliche Unterhaltung einzutreten, je mehr ich darüber nachdachte, desto mehr störte mich die Unentschiedenheit des Tons, einerseits *professionell* und *maßgeschneidert*, andererseits ein *freundschaftlicher Plausch*.

Christophers Agent hieß auch James, er war ein charmanter, charismatischer Mittsechziger, in der Verlagswelt wohlbekannt, ein Mann, der diesem James hier kaum weniger hätte gleichen können. Und doch unterschieden sich die Dienste, die sie anboten, womöglich gar nicht so sehr, Diskretion, Anteilnahme, eine Art professioneller Intimität – ich begann mir auszumalen, wie Christophers onkelhafter Agent abends nebenberuflich als Seitensprung-James tätig war, wie er den Anzeigentext auf dem Laptop verfasst und das Formular dann an die Anzeigenabteilung der *London Review* geschickt hatte und nun auf Anrufe wartete, eine absurde, aber durchaus amüsante Vorstellung, vielleicht war es die Resonanz des Namens, die Christopher als Erstes auf die Anzeige aufmerksam gemacht hatte.

Aber was genau hatte SEITENSPRÜNGE einem Mann wie Christopher zu bieten, der keine Hilfe bei der Gestaltung seiner Seitensprünge benötigte, keine Kontakte vermittelt bekommen musste – sie stellten sich von selbst ein, wie bei anderen Leuten vielleicht eine Depression –, aber dennoch Notiz von dieser Anzeige genommen hatte? Was mochte der *Plan* für ihn bereithalten? Wenn Christopher bei irgendetwas Hilfe hätte gebrauchen können, dann bei der Orchestrierung seiner Rendezvous und Geliebten, eine Art Verwaltungsdienst, Affären zu koordinieren war eine knifflige Angelegenheit, die Geschichten mussten stimmig bleiben, Terminkalender in Einklang gebracht und Spuren verwischt werden.

Ja, Seitensprung-James wäre vermutlich besser damit gefahren, Dienste anzubieten, die in diese Richtung gingen, die wirklich *maßgeschneidert* waren (die Annonce versuchte, sich exklusiv und kultiviert zu geben, klang aber in Wirklichkeit bloß spießig und trivial). Dann hätte Christopher womöglich zum Telefonhörer gegriffen und gesagt: Guten Tag, ich brauche Hilfe bei meinen Seitensprüngen, um genau zu sein, brauche ich Hilfe bei ihrer Koordination, die mir langsam Kopfschmerzen bereitet. Und dann hätte Seitensprung-James eine Reihe hilfreicher Vorschläge oder Anregungen auf Lager gehabt, die den unter Umständen steinigen Weg der Untreue etwas leichter begehbar gemacht hätten, ob das nun ein zweites Handy war oder ein zum richtigen Zeitpunkt überreichtes Geschenk an die Gattin.

Vor allem aber hätte er, freundlich und diskret wie ein Priester, Christophers Untreue stillschweigend gebilligt. Mir wurde klar, dass das der eigentliche Grund war, warum Christopher die Annonce eingekringelt hatte. Ein Telefonat, ein Gespräch mit James war gar nicht nötig, allein die Existenz dieser Annonce und ihre unverfrorene Botschaft waren genug – es gab andere, die es ebenfalls taten, es gab sogar Menschen, die gern untreu wären, aber nicht wussten, wie sie es anstellen sollten. Es muss beruhigend für Christopher gewesen sein, er muss gedacht haben, es sei ganz normal, dieser unwiderstehliche Drang, den er verspürte und der mit Genuss nichts mehr zu tun hatte, sondern zu etwas Schrecklichem geworden war. Gegen Ende hatte er Moira Shearer in *Die roten Schuhe* geglichen, die unter dem Zwang stand zu tanzen, über Genuss und Freude hinaus ins Reich des Todes.

Wie viele waren es genau gewesen? *Christopher konnte seinen Schwanz nie in der Hose behalten.* Ich wusste von dreien, und uns allen zuliebe hatte ich ihm und mir selbst gegenüber vorgegeben, es seien nur diese drei gewesen, eine begrenzte Anzahl. Drei waren schlimm genug für eine so kurze Ehe, drei bedeuteten Untreue, Affären, nicht nur mal einen Seitensprung. Aber ich hatte immer gewusst, dass es noch andere gab, vielleicht sogar viele andere. *Ich mache dir keine Vorwürfe, ich kenne meinen Sohn, ich weiß nicht, ob irgendeine Frau seine Fremdgeherei hätte verhindern können.* Isabella hatte seine Untreue als eine Art Krebs betrachtet, für den die Prognose grundsätzlich schlecht war.

Und den ich nicht zu heilen vermocht hatte – das begriff ich jetzt, und ebenso begriff ich, dass ihre kalte Trauer, die unerklärliche, sachliche Gehässigkeit, mit der sie über ihren Sohn gesprochen hatte, schließlich ihr wahres Ziel finden würde. Ich schob die Zeitschrift weg. Letztlich würde Isabella mir die Schuld geben, sie tat es jetzt schon, auch wenn sie es noch nicht wusste. Mein Herz verkrampfte sich – mir fiel nichts ein, was ich zu meiner Verteidigung hätte sagen können. Christopher war tot, und ich lebte mit einem anderen Mann zusammen, ich hatte ihn seiner Untreue überlassen – ja, am Ende war ich es gewesen, die gegangen war.

NEUN

War das der Grund, warum ich Isabella und Mark schließlich doch nicht erzählte, dass Christopher und ich uns getrennt hatten: wegen ihrer als Feststellung getarnten Frage – *er ist geliebt gestorben* – und wegen der Schuldgefühle, der naheliegenden Schuldgefühle der Überlebenden, die mit der Zeit nicht unbedingt nachlassen, wie es immer versprochen wird? Schon bei meinem ersten Besuch auf der Polizeiwache hatte ich gewusst, dass ich es Isabella nicht sagen würde, dass der Moment, es ihr mitzuteilen, kommen und verstreichen würde, ohne dass ich etwas sagte.

Nachdem ich die Leiche identifiziert hatte, entließ man mich, ich trat aus der Wache und sah, dass Stefano mich erwartete. Der Polizeibeamte hatte einen Wagen bestellt, der mich zum Hotel zurückbringen sollte. Stefano eilte herbei, um mir die Wagentür aufzumachen, und errötete, wie von meinem Anblick. Als ich das Auto erreicht hatte, blieb er vor mir stehen, nahm meine Hand in seine beiden Hände und murmelte irgendwelche Beileidsbekundungen, die ich kaum verstand, vielleicht *Ich habe das mit Ihrem Mann gehört* oder *Was für eine schreckliche Nachricht,* schließlich senkte er den Kopf und sagte einfach, dass es ihm sehr leid tue.

Ich nickte, ich begriff, dass er in einer seltsamen Lage war, im Zwiespalt zwischen echtem Mitgefühl – wir waren keine Freunde, hatten nur ein paar Stunden zusammen verbracht, trotzdem fühlte er mit, er war zu menschlich, um sich nicht ausmalen zu können, was ich empfand – und einem Gefühl, das weniger rein war, einem Ausdruck von Erleichterung, wenn nicht Triumph. Noch hatte ich Stefano nicht im Verdacht, froh über Christophers Tod zu sein, ich hielt ihn für einen sensiblen Mann, und sich anders als abstrakt mit dem Tod zu befassen ist selbst für Menschen, die nicht besonders sensibel sind, schwierig.

Und trotzdem war Christophers Tod in gewisser Weise eine Lösung, das erkannte ich selbst in meinem benommenen Zustand, vielleicht ging ich sogar so weit zu denken, wenigstens einer hat etwas davon, alles hat seine Vor- und Nachteile, selbst die außergewöhnlichsten, unglücklichsten Ereignisse. Ich setzte mich hinten ins Auto und spürte sofort, dass Stefano nervös war, er wusste nicht, was er sagen, wie er sich verhalten sollte gegenüber jemandem, der gerade einen anderen Menschen verloren hatte. Ich weiß nicht, was ich sagen soll, ich bin erschüttert, sagte er.

Ich nickte, es gab darauf nichts zu antworten, ich wollte in erster Linie, dass er aufhörte zu reden. Aber das tat er nicht. Ich bin zufällig an der Stelle vorbeigekommen, wo sie ihn gefunden haben, erzählte er, ich habe gearbeitet, habe einen Mann gefahren, der es sehr eilig hatte, und diese Straße ist die schnellste Verbindung zwischen den beiden Dörfern. Während er redete, bedeckte ich mein Gesicht mit den Händen. Ich hatte Kopfschmerzen, mein Gesicht glühte. Ich weiß nicht, wo die Leiche gefunden wurde, sagte ich, das hat man mir nicht gesagt.

Ich wusste nicht, dass das Ihr Mann war, fügte er eilig hinzu. Die Straße war gesperrt, und ein Polizeiwagen stand da, aber die Leiche habe ich nicht gesehen – ungebeten trat das Bild vor mein inneres Auge, die Beine unter der Plane, die Füße verdreht, er redete weiter –, später habe ich dann herausgefunden, wer das war, es war ein Schock, ich hatte ihn ein paarmal gefahren, als er einen Wagen brauchte, er war fast einen Monat im Dorf.

Ich ließ die Hände sinken. Es war ein seltsamer Moment der Bestätigung, ich versuchte, mich daran zu erinnern, was Stefano über Christopher gesagt hatte – fast nichts, außer dass er wusste, dass ich auf Christopher wartete. Er hatte ganz sicher nicht gesagt, dass Christopher einer seiner Kunden gewesen war, dass er hinten in diesem Auto gesessen hatte, so wie ich zuvor und auch jetzt gerade wieder. Aber hatte ich mir nicht selbst vorgestellt, dass Christopher in Stefanos Wagen fuhr, dass er den Platz neben mir einnahm, eine Gleichzeitigkeit, die bereits verstörend gewesen war? Nun aber, da Christopher tot war, schien die Verbindung zwischen ihm und diesem Mann plötzlich noch brisanter, von potentieller Bedeutung aufgeladen.

Hatte Stefano ihn gefahren, bevor er herausfand, dass Maria mit Christopher geschlafen hatte, oder danach oder sowohl als auch? Vielleicht hatten sich Christopher und Maria nach seiner Rückkehr von Kap Tenaro zu einem Rendezvous im Landesinneren verabredet – ein seltsamer Ort, aber nicht ausgeschlossen, ein Spaziergang auf dem Land nach einer Spritztour – und Stefano war Maria dorthin gefolgt, hatte das Paar auf Abwegen gesehen, ein unerträglicher Anblick. Und als sich Maria dann widerwillig auf den Heimweg gemacht hatte, war er vielleicht aus dem Hinterhalt auf den Mann losgegangen, der so unbekümmert sein Leben durcheinandergebracht hatte – Menschen verloren die Nerven, es war fraglich, ob der Schlag auf den Kopf tatsächlich hatte tödlich sein sollen.

Stefano schien nicht zu bemerken, dass etwas nicht stimmte. Wie oft er Christopher gefahren habe, hätte ich ihn gern gefragt, und wann das letzte Mal? Vielleicht hatte er Christopher sogar abgeholt – Christopher, frisch zurück aus der Umarmung der Namenlosen am Kap Tenaro und schon wieder der nächsten Frau auf den Fersen –, etwa am örtlichen Busbahnhof, wobei Christopher nie den Bus genommen hätte, das Szenario war unrealistisch. Stefano schaute jetzt im Rückspiegel nach mir, er hatte gespürt, dass ich ihn beobachtete.

Ich sah weg. Vielleicht hatte Christopher Stefanos Namen vergessen, oder er hatte sich daran erinnert und ihn an dem unrealistischen Busbahnhof namentlich begrüßt, womöglich hatte Maria Stefanos Namen in der irrigen Annahme erwähnt, sie könnte Christopher eifersüchtig machen, Christopher, der meiner Erfahrung nach nie eifersüchtig wurde. Vielleicht hatte er Stefano sogar selbst angerufen – eine Geschäftskarte, bei einer früheren Fahrt überreicht –, und sie hatten unterwegs geplaudert, vielleicht hatte Christopher ihm Einzelheiten über seinen Ausflug, seine Exkursion erzählt, seine letzten Tage, wie sich herausstellen sollte, über die wir alle nichts wussten.

Stefano schaute auf die Straße, er war längst verstummt. Diese Vision – oder war Hirngespinst das ehrlichere Wort, ich wusste es nicht – hatte mir den Atem geraubt, jetzt plötzlich kam es mir vor, als wäre einfach nur meine Phantasie mit mir durchgegangen. Wenn Stefano dieses Verbrechens schuldig war, der Ermordung eines Mannes, hätte er dann mir – der Witwe, der Person, die am stärksten betroffen sein sollte – überhaupt erzählt, dass er Christopher gefahren hatte, hätte er ihrer beider Leben enger miteinander verknüpft? Aber vielleicht war es auch eine nervöse Reaktion gewesen, es heißt ja, dass Schuldige manchmal gefasst werden wollen.

Er saß vorn im Auto, plötzlich eine unbekannte Größe, eine physische Ansammlung von Möglichkeiten. Ich spürte, dass er ein Mensch war, der zu Gewalt fähig war, aber das allein sagte noch gar nichts, es gilt für die meisten Männer und auch für die meisten Frauen. Es hatte etwas Furchtbares, jemanden zu Unrecht des Mordes zu bezichtigen, und sei es nur in Gedanken. Es war ein Akt der Spekulation, der alles vergiftete, einmal gesäter Zweifel lässt sich fast nicht mehr vertreiben, das wusste ich aus meiner Beziehung zu Christopher, unsere Ehe war letztlich von der Hand meiner Phantasie gestorben. Aber ich konnte nicht anders. Ich beugte mich vor und fragte: Wann haben Sie Christopher gefahren?

Am Anfang seines Aufenthalts, aber nur ein paar Mal.

Danach hat er mich nicht mehr engagiert, ich weiß nicht, warum.

Er antwortete prompt, in vollkommen natürlichem, sachlichem Ton. Er sprach wie jemand, der nichts zu verstecken hatte, und sagte nichts weiter, er muss gedacht haben, die Frau steht unter Schock, am besten lässt man sie in Ruhe, es gibt nichts zu sagen. Ich starrte auf seinen Nacken, auf seine Hände am Lenkrad, und fragte mich wieder, wozu er wohl imstande war, und dann erfasste mich eine Welle blanken Gefühls. Was immer er getan haben mochte oder auch nicht, sein Leben war durch Christophers Ankunft völlig aus dem Gleis geraten. Ich empfand – unmöglich, es zu leugnen, ich erkannte es sofort – Anteilnahme für den Mann, derselbe zerstörerische Mechanismus hatte auch in meinem Leben gewirkt, es war etwas, was wir gemeinsam hatten. Ich schwieg, keiner von uns sagte mehr etwas, bis wir wohlbehalten im Hotel ankamen.

Zwei Tage später, am Tag nach Isabellas und Marks Ankunft, war ich mit Isabella zum Frühstück verabredet. Als ich hinunterkam, saß sie an einem Tisch am hinteren Ende der Terrasse, mit freiem Blick aufs Meer. Sie wandte mir den Rücken zu, ihr Körper war starr, sie sah aus wie eine Statue oder eine Schnitzerei, vollkommen reglos, und obwohl sie sicher müde war – als sie sich umdrehte, sah ich, dass sie Falten um Augen und Mund hatte, ihr zartes Gesicht von der Anstrengung verquollen war –, sah sie zugleich alterslos aus, mumifiziert durch die Kraft ihrer Persönlichkeit.

Ich hoffe, ich habe dich nicht warten lassen.

Nach einem ausgedehnten Moment antwortete sie – nein nein, oder, kein Problem –, dann wandte sie sich langsam zum Tisch um. Ich setzte mich ihr gegenüber und bestellte einen Kaffee, ich sah, dass ihre Tasse schon fast leer war. Der Kellner fragte, ob sie auch noch einen Kaffee wolle. Sie nickte, ohne ihn anzusehen. Erst als er gegangen war, hob sie den Kopf und sah mich an.

Ich möchte mich für gestern entschuldigen, sagte sie. Ich hätte diese Dinge über Christopher niemals sagen sollen. Mark war sehr böse mit mir, als ich es ihm erzählt habe.

Ein Hauch von Koketterie lag einen Augenblick lang in ihrem Verhalten, als ermunterte sie mich, mir die eheliche Auseinandersetzung vorzustellen, das unterhaltsame Schauspiel ihrer Fügsamkeit gegenüber seiner männlichen Autorität – Mark war meiner Erfahrung nach kein zänkischer Mensch –, ein kurzer Moment, in dem sie ihren Kummer vergaß und amüsiert war.

Doch im nächsten Moment schwand ihre Heiterkeit. Sie runzelte die Stirn, faltete die Hände im Schoß. Ihr ganzes Gebaren wirkte bedacht, sie wollte fraglos den Eindruck korrigieren, den sie am Tag zuvor durch ihre Impulsivität hatte entstehen lassen, die sie mittlerweile unverkennbar reute.

Das stimmt alles nicht. Und du hast es ja offensichtlich eh nicht gewusst.

Sie sprach überlegt, aber ich merkte wohl, dass ihre Worte keinen Sinn ergaben – diese Dinge, die nicht stimmten und von denen ich nichts wusste (wie hätte ich etwas davon wissen sollen, wenn sie nicht stimmten, wovon hätte ich dann überhaupt wissen können? Oder meinte sie nur, dass ich nicht den falschen Verdacht hegte, nicht die falschen Gerüchte gehört hatte?). Sie sah müde aus, hatte sicher nicht gut geschlafen. Ich wandte den Blick ab.

Lass uns nicht darüber sprechen.

Isabella und Mark hatten auch etwas zu verbergen, ich war nicht die Einzige. Wie unverzeihlich wäre es gewesen, wenn ich es nicht gewusst hätte. Ich sah keine Möglichkeit, ihr zu sagen, dass ihre Erklärungen für mich nichts anderes als die Bestätigung dessen gewesen waren, was ich ohnehin längst wusste, was ich mich jahrelang zu ignorieren gezwungen hatte, bis ich es nicht einmal mehr vor mir selbst aufrechterhalten, selbst nicht mehr glauben konnte. Es ließen sich durchaus Argumente ins Feld führen – dass Monogamie unnatürlich ist etwa, das ist sie fast sicher, trotzdem gelingt es den meisten Leuten, Monogamie oder etwas, was ihr nahekommt, zu leben, oder wenigstens versuchen sie es. Hatte Christopher es auch versucht? Es war möglich oder zumindest nicht unmöglich, aber die Zeit für derlei Überlegungen war vorbei.

Isabella sah jedenfalls nicht so aus, als hätte sie ein sonderlich schlechtes Gewissen, ihre Reue war weder aufrichtig noch von Dauer. Der Kellner brachte unser Frühstück – ein großes Tablett, beladen mit Toast, Orangensaft und verlorenen Eiern mit gebratenem Speck für Isabella, die mit verblüffendem Appetit aß. Ich hätte gedacht, ihr Kummer würde ihr den Appetit nehmen, doch wie so viele Engländer war sie von ausgezeichneter und durch nichts zu erschütternder Konstitution.

Ich saß ihr gegenüber, während sie ein Frühstück verzehrte, das schon unter normalen Umständen als üppige

Mahlzeit gegolten hätte, in ihrer derzeitigen Situation aber nur als gewaltig bezeichnet werden konnte, mit ihren starken Zähnen zermalmte sie Toast, Speck und Eier. Dann tupfte sie sich vornehm die Lippen ab – Vornehmheit vorzutäuschen, nachdem sie einen solchen Appetit an den Tag gelegt hatte, war absurd, aber es war typisch für sie, sowohl das Vortäuschen als auch die Vornehmheit – und legte die Serviette auf den Tisch.

Was meinst du, wie schnell sie jemanden festnehmen werden?

Die Frage erschreckte mich. Sie hatte die polizeilichen Ermittlungen bisher nicht angesprochen, nicht einmal die Tatsache, dass ihr Sohn nicht einfach gestorben, sondern getötet, ja ermordet worden war, und ihre Stimme hatte einen harten, metallischen Klang, der Isabella noch spröder erscheinen ließ. Normalerweise müssen Menschen in einer solchen Situation nur mit *einer* unfassbaren Tatsache zurechtkommen, dem Tod, doch in diesem Fall gab es eine weitere Unfassbarkeit: die gewaltsame Art des Todes.

Ich weiß nicht.

Was haben sie dir bei der Polizei über die Ermittlungen gesagt?

Mir wurde bewusst, dass ich den Polizeibeamten überhaupt nicht nach den Ermittlungen gefragt hatte, mit keinem Wort. Es war unerklärlich, ein vielsagendes Versäumnis, das ich nicht rechtfertigen konnte, schon gar nicht gegenüber Isabella. *Was meinst du, wie schnell sie jemanden festnehmen werden?* Ich musste wieder an Stefano denken, der Anlass gehabt hatte, Christopher zu hassen, und der ihn gefahren hatte, *ein paar Mal*, wie er sagte. Isabella würde nicht nur Gerechtigkeit, sondern Rache wollen, die Mütter sind immer am blutdürstigsten, und Isabella würde erwarten, dass ich, Christophers Frau, das gleiche Verlangen hatte.

Viel konnten sie mir nicht sagen, antwortete ich. Die Ermittlungen laufen noch.

Das verstehe ich schon. Aber es muss doch Verdächtige geben.

Bestimmt.

Aber nichts, was sie dir hätten sagen können.

Ich war dort, um den Leichnam zu identifizieren.

Sie sog scharf die Luft ein und lehnte sich auf ihrem Stuhl zurück, ich streckte die Hand nach ihr aus, um sie zu stützen. Ihr Arm fühlte sich zerbrechlicher an, als ich erwartet hätte, Isabella trug gern auffällige, voluminöse Ärmel, die Gliedmaßen selbst sah man nie, nur die schönen Ärmel. Es überraschte mich, ich hätte ihren Ellbogen zwischen meinen Fingern zerdrücken können. Nach einem kurzen Moment ergriff sie meine Hand.

Natürlich, meine Liebe. Das muss grauenvoll gewesen sein.

Grauenvoll bedeutete als Wort nicht viel, aber ihre Stimme war schwach, ich hatte richtiggelegen, dieser Frau, die älter war, als sie wirkte, hätte man auf keinen Fall zumuten können, Christophers Leichnam anzuschauen. Jetzt war ich es, die Reue verspürte, ich hatte Christophers Leichnam erwähnt, um das Gespräch in eine andere Richtung zu lenken, das war abscheulich. Isabella räusperte sich und zog ihre Hand zurück, ein Zeichen, dass ich meine ebenfalls wegnehmen sollte, was ich tat.

Mark ist in solchen Situationen sehr nützlich, jeder Mann käme hier weiter als eine Frau – wir sind nun mal in Griechenland. Die sind furchtbar sexistisch hier.

Sie war fürsorglich, ja mütterlich geworden. Meine offenkundige Pein, die sie vermutlich auf meine Erinnerung an Christophers Leichnam zurückführte, hatte sie irgendwie beruhigt, als wäre es eine Erleichterung, sich nicht mit ihren eigenen turbulenten Gefühlen auseinandersetzen zu müssen.

Wir haben ihn beide geliebt, sagte sie. Das wird uns immer verbinden, egal, was passiert.

Das war eine sehr persönliche Äußerung, aber sie schaute mich dabei nicht an, sondern blickte über meine Schulter, als näherte sich von dort jemand. Ich drehte mich um – ich dachte, es sei vielleicht Mark oder einer der Kellner –, aber die Terrasse war leer, sie schaute ins Nichts. Dann wandte sie sich wieder dem Meer zu, immer noch mit derselben geistesabwesenden Miene, mit der sie unsere beiderseitige Liebe zu Christopher benannt hatte, als wäre das die Miene, die ihr angemessen schien, um über die Liebe zu reden, über die Liebe und über Christopher.

Wir müssen entscheiden, was mit dem Leichnam geschehen soll.

Ich wollte dieses Wort eigentlich nicht verwenden, aber ich wusste nicht, was ich sonst hätte sagen sollen – es wäre morbide gewesen, die Leiche als Christopher zu bezeichnen, es war nun gewiss nicht Christopher, sondern ein Ding aus verwesendem Fleisch und Knochen, ein Ding von beträchtlichem Schrecken, ein *Es*. Trotzdem hatte meine Frage eine Derbheit, die mir nicht gefiel, hätten mir

Euphemismen zur Verfügung gestanden, hätte ich sie gern verwendet, allesamt, so viele wie nötig. Isabella nickte.

Der Leichnam – sie akzeptierte das entmenschlichende Wort – wird natürlich nach London überführt. Ich kann mir nicht vorstellen, ihn hier einäschern, geschweige denn, begraben zu lassen, was hätte das für einen Sinn? Dieser Ort hatte keine spezielle Bedeutung für ihn. Er war halt zufällig gerade hier, als er umgebracht wurde. Ich habe nicht vor, jemals wieder hierherzukommen.

Wir müssen noch mal zur Polizei. Es gibt noch ein paar Formalitäten zu erledigen.

Sie runzelte die Stirn.

Ich finde, das sollte Mark machen. Er soll das übernehmen. Wie gesagt, die Griechen sind furchtbar sexistisch.

In diesem Moment erschien Mark auf der Terrasse. Er war ein großer, imposanter Mann, der auf sein Äußeres achtete, selbst jetzt war er gekleidet wie der typische Engländer im Ausland, helles Leinen und ein Strohhut, als wäre er in erster Linie im Urlaub und würde ganz nebenbei auch noch den Leichnam seines Sohns nach Hause holen. Erst bei genauerem Hinsehen – während er die Terrasse überquerte und zu unserem Tisch kam – entdeckte man die Trauer in seinem Gesicht, und ich hatte plötzlich die Vision, wie Mark in ihrer Wohnung am Eaton Square hin und her ging und mechanisch seinen Koffer für eine Reise packte, deren Notwendigkeit er sich einen Tag zuvor nicht hätte vorstellen, geschweige denn vorhersehen können.

Die praktischen Vorbereitungen hatten ihm sicher etwas Erleichterung verschafft, ich kannte Mark gut genug, um das sagen zu können. Bestimmt hatte er auf dem Computer die aktuellen Temperaturen in Gerolimenas in Erfahrung gebracht, hatte den Ort, den er nicht kannte, erst einmal auf der Karte suchen müssen. Er hatte seinen Koffer hervorgeholt und aufs Bett gestellt und dann Hemden, Hosen und Jacketts ausgewählt, genug Kleidung für bis zu einer Woche, denn er wusste ja noch nicht, was ihn in Griechenland erwartete.

Obwohl Mark eigentlich ein geduldiger Mensch war, so dachte ich, könnte Isabellas Art zu trauern einen tiefen Graben zwischen ihnen aufreißen, ich konnte mir seine Reaktion auf Isabellas Trauer vorstellen, vielleicht hatte er gedacht oder sich sogar gesagt: So wie sie sich aufführt, sollte man meinen, Christopher wäre nur ihr Kind gewesen. Und dann waren seine Gedanken womöglich zu einem alten, nagenden Zweifel zurückgekehrt: Es bestand keine nennenswerte Ähnlichkeit zwischen Mark und Christopher, der Isabella wie aus dem Gesicht geschnitten war, geradeso, als wäre er ohne Zutun eines Zweiten ihrem Schoß entsprungen.

Das stellte gewisse Möglichkeiten in den Raum, wie Christopher und sogar Mark selbst schon einmal gesagt hatten, und ich weiß noch, dass ich damals gedacht hatte, ein Glück für Isabella, dass es früher noch keine Vaterschaftstests gab. Nicht dass Mark sich der Demütigung eines wissenschaftlichen Nachweises ausgesetzt hätte – und Mark hatte Christopher immer geliebt, das sah man auf den ersten Blick. Offenbar war die Situation hinnehmbar gewesen, auch wenn Mark vielleicht nicht sofort zu dieser Haltung gelangt war, vielleicht hatte es eine längere Zeitspanne gegeben, in der er erwog, Isabella zu verlassen, auch wenn das heute unvorstellbar erschien.

Aber selbst nachdem er sich zum Bleiben entschlossen und mit dem Leben abgefunden hatte, das er mit Isabella teilte – sie hatte eine kurze Phase der Treue gehabt, bis Christopher ungefähr fünf war, also alt genug, um etwas zu bemerken –, hatte diese Möglichkeit ihn zweifellos weiter verfolgt, so wie sie auch Christopher verfolgte, der einzige Seitensprung, der wirklich eine Rolle spielte, war der, aus dem der Sohn hervorgegangen war oder eben auch nicht. Sicher hatte Mark nicht nach Anzeichen für eine laufende Liaison Ausschau gehalten, nach einem Verrat im Präsens, sondern nach Spuren einer längst begrabenen Affäre, deren lebendiges, atmendes Zeugnis möglicherweise vor seinen Augen heranwuchs. Er muss über Jahre hinweg auf den Anruf gewartet haben, auf den eines Tages vor der Tür erscheinenden Mann, dessen Gesicht ein für alle Mal Christophers Unehelichkeit bestätigte, ein anderer Mann würde plötzlich in den Zügen seines Sohns erkennbar sein, ein Gesicht durchscheinen, das nie wieder ungesehen gemacht werden könnte. Ein Mann, der dann – ja was? Was hätte Mark befürchtet?

Vielleicht schlicht und einfach, weggedrängt zu werden, so wie Isabella es schon häufig getan hatte und auch jetzt gerade wieder tat. Aber das war alles reine Spekulation. Die Wahrheit würden wir niemals erfahren, Isabella würde sie nicht offenbaren, es sei denn, sie legte auf dem Sterbebett ein Geständnis ab – für Christopher jedoch hatte es kein Sterbebett gegeben, er hatte nie Gewissheit gehabt, der Tod hatte ihn, uns alle, überrascht. Ich stellte mir vor, wie Mark in der verdunkelten Wohnung stand, von einer neuen Welle unerträglichen Schmerzes erfasst. Letztlich, mochte er gedacht haben, gab es nichts auf der Welt, was so schal und töricht war wie Untreue.

Aber nichts von alledem zeichnete sich auf Marks Gesicht ab, als er über die Terrasse zu unserem Tisch kam, den Strohhut auf dem Kopf – er sah einfach nur müde aus, nicht ganz auf dem Damm, ein bisschen schlechtgelaunt. Ich stand auf, um ihn zu begrüßen, und er klopfte mir auf die Schulter, freundlich, aber abwesend, ehe er sich zu Isabella setzte.

Wir haben leider schon gegessen, sagte sie.

Macht nichts, ich habe keinen Hunger.

Du solltest dir aber etwas bestellen. Du musst bei Kräften bleiben.

Er ignorierte sie, studierte aber mit mürrischem Gesicht die Karte, nein, Christophers Tod hatte die Risse in ihrer Beziehung nicht gekittet, nicht einmal vorübergehend verdeckt. Über die Jahre hatte ich festgestellt, dass sie erschreckend grob zueinander sein konnten, selbst in der Gegenwart anderer, es musste extreme Ausmaße annehmen, wenn sie allein waren. Er legte die Speisekarte weg und winkte dem Kellner, der sofort erschien, Mark hatte auf die meisten Menschen diese Wirkung, nicht allerdings auf Isabella, sie rümpfte die Nase und wandte sich wieder dem Meer zu.

Ich habe ein Taxi bestellt, das uns zur Wache bringen wird, sagte Mark, sobald der Kellner gegangen war. Wir haben einiges zu regeln.

Ich möchte nicht mitfahren, Schatz, sagte Isabella. Das ist sicher nicht nötig.

Er betrachtete sie einen Moment lang, als stellte er irgendwelche Berechnungen an, dann schüttelte er den Kopf und sagte: Na gut. Er drehte sich zu mir um. Kommst du mit? Oder soll ich allein fahren, ich kann auch gern allein fahren.

Von der anderen Seite des Tisches sah ich, dass er sein Hemd falsch geknöpft hatte, sodass sich der Stoff etwa in der Mitte der Knopfleiste vorwölbte, ein ungewöhnlicher Lapsus für einen Mann, der sonst so penibel auf sein Äußeres achtete, es war ein Zeichen dafür, wie verstört er war, er hatte wohl nicht in den Spiegel geschaut, ehe er das Zimmer verlassen hatte. Es war mir peinlich, fast so, als wäre mir der Mann um den Hals gefallen und in Tränen ausgebrochen. Mark nickte dem Kellner zu, der ihm gerade seinen Kaffee hinstellte, dazu ein Kännchen warme Milch und eine Zuckerdose.

Ich begleite dich, sagte ich.

Er blickte überrascht auf.

Gut, sagte er. Schön. Danke.

Die Knopfleisten klafften noch weiter auseinander, als er sich jetzt vorbeugte, um seinen Kaffee zu trinken, die Tasse in beiden Händen. Er hatte große, wirklich schöne Hände, feingliedrig, aber trotzdem maskulin, Hände, die durchaus Ähnlichkeit mit denen von Christopher hatten. Isabella nahm keine Notiz von Marks Händen, aber sie hatte dazu ja auch schon ein Leben lang Gelegenheit gehabt.

Was willst du denn machen, solange wir weg sind?, fragte Mark.

Sie zuckte die Achseln und schnaufte hörbar, es gibt viel zu organisieren, schien sie damit sagen zu wollen, und das stimmte zweifellos, ich hatte ihr, als deutlich wurde, dass sie die Organisation der Beerdigung übernehmen wollte, gleich das Feld überlassen. Sie musste in London gewissen Erwartungen genügen, ich nicht. Sie hatte noch einmal meine Hand getätschelt und gesagt, es sei sicher das Beste, ich sei zu sehr von meinen Gefühlen überwältigt, um diese Aufgabe zu übernehmen, außerdem wisse ich nicht, wen man kontaktieren müsse, es sei viel einfacher, wenn sie das mache.

Ich bin älter als du, hatte sie gesagt, ich habe in letzter Zeit leider Erfahrung im Organisieren solcher Veranstaltungen gesammelt.

Dann war sie verstummt, hatte womöglich an Freunde, Verwandte, kürzlich Verstorbene gedacht, der Anruf, der die schlechte Nachricht bringt, manchmal auch aus zweiter Hand – ein gedämpftes *Erinnerst du dich noch an Soundso*, ein Nachruf in der Zeitung –, ab einem gewissen Alter war der Tod immer zugegen. Und wenn es nur ein Schauspieler war, an den man sich vage aus dem Kino erinnerte, der dem Nachruf in der Zeitung zufolge zwei Jahre jünger war als man selbst. Mit dem Tod des eigenen Kindes jedoch rechnete man nicht. Sie hatte in die falsche Richtung geblickt, der Tod, nach dem sie Ausschau gehalten hatte, war von hinten gekommen.

Du musst dafür sorgen, dass sie den Leichnam freigeben, sagte Isabella gerade zu Mark. So schnell wie möglich.

Ich nehme mal an, dass sie ihn freigeben werden, sobald sie bereit sind, ihn freizugeben, erwiderte er. Ist denn die

Autopsie schon durchgeführt worden? Er hat schließlich eine Kopfwunde, sagte Mark.

Hör auf!, sagte Isabella und hielt sich die Ohren zu, eine kindische und auch etwas taktlose Geste, es war wahrlich nicht die Zeit für solche Theatralik. Aber es war richtig, dass sie nicht mehr darüber hören wollte, denn wenn sie erst einmal die Einzelheiten von Christophers Tod erfuhr, bestand die Gefahr, dass sie alles andere überlagern würden, nicht nur seinen Tod, sondern auch sein Leben. Alles was vorher gewesen war – ihre Erinnerungen an ihn als Kind, sein Witz, seine Ausgelassenheit, sein Charme, schon als Kind hatte er sie bezaubern können –, das alles würde in den Hintergrund treten, verblassen vor dem Unbestreitbaren, der Endgültigkeit seiner Kopfwunde, der wortlosen Gewalt, die alles andere zum Verstummen brachte.

So schnell wie möglich, wiederholte sie und nahm die Hände von den Ohren. Und dann bringen wir ihn nach England zurück. Mit das Schlimmste an dieser ganzen – sie machte eine ausholende Geste, die Kaffeetisch, Terrasse, Meer und Himmel einschloss – Situation ist, dass sein Leichnam auf einer Polizeiwache irgendwo in der griechischen Provinz liegt. Es wird besser sein, mir wird es bessergehen, wenn wir ihn erst mal zu uns nach Hause geholt haben.

Nach Hause geholt, und dann? Aber das war keine Frage, die sie verstanden hätten, für Mark und Isabella war der Weg, den es jetzt zu beschreiten galt, klar vorgegeben, so schmerzlich er auch war, Trauer verlief nach einem vertrauten Muster, es war leicht, an die Besonderheit der eigenen Trauer zu glauben, aber letztlich war es ein universeller Zustand, es war nichts Einzigartiges daran. Isabella und Mark würden mit dem Leichnam ihres Sohns nach Hause zurückfahren und ihn beweinen, seinen gewaltsamen Tod, sein zu kurzes Leben. Aber was würde ich tun? Wie und um wen – Ehemann, Exmann, Geliebten, Verräter – würde ich trauern?

ZEHN

Stefano stieg aus dem Wagen, er trug ein Button-Down-Hemd und war unrasiert. Er begrüßte uns höflich, wirkte leicht verlegen, im grellen Sonnenlicht sah er absolut harmlos aus, plötzlich kamen mir meine Verdächtigungen vom Vortag völlig absurd vor. Mir fiel zum ersten Mal auf, dass er nicht sehr groß war, er war kleiner und schmächtiger als Christopher. Die offenkundige Intensität seiner Gefühle hatte ihn zu einer imposanteren Gestalt gemacht, als er es eigentlich war, tatsächlich hätte Christopher ihn leicht überwältigen können.

Trotzdem spürte ich, während wir dort vor dem Hotel standen und ich Stefano begrüßte, wie Mark neben mir erstarrte.

Das ist die Sorte Mann, die meinen Sohn umgebracht hat, ich sah förmlich, wie ihm dieser Gedanke durch den Kopf ging. Als Stefano uns die Autotüren öffnete, schien Marks Widerwille noch zu wachsen. Ich stellte die beiden Männer einander vor. Stefanos Gesichtsausdruck wurde reserviert, er schaute Mark an und sah nicht nur einen bornierten Ausländer – wobei er den bestimmt auch sah, Mark gab Stefano mit einer zugleich geringschätzigen und konsternierten Miene die Hand, die nicht misszuverstehen war –, sondern auch den Vater seines Rivalen.

Gab es irgendeine Ähnlichkeit zwischen den beiden Männern, zwischen Mark und Christopher? Es hieß ja immer, die gebe es nicht, aber in ihrem Auftreten ähnelten sie sich durchaus. Sie strahlten die gleiche Selbstsicherheit, Ungezwungenheit, Autorität aus, aber vielleicht erlebte Stefano alle Engländer so. Er machte die Türen hinter uns zu und setzte sich ans Steuer. Dabei schaute er im Rückspiegel Mark an, mit einem argwöhnischen Blick, als könnte jetzt der Vater die Gefühle auf sich ziehen, die zuvor dem Sohn gegolten hatten.

Mark ignorierte ihn und blickte mit einem starren Ausdruck der Abscheu und Verachtung aus dem Fenster, als wir aus dem Dorf hinausfuhren. Kommt das von den Waldbränden?, fragte er. Ich nickte. Er schüttelte den Kopf und starrte dann nach vorn. Nach diesem Aufenthalt würde er nie wieder auf die Mani zurückkehren, wahrscheinlich nicht einmal nach Griechenland. Die ganze Region würde für ihn tabu sein, kontaminiert durch dieses eine Ereignis, genau wie für Isabella. Er schaute auf die verbrannte Erde, er hätte die Gegend wohl am liebsten zur Hölle erklärt und für immer hinter sich gelassen.

Sein Eindruck änderte sich vermutlich auch nicht, als wir die Polizeiwache erreichten, wo zwar mehr los war als am Tag zuvor, aber immer noch die gleiche Trägheit in der

Luft lag. Im Warteraum saßen Leute, die aussahen, als säßen sie dort schon seit Stunden, wenn nicht länger, ein Mann mit einer Platzwunde am Kopf hockte ruhig in einer Ecke, bestimmt wollte er ein Verbrechen melden, vielleicht auch einen Raubüberfall, unter anderen Umständen hätte auch Christopher in solch einem Zustand hierherkommen können. Mark starrte den Mann und seine Wunde an, ein Wiedergänger seines Kindes, er erschauerte und wandte sich ab.

Stefano blieb draußen beim Wagen. Er hatte darauf bestanden zu warten – eine Geste der Anteilnahme, die Mark aber als bedrohlich oder berechnend zu interpretieren schien. Stefano stand neben dem Auto, während Mark schweigend zur Wache hinüberging. Er schaute mich mit einer Art stummem Flehen an und noch etwas anderem, das ich nicht identifizieren konnte, es beunruhigte mich. Als wir eintraten, fragte Mark, warum wir nicht einfach ein anderes Taxi rufen könnten, wenn wir fertig seien, es werde ein Vermögen kosten, den Fahrer warten zu lassen, außerdem gefalle ihm der Mann irgendwie nicht. Mir blieb eine Antwort erspart, da jetzt der Polizeichef auftauchte, dem ich bisher noch nicht begegnet war, er beschleunigte seinen Schritt, als er Mark sah, Isabella hatte recht gehabt.

Er stellte sich vor – er sprach mit uns beiden, wandte sich jedoch an Mark – und sprach uns sein Beileid aus, woraufhin Mark ungeduldig abwinkte. Mit schwungvoller Geste und einem höflichen *Bitte sehr* geleitete uns der Polizeichef zu seinem Zimmer. Mark setzte sich unaufgefordert, und der Polizeichef fragte, ob wir gern einen Kaffee hätten oder ein Glas Wasser. Mark schüttelte den Kopf und wischte sich ein paar unsichtbare Fusseln von der Hose, eine kleine Bewegung, die Unzufriedenheit ausdrückte. Zugleich zitterten seine Hände, die nun zwanghaft an den Nähten seiner Hosenbeine entlangzufahren begannen.

Der Polizeichef setzte sich hinter seinen Schreibtisch und faltete die Hände. Sein Blick ruhte auf Marks zitternden Fingern.

Wir geben den Leichnam heute frei. Ich nehme an, Sie wollen ihn nach London überführen lassen?

Mark nickte.

Bevor er das Land verlässt, muss er einbalsamiert werden. Das verlangen die Fluggesellschaften so. In Areopoli gibt es ein Bestattungsinstitut – er schrieb einen Namen und eine Telefonnummer auf einen Zettel, den er dann über den Tisch schob. Kostas kann Ihnen sicher behilflich sein.

Kostas –

Der Portier in Ihrem Hotel.

Mark nahm den Zettel, starrte einen Moment lang darauf und faltete ihn dann einmal.

Ich habe die britische Botschaft bereits informiert. Es wird eine gerichtliche Untersuchung geben.

Natürlich. Das ist in solchen Fällen üblich.

Was können Sie mir zum Stand der Ermittlungen sagen?

Der Polizeichef lehnte sich in seinem Stuhl zurück und schaute kurz mich, dann wieder Mark an.

Wir haben in den letzten Jahren mehrmals massive Etatkürzungen hinnehmen müssen. Unser Land steuert auf den Notstand zu, Sie haben sicher in der Zeitung davon gelesen.

Ich verstehe nicht, was das mit Christophers Tod zu tun hat.

Der Polizeichef nickte.

Mit dem Tod Ihres Sohns hat das nichts zu tun. Aber es hat sehr viel mit den Ermittlungen zu seinem Tod zu tun, soll heißen, mit der Wahrscheinlichkeit, dass wir die Person fassen werden, die Ihren Sohn umgebracht hat – wir nehmen an, dass es ein Mann war, aber es könnte auch eine Frau gewesen sein oder mehrere Personen.

Er seufzte und beugte sich vor.

Menschen verschwinden, Menschen werden umgebracht, und sehr häufig wird der Täter nicht gefasst. Dieses Zimmer hier – er deutete auf die Metallschränke an der Wand – ist voller ungelöster Fälle. Untersuchungen, die ohne zufriedenstellendes Ergebnis abgeschlossen wurden. Leider haben wir nicht die beste Bilanz.

Das darf bei Christophers Tod nicht passieren.

Ich wünschte, ich wäre früher am Tatort gewesen, aber leider war ich in Athen, ich habe Verwandte besucht. Im Moment haben wir nicht mal einen Verdächtigen, normalerweise nimmt man sich bei einem verheirateten Toten erst mal die Ehefrau vor, aber in diesem Fall –

Er nickte in meine Richtung, dann fuhr er fort.

Aber natürlich ist seit dem Tod Ihres Sohnes noch nicht viel Zeit verstrichen, es ist noch viel zu früh, um darüber zu sprechen. Wir werden unser Bestes tun. Es ist in unserem ureigensten Interesse. Ein reicher Ausländer, der tot auf der Straße gefunden wird, da fühlen sich die Leute natürlich nicht mehr sicher, das können Sie sich vorstellen. Es gab Gerüchte, dass eine Frau im Spiel war –

Mark erhob sich halb von seinem Stuhl. Er wurde rot, vermutlich nicht nur weil es ihm peinlich war, dass der Polizeichef vor mir, der Verratenen, Christophers Untreue ansprach. Der Gedanke an Christophers Treulosigkeit muss ihn an Isabellas mangelnde Treue erinnert haben, an die Möglichkeit, dass es sich um einen erblichen Zug handelte, das Ganze also in gewisser Weise unvermeidlich und vorbestimmt war – nicht nur Christophers Untreue, sondern die gesamte Situation und damit auch sein Tod.

– aber wir haben keinerlei Belege dafür gefunden, die Gerüchte haben sich nicht bestätigt, obwohl wir alle relevanten Personen befragt haben, ein eifersüchtiger Ehemann hätte den Fall für uns gelöst. Leider hat sich in dieser Richtung nichts ergeben, zwischen dem Mörder und Ihrem Sohn scheint es keine Verbindung gegeben zu haben.

Bildete ich es mir nur ein, oder entspannte sich Marks Körper in diesem Moment tatsächlich? Als hätte man ihm sein Kind zurückgegeben. Ich drehte mich zu ihm um, aber er rührte sich nicht, erwiderte meinen Blick nicht, es war, als wäre ich gar nicht da. Nach einer kurzen Pause sprach der Polizeichef weiter.

Ich versuche nur, Ihnen ein vollständiges Bild von dem Fall zu vermitteln. Ich weiß nicht, ob Sie vorhaben, hier auf der Mani zu bleiben, aber ich rechne nicht damit, dass der Fall in absehbarer Zeit gelöst wird, das muss ich Ihnen ganz klar sagen. Sollte es einen Durchbruch bei den Ermittlungen geben, setzen wir Sie natürlich sofort davon in Kenntnis. Nach einer weiteren kurzen Pause fügte er hinzu: Ich denke, Sie sollten jetzt erst einmal mit Ihrem Sohn nach England zurückkehren.

Marks Schultern sackten herab – fast hätte ich ihn gefragt, ob alles in Ordnung sei –, aber dann richtete er sich wieder auf und bat mich, sie beide einen Moment allein zu lassen. Ich nickte, stand auf, sagte, ich würde draußen auf ihn warten, im Eingangsbereich. Ohne sich nach mir umzusehen, erwiderte Mark, es werde nicht lange dauern. An der Tür blieb ich einen Moment stehen, zögerte, aber keiner der beiden Männer sah mich an.

Ich betrachtete die beiden, wie sie einander gegenübersaßen. Ich hatte der Polizei noch nichts von Stefano gesagt, zwar kein eifersüchtiger Ehemann oder auch nur Geliebter, aber doch ein eifersüchtiger Freund, ein eifersüchtiger Mann, vielleicht der Mann, der *den Fall für uns gelöst hätte*. Ich wusste, dass er allen Grund hatte, Neid zu empfinden. Aber es schien mir nicht möglich, das ausgerechnet vor Mark zu äußern, er hätte es in erster Linie als Anklage gegen seinen Sohn betrachtet, und vielleicht war es das in gewisser Weise auch – in diesem Szenario war Christopher schließlich nicht ohne Schuld.

Und Eifersucht an und für sich war nicht das Gleiche wie Schuld. Es bedurfte nur einer kleinen Geste meinerseits – der Artikulation einer Befürchtung, vielleicht nicht der Befürchtung, dass der Fahrer meinen Mann umgebracht hatte, sondern der Befürchtung, dass Christophers Treulosigkeiten noch weiter und tiefer gingen als gedacht, dass sie noch lang nach seinem Tod sukzessive ans Licht kommen würden –, um das Leben eines Mannes zu ruinieren, so etwas durfte man nicht auf die leichte Schulter nehmen. Ich stand dort an der Tür und hätte nicht einmal selbst benennen können, was genau ich eigentlich zu wissen meinte, Christopher hatte mit Maria geschlafen, aber er hatte wahrscheinlich mit mehreren Frauen hier auf der Mani geschlafen, womöglich gab es diverse Männer in Stefanos Position, ich hatte nichts als einen vagen Verdacht.

Ich ging zurück in den Wartebereich. Zum ersten Mal war mir bewusst, dass ich verwitwet war, dass mir der Schutz eines Mannes fehlte, es war eine absolut atavistische Wahrnehmung. Hier im Eingangsbereich dieser Polizeiwache in Griechenland hatte ich plötzlich das Gefühl, die Welt – was bedeutete, die Welt der Männer – gehe ohne mich ihren Gang, ich war unsichtbar geworden, als ich dort auf der Türschwelle stand. Ich setzte mich auf einen der Plastikstühle. Der Mann mit der Kopfverletzung war verschwunden, erst jetzt fiel mir auf, wie seltsam es war, dass er auf die Wache gekommen war, ohne sich erst um seine Wunde zu kümmern, er hätte ins Krankenhaus oder zu einem Arzt gehört, vielleicht gab es hier in der Gegend kein Krankenhaus, oder es war erforderlich, als Erstes Anzeige zu erstatten, gewiss verlieh es der Sache mehr Nachdruck, wenn man dabei noch aus einer Kopfwunde blutete. Hätte Christopher das doch auch so machen können.

Doch obwohl ich, während ich dort saß, die Ungerechtigkeit seines Todes deutlich empfand – vielleicht war der Tod ja immer ungerecht, aber in manchen Fällen war er es ganz besonders –, konnte ich mir eine Auflösung, wie der Polizeichef sie evoziert und gleich wieder negiert hatte, nicht vorstellen: die Entdeckung eines eifersüchtigen Ehemannes oder Freundes, eines Mannes in Stefanos Position, eines Mannes, der Rache sucht. Der Gedanke widerstrebte mir zutiefst, nicht nur weil er Christophers Untreue bloßgestellt hätte, sondern weil er schlicht grotesk war, ein gehörnter Mann, der töten wollte – so jemand wäre mit einem Messer oder einer Pistole gekommen, er hätte nicht geplant, ausgerechnet mit einem Stein zu töten.

Nein, es war fast sicher das gewesen, wonach es von Anfang an ausgesehen hatte: ein Raubmord, ein dummer, simpler Tod. Trotzdem würde Mark den Polizeichef wahrscheinlich davon zu überzeugen versuchen, dass ein Schuldiger gefunden werden musste, er würde irgendeinen Anreiz bieten, war das nicht üblich so? Ich wollte schon aufstehen und wieder ins Zimmer zurückgehen, als Mark erschien. Er schaute grimmig drein und sagte bloß: Gehen wir.

Ich folgte ihm nach draußen, und als wir im Auto saßen, sagte er, ehe ich ihn bremsen konnte: Die werden die Ermittlungen fortsetzen, aber ich verspreche mir nicht viel davon. Anscheinend haben sie keinerlei Hinweise, nicht einen einzigen. Ich weiß nicht, wie ich das Isabella sagen soll, ich weiß nicht, was sie tun wird.

Stefano beobachtete uns. Ich hatte gespürt, dass er uns zuhörte, und als unsere Blicke sich im Rückspiegel trafen, zuckte seiner sofort wieder nach vorn, aber ich hatte noch gesehen, wie sich ein komplexes Gefühl auf seinem Gesicht abzeichnete, und Mark hatte es ebenfalls gesehen. Er beugte sich unvermittelt vor und schrie: Warum hören Sie uns zu, warum belauschen Sie uns? Was hat Sie mein Sohn zu interessieren?

Ich fasste Mark am Arm, er lehnte sich zurück, und dann begann er zu schluchzen, er sagte noch einmal, ich weiß nicht, was Isabella tun wird, ich weiß nicht, was sie tun wird. Ich nahm ihn, so gut es ging, in den Arm, er war ein stattlicher Mann, und das Auto holperte ziemlich. Er hielt meine Hand, während er in meinen Armen weiterschluchzte. Ich sah auf, und wieder trafen sich Stefanos und meine Blicke, wir schauten einander mehrere lange Sekunden an, dann richtete er die Augen wieder auf die Straße vor sich.

Wie geht es Maria, fragte ich ihn.

Er schaute mich nicht an, aber ich sah im Rückspiegel, dass er verblüfft war. Der geht's gut, sagte er dann, alles in Ordnung. Er schien sich unbehaglich zu fühlen, ich hatte ihn mit meiner Frage überrumpelt, ich beobachtete ihn weiter im Spiegel, aber er erwiderte meinen Blick nicht, schaute geradeaus auf die Straße, vielleicht war das notwendig, sie war in einem fürchterlichen Zustand.

Tief in seinem Innern musste Stefano gewusst haben, dass Christopher nur eine Manifestation – wie Ektoplasma aus dem Mund eines Mediums – des grundlegenderen und hartnäckigeren Hemmnisses in der Beziehung zwischen ihm und Maria war, des Problems seiner unerwiderten Liebe. Die Absurdität und Sinnlosigkeit von Christophers Tod entging auch Stefano zweifelsohne nicht. Aber was für ein Tod und von wessen Hand? Ich beobachtete Stefano weiter, während wir aus dem Dorf hinaus zum Hotel fuhren, Marks Körper schwer in meinen Armen. Was bedeutete die Erleichterung, die ich auf seinem Gesicht gesehen hatte, während er Mark zuhörte, galt sie der Tatsache, dass es keine Verdächtigen gab, kaum Spuren, ein Netz mit zahlreichen Löchern, durch die er entkommen konnte? Konnte es sein, dass er mit diesem Gefühl der Erleichterung – die Polizei hatte keine Ahnung, sie wusste nicht einmal, dass Maria Christopher kurz vor seinem Tod noch gesehen hatte – dort vorn saß, während er uns zum Hotel zurückbrachte, in dem Glauben, dass er immer noch ein freier Mann war?

Ein freier Mann. Der bald sein zähes Werben wiederaufnehmen würde, jetzt wieder alle Zeit dieser Welt hatte. Maria würde Trost brauchen, und Stefano war in der idealen Position, ihr Trost zu spenden. Wenn er klug war, würde er Christopher nicht zu sehr verunglimpfen (*dieser Dreckskerl, das geschieht ihm gerade recht*) sondern freundlich, einfühlsam, nicht nachtragend sein (*was für eine schreckliche, unfassbare Geschichte, ein Mann im besten Alter, nein, so einen Tod wünscht man wirklich niemandem*).

Und wenn er geduldig war, nicht zu sehr drängte (wozu er neigte, es war sein entscheidender Fehler, aber vielleicht hatte er ja etwas dazugelernt), würde sie sich ihm schließlich zuwenden. Denn so unbedeutend die Affäre mit Christopher auch gewesen sein mochte – ich vermutete, es waren nicht mehr als ein, zwei Nächte gewesen –, hatte sein Tod doch eine Lücke in ihr Leben gerissen. Wo zuvor eine Phantasie von Liebe gewesen war, von Flucht, der Kitzel eines unbekannten Mannes, war jetzt nichts mehr, man konnte eine Phantasie nur eine gewisse Zeit lang am Leben halten, insbesondere, wenn der Mensch, um den sie sich drehte, tot war.

Und dann würde Raum für Stefano entstehen. Vielleicht würde es nicht einmal sehr lange dauern – wenn man sich erst einmal entschlossen hat, falls Maria sich denn entschließen würde, kann so etwas ja ganz schnell gehen, vielleicht war das sogar der Grund, warum sie sich so gesträubt hatte, weil sie wusste, dass ab dem Moment, wo sie sich auf Stefano einließ, ihr restliches Leben klar vor ihr liegen, ihre Zukunft keine Fragen mehr offenlassen würde. Sie war noch jung, es war völlig normal, dass sie sich gegen solch eine Gewissheit wehrte.

Ob er nun schuldig oder unschuldig war, es ließ sich kaum leugnen, dass er in qualvoller Vorfreude dort vorn saß, die er mühsam zu verbergen versuchte, er hatte Hoffnungen für die Zukunft oder vielmehr eine Hoffnung, die sich immer noch als töricht entpuppen konnte. Aber das Erhoffte war greifbarer als je zuvor, in Reichweite, was er natürlich begriff, und so saß er jetzt im Auto und versuchte, eine hinlänglich trauervolle Miene zur Schau zu tragen – immerhin saß auf der Rückbank ein erwachsener Mann und weinte –, während in seinem Innern eine Symphonie freudiger Erregung erklang. Er reichte ein Papiertaschentuch nach hinten, das ich stumm annahm und Mark reichte, er putzte sich die Nase und sagte zu mir, zu Stefano, danke.

Ich überließ es Mark, Isabella Bericht zu erstatten. Er ging sehr langsam die Treppe hinauf – wenn er langsam genug ging, würde er vielleicht nie oben ankommen, nie seiner Frau gegenübertreten müssen –, es war offensichtlich, dass ihm davor graute, Isabella von den Ermittlungen zu berichten oder vielmehr von deren Stillstand, die ganze Aktion bereits versandet, dass er sich vor ihrer Reaktion fürchtete, es würde eine Szene geben, Hysterie, sie würde diese Nachricht nicht einfach so hinnehmen. Sie würde

Mark Vorwürfe machen, er bot sich als Zielscheibe natürlich an, sie würde darauf bestehen, dass er sich der Sache nachdrücklicher annahm (Lady Macbeth, die ihren Lord scharf tadelt), obwohl Mark doch gesagt hatte, da ist nichts zu machen, und ich glaubte ihm.

Aber war alles getan worden, wirklich alles? Auf meinem Zimmer zögerte ich kurz, dann griff ich nach dem Telefonhörer und wählte die Nummer der Polizeiwache. Ich wurde sofort zum Polizeichef durchgestellt – ich musste am Telefon nicht erklären, wer ich war, sie wussten es gleich, so viele Amerikanerinnen gab es hier nicht –, und er meldete sich mit einem vorsichtigen Ja? Ich sagte ihm, ich hätte noch eine Information für ihn, ob sie relevant sei, wisse ich nicht, aber da sie ja nach einer Frau Ausschau hielten oder zumindest gehalten hätten, nach Hinweisen auf eine Affäre –

Ja?

Er wurde ungeduldig. Ich öffnete den Mund, sagte aber nichts. Ja?, fragte er noch einmal. Kurzerhand sagte ich ihm, dass man Christopher mit einer anderen Frau am Kap Tenaro gesehen habe. Vielleicht stockte ich oder klang beschämt. Er fragte mich, warum ich ihm das nicht schon früher gesagt hätte, und ich antwortete, ich hätte es nicht vor Christophers Vater sagen wollen: Er hat gewisse Illusionen, was seinen Sohn betrifft, die man ihm erhalten sollte, Illusionen, die ich nicht mehr habe, worauf der Polizeichef einen Moment schwieg und dann sagte: Verstehe.

Aber machen Sie sich keine Gedanken, fuhr er fort, wir wissen von dieser Frau, es war nichts Ernstes, er hat sie am Kap Tenaro zurückgelassen, und dort ist sie noch. Es gibt keinen Ehemann, keinen Vater oder Bruder, und die Frau selbst hat ein perfektes Alibi, nämlich einen anderen Mann.

Ich schwieg. Die Polizei war kompetenter, als sie vorgab, was den Fall nur umso hoffnungsloser machte – es blieben weniger Möglichkeiten, neue Erkenntnisse zu gewinnen oder Erklärungen zu finden –, doch was mich aus der Fassung gebracht hatte, waren die unerwarteten Informationen über die Frau, eine weitere Geliebte von Christopher, die bis zu diesem Moment ein Abstraktum gewesen war, jetzt aber konkret zu werden drohte. Ich müsste nur fragen, dann würde ich mehr über sie erfahren, vielleicht sogar ihren Namen, ich wusste bereits, dass sie nicht verheiratet, vater- und bruderlos war, dass sie am Kap Tenaro wohnte und promisk lebte, zumindest nach bestimmten Maßstäben.

Verbrechen aus Leidenschaft werden vorzugsweise in Romanen begangen. Und auch wenn Ihr Mann – der Polizeichef hielt kurz inne – sich offenbar mit Einheimischen eingelassen hat, glaube ich nicht, dass es etwas anderes war als das, was es zu sein scheint.

Da waren noch andere, sagte ich.

Eine lange Pause folgte.

Ja, sagte er schließlich. Aber ich kann nur wiederholen: Ich glaube nicht, dass es etwas anderes war als das, was es zu sein scheint.

Kurz danach beendete ich das Gespräch. Ein rotes Licht begann zu blinken, sobald ich den Hörer aufgelegt hatte, eine Nachricht von Yvan, ich würde ihn zurückrufen müssen. Ich wählte seine Nummer, und er ging sofort ran.

Was ist denn los? Ich habe dir drei Nachrichten hinterlassen.

Tut mir leid.

Ist alles in Ordnung?

Ja. Isabella und Mark sind hier, es gab viel zu tun.

Natürlich.

Wir kommen wohl bald zurück.

Was ist mit den Ermittlungen?

Die gehen hier davon aus, dass sie den Mörder nicht fassen werden.

Wieso denn das?

Es gibt keine Hinweise. Keine Verdächtigen, keine Indizien – der Polizeichef hat uns mehr oder weniger erklärt, dass die Ermittlungen zum Stillstand gekommen sind, er hat gesagt, wir sollten uns keine Hoffnungen machen.

Yvan sagte nichts, also fuhr ich fort: In gewisser Weise wäre es einfacher, wenn es keinen Mörder gäbe, wenn Christopher einfach ein Opfer der Umstände geworden wäre. Wenn wir sagen könnten, es lag an der Situation.

Ich hielt inne, aber Yvan sagte nichts.

Bist du noch da?, fragte ich verunsichert.

Ja, sagte er, ich bin noch da.

Okay.

Red weiter.

Mehr gibt es nicht zu sagen.

Was passiert jetzt?

Das ist, glaube ich, nicht meine Entscheidung.

Du bist seine Witwe, sagte Yvan. Du bist seine Frau.

Ich schwieg.

Du hast es ihnen noch nicht gesagt, oder?

Wie könnte ich?

Machst du es noch? Spielt es überhaupt noch eine Rolle?

Ich weiß nicht.

Nach dem Gesetz bist du seine Frau.

Nach dem juristischen Gesetz – aber es gibt auch noch andere Gesetze –

Welche anderen?

Ich meine unsere inneren Gesetze, wir versuchen, das Richtige zu tun.

Und nach diesen Gesetzen –

Lasse ich Isabella und Mark entscheiden. Aber ohne sie auf die Idee zu bringen, dass ich irgendetwas anderes sein könnte als Christophers Frau, seine Witwe.

Weil sie das verletzen würde.

Weil ich – weil wir – ihnen wenigstens das doch zugestehen können. Sie haben bestimmte Illusionen, die ihnen erhalten bleiben sollten – ich verwendete den gleichen Ausdruck –, nachdem ihnen schon so viele andere genommen worden sind, zum Beispiel die, dass man als Vater oder Mutter nicht sein eigenes Kind begraben muss.

Geht es um Christopher?

Das verstehe ich nicht.

Ich meine, geht es dir um Christopher, nicht um Isabella und Mark, tust du das alles ihm zuliebe? Er hielt kurz inne. Christopher ist tot, das Versprechen, das du ihm gegeben hast, bindet dich nicht mehr.

Ich schwieg. Draußen sah ich eine Gruppe Männer in einer der Tavernen sitzen, mit Blick aufs Meer. Es war offenbar schon später, als ich gedacht hatte, die Sonne näherte sich dem Horizont, und die Männer tranken, vielleicht schon eine ganze Weile. Sie waren zu weit weg, als dass ich ihre Gesichtszüge hätte ausmachen können – aber ich hätte sie wahrscheinlich eh nicht erkannt, ich hatte im Dorf kaum eine Handvoll Menschen gesehen, war hier immer noch eine Fremde. Aber ich konnte Gelächter hören, offensichtlich amüsierten sie sich.

Bist du noch da?

Ja, sagte ich.

Er hatte natürlich recht. In *Oberst Chabert*, Balzacs Erzählung über einen Ehemann, der von den Toten zurückkehrt – ein Buch, das ich mal übersetzt hatte, allerdings nicht sonderlich erfolgreich, es war mir nicht gelungen, den richtigen Ton zu finden, die besondere Dichte von Balzacs Prosa einzufangen, ich übersetze normalerweise zeitgenössische Prosa, was etwas völlig anderes ist –, gilt der titelgebende Oberst als in den napoleonischen Kriegen gefallen. Seine Frau heiratet umgehend wieder, rechtmäßig, wie sie glaubt, und wird zur Gräfin Ferraud. Doch dann kehrt der totgeglaubte Oberst zurück, was ihr Leben völlig auf den Kopf stellt, und hier setzt die Erzählung ein.

Obwohl die Erzählung zugunsten des Oberst gewichtet ist – die Gräfin ist der Bösewicht in der Geschichte, sofern es denn einen gibt, sie wird als unreif, manipulativ und oberflächlich dargestellt –, stellte ich im Laufe meiner Arbeit an der Übersetzung fest, dass ich zunehmend Sympathien für die Gräfin entwickelte, es ging so weit, dass ich mich fragte, ob diese Gefühle sich in meiner Übersetzung niederschlugen, ob ich den Worten unbewusst eine entsprechende Gewichtung gab. Wobei diese Sympathien vielleicht gar nicht so abwegig waren, vielleicht hatte Balzac genau das beabsichtigt, genau diese Reaktion bei seinen Lesern hervorrufen wollen, was für ein furchtbares

Schicksal war es schließlich, treulos zu sein, in Bigamie zu leben, ohne sich dessen bewusst zu sein, das steckte alles in diesem Text.

Vielleicht war es genau dieser Punkt – letztlich wieder eine Frage der Treue, Übersetzer haben immer die Sorge, *dem Original treu zu bleiben*, eine unerfüllbare Aufgabe, denn es gibt zahlreiche, oft widersprüchliche Arten, dem Original treu zu sein, es gibt die wörtliche Texttreue, aber man kann auch *dem Geist des Textes* treu sein, eine wolkige Formulierung –, der mich jetzt an Chabert denken ließ. In meinem Fall war es nicht die unerwartete Wiederkehr des Ehemannes, sondern dessen unerwartetes Ableben, das zu einer Glaubenskrise führte, bewirkte nicht das Leben, sondern der Tod die Rückkehr der unerwünschten Beziehung, das Wiedereröffnen von etwas vermeintlich Abgeschlossenem.

War das nicht Yvans Befürchtung? Dass wir unter der Last dieser Beziehungstrümmer untergehen würden, die Grenze zwischen Leben und Tod war nicht undurchdringlich, Menschen und Dinge dauern fort. Chaberts Rückkehr ist im Grunde die Rückkehr eines Geists – nur Chabert selbst ist nicht klar, dass er ein Geist ist, nicht zu den Lebenden gehört, das ist seine Tragödie –, eines Geists oder vielmehr eines *homo sacer*: eines Mannes, der in den Augen des Gesetzes keinen Rechtsstatus besaß. Rechtlich betrachtet ist Chabert tot, die zentrale Figur des Buchs ist, nach Chabert und seiner treulosen Frau beziehungsweise Witwe, Derville, ein Anwalt (der Graf Ferraud – in diesem Falle Yvan – ist im Text kaum präsent).

Doch obwohl wir in der Illusion leben, es gebe *ein* Gesetz, das das menschliche Verhalten reguliert – einen universellen ethischen Maßstab, ein einheitliches Rechtssystem –, gibt es tatsächlich zahlreiche Gesetze, das war es, was ich Yvan zu sagen versucht hatte. War es nicht auch in *Billy Budd* so? Kapitän Vere befindet sich im Zwiespalt zwischen Kriegsrecht und göttlichem Recht. Er kann keine richtige Entscheidung treffen, und Billy Budds Tod verfolgt ihn, »Billy Budd« sind die letzten Worte des sterbenden Kapitäns (im Roman jedenfalls, die Oper – das von E. M. Forster verfasste Libretto – lässt Vere am Leben, Forster und Britten zogen es vor, das Opernklischee eines weiteren im letzten Akt tot niedersinkenden Sängers zu vermeiden).

Erst als Chabert begreift, dass sein rechtlicher Status sich von seiner Lebensrealität unterscheidet – dass er für die Gräfin nie etwas anderes sein wird als ein Geist, der die Lebenden verfolgt, obwohl er es nicht sollte –, erst als er begreift, dass eine Vielzahl von Gesetzen unser Verhalten bestimmt, lässt er es zu, dass man ihn in ein Armenasyl beziehungsweise Irrenhaus einweist, und akzeptiert seinen Status als *homo sacer*. Chabert gibt genau die Rechte auf, die zurückzugewinnen er Derville beauftragt hatte, die rechtliche Anerkennung seines Standes als Oberst und Ehemann, er rutscht durch die Maschen, entzieht sich sowohl dem Zugriff des Gesetzes als auch der Anerkennung durch das Gesetz, er hört auf zu existieren.

Aber von Christopher konnte man kaum erwarten, dass er ein zweites Mal starb. Und das Gesetz legte es geradezu darauf an, die Verbindung zwischen Christopher und mir zu bekräftigen. Wir waren verheiratet, daran konnte es keinen Zweifel geben – und doch waren wir es auch nicht, so wie der Oberst und die Gräfin es nicht waren, was immer der Anwalt Derville auch aufdecken oder beweisen mochte. Und so gab es trotz der offensichtlichen Unterschiede – das Leben findet nur selten seine Entsprechung in einem Roman, und das kann auch kaum Sinn und Zweck der Belletristik sein – Parallelen zwischen den beiden Situationen, einen Widerhall, der sich daraus ergab, dass jeweils zwischen dem Buchstaben des Gesetzes und der persönlichen Realität eine Kluft bestand. Die Frage war, welchem von beiden man folgen, welches man schützen sollte.

Na egal, sagte Yvan. Es ist nicht der richtige Zeitpunkt, um über so etwas zu reden.

Vor der Taverne war jetzt einer der Männer aufgestanden und hatte sich an den Rand der Uferpromenade gestellt, er hatte die Arme ausgebreitet und hielt ein Glas in die Höhe. Die anderen Männer feuerten ihn an, vielleicht brachte er einen Toast aus oder erzählte eine Geschichte, Männer unter sich, das gab es immer weniger, meist wurde es gezielt in die Wege geleitet – das sonntägliche Fußballspiel im Park, die monatliche Pokerrunde –, aber das war nicht das Gleiche, es war ein bisschen zu arrangiert, zu bewusst. Ich würde Christopher nicht in der Gruppe dort unten an der Uferpromenade entdecken, aber vielleicht war er noch vor einer Woche dabei gewesen, es war durchaus möglich.

Eine Gestalt aus einem früheren Leben, die einen zu sich winkt – insbesondere wenn dieses Leben unwiderruflich vorbei ist, wenn tatsächlich keinerlei Optionen mehr offenstehen, wenn keine Ehe gekittet, kein gemeinsames Leben wiederhergestellt werden kann, es kein Rechts oder

Links, Ja oder Nein gibt –, kann eine geradezu unheimliche Überzeugungskraft haben. Nicht umsonst werden die Lebenden von den Toten heimgesucht, die Lebenden können einander nicht auf die gleiche Weise heimsuchen. Wenn es darum geht, sich mit einem Lebenden wieder zusammenzutun, fallen einem im Nu all die Gründe ein, warum man das lieber nicht möchte (in den meisten Fällen, wie auch bei Christopher und mir, sind sie einem ohnehin präsent). Aber wenn es um die Toten geht, die in einem eigenen, abgeschlossenen Bereich verweilen, ist das anders.

Nein, sagte ich. Wir sollten darüber reden. Wir sollten darüber reden, bevor es zu spät ist. Yvan schwieg kurz und sagte dann: Okay. Dann reden wir darüber.

ELF

Was immer ich zu Yvan sagte, ich wusste, dass ich Isabella und Mark nicht von der Trennung erzählen würde. Nicht weil ich Isabella schützen wollte, wie ich es Yvan gesagt hatte, auch nicht aus Loyalität zu Christopher, wie Yvan es befürchtete, noch wegen irgendeines Versprechens, das ich ihm oder mir selbst oder sonst wem gegeben hatte. Ich würde es aus egoistischeren Gründen nicht tun: Weil ich den Eindruck erwecken wollte, dass alles so war, wie ich die Leute zu glauben veranlasst hatte, dass es keine Trennung gab, keine Zerrüttung unserer Ehe, keine bevorstehende Scheidung. Es war der Wunsch, weiter in dieser Sphäre zu leben – der plötzlich und unerklärbar lebendig gewordenen Sphäre unserer Ehe.

Inwieweit begriff ich diesen Zusammenhang damals, in den Tagen nach Christophers Tod? Ich würde sagen, zu jener Zeit waren mir meine Motive unklar. Ich handelte aus kaum verstandenen Gefühlen heraus – was man gemeinhin als *Instinkt* oder *Impuls* bezeichnet –, zunächst war der einzige Hinweis auf die grundlegende Veränderung in meinen Gefühlen gegenüber Christopher, gegenüber unserer Ehe die Tatsache, dass die Welt von Gerolimenas, in der ich eine Schwindlerin und die daher wertlos und unwirklich war, konkreter für mich geworden war als jeder andere Ort, so als hätte sich die Welt auf dieses eine Dorf auf dieser griechischen Halbinsel reduziert.

Und das umso mehr, je näher unsere Abreise rückte. Ich sah Mark und Isabella erst am nächsten Morgen wieder, als sie zum Frühstück kamen und wieder ganz die Alten zu sein schienen, höchstens vielleicht ein bisschen gedämpfter als sonst. Isabella blickte auf, als ich an ihren Tisch trat, und fragte unvermittelt: Können wir morgen abreisen? Ich hatte mich noch nicht einmal gesetzt. Hier gibt es nichts mehr zu tun, und ich würde Christopher gern nach Hause holen. Sie trug eine große Sonnenbrille, die sie nicht absetzte (vielleicht verbargen sich dahinter gerötete, verschwollene Augen), und sie nannte den Leichnam beim Namen, nannte ihn Christopher. Vorher war der Leichnam ein namenloses *Es* gewesen – es war eine Kleinigkeit, aber eine vielsagende. Sie hatte beschlossen abzureisen, also hatte sie auch beschlossen, nun anzufangen zu trauern, die Dinge zu benennen, allerdings nicht so, wie sie waren – eine verwesende Leiche –, sondern so, wie man sie gern hätte, das eigene Kind, noch ein lebendiger Mensch, mit einem Namen und unversehrt.

Isabella sagte nichts über die Ermittlungen – wie Mark sie davon überzeugt hatte, dass nichts zu machen war, war mir schleierhaft, alles in Isabella muss sich dagegen gewehrt haben. Sie wandte ruhelos den Kopf. Die Entscheidung, die Ermittlungen auf sich beruhen zu lassen – vermutlich nur vorläufig, vermutlich würde ihr Widerstand erneut aufleben, sobald sie in England war, auf sicherem Boden –, hatte sie irgendwie befreit, und ich sah, dass sie bereit war, abzureisen, sich in jedem Sinne weiterzubewegen, hier in Griechenland würde Christophers Tod fortdauern.

Ich möchte gern, sprach sie leise weiter, immer noch ohne mich anzusehen, obwohl ich jetzt neben ihr saß, die Stelle sehen, wo er gestorben ist, bevor wir abreisen. Sie sagte nicht, die Stelle, wo er umgebracht, oder die Stelle, wo er ermordet wurde, sie sagte, *die Stelle, wo er gestorben ist*, die Wortwahl bedeutete nichts und doch alles. Die Besonderheit seines Todes wurde bereits heruntergeschliffen, mit einem Lack überzogen, nicht umgebracht oder ermordet, sondern gestorben. Ich erwarte nicht, dass es mir hilft, sagte sie, aber ich möchte es trotzdem. Und danach will ich nie wieder hierherkommen.

Mark nickte, offensichtlich hatten sie das schon besprochen, er griff sogar über den Tisch nach ihrer Hand. Der Wunsch, an der Stelle zu stehen, wo ihr Sohn umgebracht worden war, einer Stelle wie jede andere, der Tod hatte seine Forderung an einem bedeutungslosen Straßenabschnitt geltend gemacht. Sie würde diese bedeutungslose Landschaft in etwas anderes verwandeln, es war ein Akt des Gedenkens, sie wollte, dass die Dinge zu etwas wurden, was sie nicht waren. Die Leere des Todes ist zu schwer auszuhalten, letzten Endes ertragen wir sie kaum länger als einen Tag oder auch nur eine Stunde nach dem eigentlichen Todesfall.

Es lag etwas Eigennütziges nicht nur in Isabellas Trauer, sondern in der Trauer schlechthin, bei der es letztlich ja nicht um die Toten, sondern um die Hinterbliebenen geht. Es findet so etwas wie eine Einordnung statt: Die Toten werden zu etwas Statischem, ihr Innenleben ist nicht mehr das unergründliche, unlösbare Rätsel, das es einmal war oder hätte sein können, auf einer gewissen Ebene interessieren uns ihre Geheimnisse nicht mehr.

Es ist einfacher, eine bekannte Größe zu betrauern als eine unbekannte. Der Einfachheit halber glauben wir an die Illusion unseres Wissens, schützen sie sogar. Ab einem gewissen Punkt würden die meisten von uns, wenn wir auf ein Tagebuch mit den innersten Gedanken des oder der Verstorbenen stießen, dieses nicht aufschlagen, sondern es unangetastet wieder an seinen Platz zurücklegen, allein sein Anblick wäre erschreckend. Auf diese Weise, dachte ich, machen wir Geister aus den Toten.

Ich kenne die Stelle nicht, sagte ich.

Mark hat einen Wagen bestellt, sagte Isabella. Sie wandte sich ihm zu und drückte seine Hand, es stand offenkundig wieder besser zwischen ihnen. Wir können heute Nachmittag hinfahren, nach dem Essen. Unser letztes Mittagessen in diesem fürchterlichen Restaurant, ich muss sagen, es wird mir nicht fehlen. Obwohl ich selbst schon etwas in der Richtung gesagt hatte, nahm ich ihr das übel, immerhin hatte ihr Sohn dieses Hotel ausgesucht, es war eine seiner letzten Handlungen gewesen. Sie schaute Mark noch einmal an und beugte sich dann vor. Jetzt war sie es, die ihre Hand auf meine presste, und dabei sagte sie: *Für dich ist natürlich gesorgt. Es geht alles an dich.*

Ich glaube nicht, dass ich das begriff – auf einer Ebene begriff ich es schon, jeder weiß, was die Sätze *für dich ist gesorgt* und *alles geht an dich* bedeuten, alles heißt alles. Aber auf einer anderen Ebene war ich verwirrt, es war ein so abrupter Richtungswechsel gewesen, oder vielleicht war mein Kopf nur bockig und verweigerte mir den Dienst. Was meinte sie mit *alles*? Da war die Wohnung, von der Christopher, als wir anfingen, von einer Trennung zu sprechen, gesagt hatte, und zwar fast beiläufig: Wenn es so weit kommt, solltest du die Wohnung behalten.

Aber ich war nicht darauf eingegangen, obwohl ich längst wusste, dass es so weit kommen würde – ich wusste nicht einmal, was er mit behalten meinte, ob er meinte, dass ich weiter dort wohnen sollte, während er sich etwas anderes suchte, was dann schließlich auch so kam, bloß war ich wenig später auch ausgezogen, sodass die Wohnung jetzt leer stand. Oder ob er meinte, dass die Wohnung in mein Eigentum übergehen solle – das war es, wovon Isabella sprach, was sie mit *für dich ist gesorgt* und *alles geht an dich* meinte, sie redete nicht von persönlicher Habe, Andenken oder Erinnerungen, sie redete von Geld.

Ich entzog Isabella meine Hand. Anlässlich unserer Heirat hatte Christopher darauf bestanden, dass wir beide ein Testament aufsetzten, eine morbide und, wie ich fand, ungewöhnliche Maßnahme, dabei wusste ich, dass viele unserer Freunde nach ihrer Heirat ähnliche Vorkehrungen getroffen hatten. Wenn man heiratet, denkt man automatisch an alle möglichen Eventualitäten, und solche Dokumente dienten der Absicherung gegen ebendiese Eventualitäten – es sei denn natürlich, sie ließen sie überhaupt erst wahr werden, der voreheliche Streit, der fast übergangslos wieder zur Scheidung führte, das Testament, das – wie in diesem Fall – zum Tod führte, viel zu früh und unvorhergesehen.

Hatten Isabella und Mark Christophers Testament schon eingesehen? War es sein Wunsch gewesen, *alles geht an dich,* oder hatte Christopher – am Tag seines Auszugs oder sogar schon früher – einen Termin mit seinem Anwalt vereinbart, die Verhältnisse haben sich geändert, ich möchte gern mein Testament ändern, andere Verfügungen oder eine andere Begünstigte. Oder vielleicht hatte er diesen Gedanken gehabt, ihn aber nicht in die Tat umgesetzt, es war ja nicht dringend – wem anders hätte er sein Geld vererben sollen? Wir hatten keine Kinder, er hatte keine Geschwister, seine Eltern waren selbst reich.

Aber falls er sein Testament tatsächlich geändert hatte, dann hatte der Anwalt – Christopher hatte bei Bedarf auf den Anwalt der Familie zurückgegriffen, einen Mann mit beruhigender Ausstrahlung, wir hatten es beide getan – Mark und Isabella vielleicht schon davon unterrichtet, Mark hatte ihn bestimmt sofort angerufen, als er von Christophers Tod erfahren hatte, und dann noch einmal, um Rat bezüglich der Ermittlungen einzuholen, und bei dieser Gelegenheit hatte der Anwalt womöglich gesagt, Christopher hat mich vor einem Monat, zwei Monaten angerufen, er wollte sein Testament ändern. Die Ehe war zerbrochen oder kurz davor gewesen. Falls Isabella und Mark das schon die ganze Zeit gewusst hatten, wie sollte ich mich ihnen dann erklären?

Christopher hat mich vor seiner Abreise angerufen, fuhr

Isabella fort. Ich habe dir das nicht erzählt, es schien mir nicht wichtig. Aber jetzt mache ich mir natürlich meine Gedanken. Er hat mir eine Nachricht hinterlassen und gesagt, er habe mir etwas Wichtiges mitzuteilen.

Ihre Stimme klang fragend, forschend. Ich konnte sie nicht ansehen. Christopher musste beschlossen haben, ihr von unserer Trennung zu erzählen. Ich lehnte mich auf meinem Stuhl zurück – es verstörte mich mehr, als ich es erwartet oder auch nur für möglich gehalten hätte, für ihn war es also wirklich vorbei gewesen, keine Hoffnung auf Versöhnung oder darauf, dass sich unsere Ehe womöglich noch kitten ließe. Ich war wohl errötet oder atmete seltsam, hatte das Gefühl, ich würde gleich in Tränen ausbrechen, Mark beugte sich plötzlich vor und fragte, ob ich ein Glas Wasser brauchte, ich winkte ab, ich sah, wie er und Isabella einen Blick wechselten.

Sie räusperte sich.

Wir haben uns natürlich gefragt, ob du schwanger bist, sagte Isabella. Er hat gesagt, er habe mir etwas Wichtiges mitzuteilen. Und da du nicht mitgereist bist –

Ich schaute sie verwirrt an. Sie konnte sich einen hoffnungsvollen Blick nicht verkneifen, auch diese Aussage war eigentlich eine getarnte Frage, *er ist geliebt gestorben, wir haben uns gefragt, ob du*. Ich antwortete nicht gleich – ich war zu überrascht, dabei hätte ich es nicht sein sollen, worauf sonst hofft eine Mutter, wenn ihr Sohn heiratet, als auf Nachwuchs? Die Erwartungen anderer Menschen, ein Horror. Und doch konnte ich diese ungestüme Hoffnung verstehen, die durch den vorzeitigen Tod Christophers, ihres einzigen Sohns, sicher noch stärker geworden war.

Ihre Augen ruhten immer noch auf meinem Gesicht, es war reine Phantasie oder Selbsttäuschung, eine Idee, die ihr durch den Kopf gegangen war – *etwas Wichtiges mitzuteilen* ist, genau wie *für dich ist gesorgt*, eine Wendung, deren Aussage eindeutig scheint, bis sie es plötzlich nicht mehr ist – und sich dann festgesetzt hatte. In ihrem Blick sah ich eine Andeutung von Gier und zugleich Misstrauen, ich hatte etwas, was sie wollte, ein Körnchen Information (war ich schwanger oder nicht?) oder sogar das embryonale Körnchen selbst, das phantasierte Enkelkind. Ich verkörperte eine Hoffnung, die Hoffnung, dass doch noch etwas das Grauen der sinnlosen Ermordung ihres einzigen Sohns abmildern könnte, ich verkörperte die Möglichkeit einer Fortsetzung, die zwar den Tod ihres Kindes nicht ungeschehen machen, ihm aber womöglich etwas entgegensetzen konnte.

Es wäre viel besser so. Ein Enkel, Christophers Kind. Das Kind, in dessen Gesicht sich Christophers Züge abzeichnen würden, eine Art Wiederauferstehung. Außerdem – der Gedanke war von Anfang an Teil der Phantasie gewesen, er trug wesentlich zu ihrer Anziehungskraft bei, sich selbst hätte Isabella das eingestanden, wenn auch vielleicht niemand anderem – würde dann das Geld, nicht nur Christophers Geld, sondern auch ihres, auf einen Nachkommen übergehen, jemanden, der mit Recht als Erbe bezeichnet werden konnte. Es gab keine anderen Nachkommen, und ich war eine Sackgasse, ich würde zweifellos wieder heiraten (ja, das würde ich zweifellos).

Ich nahm es Isabella nicht übel, dass sie solche kalten Überlegungen anstellte – ich nahm es ihr nicht übel, aber ich traute es ihr absolut zu –, es schien mir normal, vielleicht hätte ich genauso gedacht. Und ich hätte mir gewünscht, mit Ja antworten zu können. Einen Augenblick lang war es mir genauso unbegreiflich wie Isabella: Christopher war tot, und es war nichts von ihm geblieben, keine lebendige Hinterlassenschaft – denn das sind Kinder ja –, nichts als ein Gespinst von Gefühlen, die mit der Zeit verblassen würden.

Ich war nicht schwanger. Das Geld würde nicht in der Familie bleiben. Isabella und Mark würden ihr Geld auf verschiedene wohltätige Organisationen verteilen.

Ich bin nicht schwanger, sagte ich.

Sie nickte, hatte damit gerechnet, es war halt eine Hoffnung gewesen. Sie senkte den Kopf. Während ich sie ansah, schlich sich Argwohn in ihren Blick – ganz schnell, als hätte das Gefühl schon im Verborgenen gelauert, jederzeit abrufbar. Jetzt hätte ich es ihr sagen können – der Gedanke keimte ja schon in ihr, noch war es nicht mehr als ein Verdacht, aber der Samen war bereits aufgegangen, wenn ich nicht schwanger war, was hatte Christopher ihr dann sagen wollen? –, es hätte sie bekümmert, aber vielleicht nicht völlig überrascht. Es hätte eine weitere schreckliche Umstellung bedeutet, aber hätte das nach der Umstellung, die sein Tod erzwungen hatte, und im Wissen darum, dass ihr Sohn tot und nicht mehr auf dieser Welt war, noch so viel bedeutet, ja wäre es überhaupt ins Gewicht gefallen?

Ich zögerte – die Worte wären leicht auszusprechen gewesen, *Christopher und ich hatten uns getrennt, deswegen bin ich nicht mit nach Griechenland gekommen* – und doch war es unmöglich, sie zu sagen, sie stießen mich ab, ich ertrug es nicht mehr, diese Tatsache in Worte zu fassen. Eher hätte ich irgendeine dauerhafte Fiktion in die Welt gesetzt, eine alternative Realität, wir haben tatsächlich über ein Kind geredet, Christopher hat intensiv an seinem Buch gearbeitet, war kurz davor, es abzuschließen, danach wollten wir es ernsthaft versuchen.

Sie wandte sich abrupt ab.

Es ist ein schrecklicher Gedanke, dass Christopher nichts hinterlassen hat.

Er hat seine Arbeit hinterlassen, sagte ich. Er ist allein nach Griechenland gefahren, weil er sich ganz aufs Schreiben konzentrieren wollte, er war immer viel produktiver, wenn er allein war.

Seine Arbeit, wiederholte sie.

Vielleicht könnten wir eine Stiftung in Christophers Namen gründen.

Isabella rümpfte die Nase.

Eine Stiftung für was? Ich muss sagen, dass ich Stiftungen und Stipendien ziemlich leid bin. Sie tragen überhaupt nicht zum Gedenken an den Namensgeber bei. Aber darüber können wir uns ein andermal unterhalten, fuhr Isabella fort. Ich wollte dich einfach nur wissen lassen, dass du dir keine Gedanken um deine finanzielle Lage machen musst, ich kann mir nicht vorstellen, dass du mit deiner Arbeit viel verdienst, aber das sollte momentan wirklich deine allerletzte Sorge sein.

Ich begriff, dass die Verbindung zwischen uns, anders als ich es mir vorgestellt hatte, sich nicht einfach auflösen, sondern auf absehbare Zeit bestehen bleiben würde. Es gab Materielles, was uns als Hinterbliebene zusammenhielt, auch ohne Kind. Es würde Mittagessen mit Isabella und Mark geben, Telefonate, dieses Geld, das mir angeboten wurde, obwohl es mir eigentlich nicht zustand. Es bildete ein Glied in einer Kette, die nicht zerreißen würde, und ich würde durchweg die Rolle der trauernden Witwe spielen. Eine Rolle, die ich bereits spielte – die sanktionierte Version meiner selbst, meine Trauer, meine Gefühle, etikettiert und gebührlich im Zaum gehalten.

Doch in Wirklichkeit war meine Trauer unbehaust und würde es bleiben. Ich würde mir der Kluft zwischen dem, was war, und dem, was hätte sein sollen, ständig bewusst sein, würde befürchten, dass sie sich in meinem Gesicht zeigte, in der Art und Weise, wie ich über Christopher sprach, ich würde ständig daran erinnert werden, wie sehr meine Liebe zu ihm einer stärkeren, dem Ideal näheren Liebe hinterhergehinkt war, einer Liebe, die unsere Ehe aufrechterhalten hätte, selbst angesichts seiner Seitensprünge, einer Liebe, die ihn hätte retten können. Ich hätte aufopfernder sein können, hätte die Sorte Liebe zeigen können, die Isabella von der Frau ihres Kindes erwartet hätte, ja erwartete.

Wie oft haben wir die Gelegenheit, die Vergangenheit und damit auch die Zukunft umzuschreiben, unsere gegenwärtige Rolle umzugestalten – eine Witwe statt einer Geschiedenen, treu statt treulos? Die Vergangenheit unterliegt mannigfaltigen Revisionen, sie ist kein solider Untergrund, und jede Veränderung in der Vergangenheit diktiert eine Veränderung in der Zukunft. Selbst ein Wandel unseres Begriffs von der Vergangenheit kann eine andere Zukunft nach sich ziehen, anders als die, die wir ursprünglich geplant hatten. Die Vergangenheit ist nicht verlässlich, der Boden schwankt.

Wenig später standen wir auf. Der Wagen wird in einer halben Stunde hier sein, sagte Isabella. Und morgen fahren wir dann nach Athen und fliegen nach London zurück, ich habe die Tickets schon gebucht. Mark hat den Fahrer bestellt, den ihr gestern hattet – Stefano hieß er, glaube ich. Ich blieb stehen, es war ausgeschlossen, dass ausgerechnet Stefano uns an den Ort von Christophers Ermordung fahren würde, ich legte ihr eine Hand auf den Arm.

Was ist denn?

Würdest du Mark bitten, einen anderen Fahrer zu engagieren?

Aber warum denn? Ich dachte, du hättest dich schon vorher von ihm fahren lassen.

Ich hätte lieber einen anderen Fahrer. Bei diesem hatte ich – ich zögerte, wusste nicht recht, was ich sagen sollte – ein ungutes Gefühl.

Es war die richtige Formulierung, eine, die nichts besagte, aber viel andeutete, Isabella hatte sofort Verständnis, sie hakte sich bei mir unter. Selbstverständlich, sagte sie, es ist schwierig, wenn man als Frau allein ist, Männer können so eine Plage sein. Mark wird um einen anderen Fahrer bitten. Sobald sie das sagte, war mir klar, dass Stefano die Absage als Bestätigung seines Verdachts betrachten würde, Mark war das, was er zu sein schien, ein weiterer Fremdenhasser hier in Stefanos Heimat. Ebenso stand zu vermuten, dass mein erfundener Vorwand – wobei es in gewisser Weise durchaus der Wahrheit entsprach, ich hatte in Stefanos Gegenwart jetzt wirklich ein ungutes Gefühl –

Marks Neigung zu Vorurteilen nicht eben entgegenwirken würde.

Auf jeden Fall würde Stefano uns nicht fahren, und das war das Entscheidende, ich wollte den Fahrer nicht mehr wiedersehen. Wir verließen die Terrasse des Restaurants. Als wir das Foyer betraten, erschien ein eigenartiger Ausdruck auf Isabellas Gesicht, und ich sah sie einen Moment lang verblüfft an. Ihr Blick war starr, und sie hatte die Lippen geschürzt, sie schien verstört, war blass, fast so als hätte sie ein Gespenst gesehen.

Ich wandte den Kopf, um zu sehen, wo sie hinschaute. Das Foyer war leer, nur Maria stand an der Rezeption und sah uns unverwandt an, ich hatte sie nicht mehr gesehen, seit man Christophers Leichnam gefunden hatte. Mir wurde klar, dass sie nicht mich anschaute, sondern Isabella, und zwar mit einer Intensität, die für Isabella sicher verwunderlich war, denn natürlich wusste sie nichts von Maria, von deren Beziehung zu Christopher, wusste nicht, dass Maria in ihr keinen Hotelgast sah, keine Touristin, sondern die Mutter des Mannes, den sie geliebt hatte.

Und genauso, wie Stefano Mark betrachtet und ein Phantom von Christopher gesehen haben muss, betrachtete Maria jetzt wohl Isabella und sah eine feminine und somit verzerrte Version ihres ausländischen Geliebten, es muss bestürzend gewesen sein, Christopher in den weichen, femininen Rundungen von Isabellas Gesicht zu sehen, die gleichen Augen mit dem gleichen eindringlichen Blick. Die Frauen schauten einander weiter an, und ich beobachtete Isabellas Miene, in der die Verwirrung jetzt einer vagen Verachtung und Abscheu gewichen war, vielleicht fand sie Maria aufdringlich.

Aber das schien es nicht zu sein, denn Isabella schaute Maria weiterhin mit einem Argwohn an, der angesichts einer Unbekannten zu ausgeprägt war, und nun regte sich der Verdacht in mir, sie habe irgendwie erfasst (mütterliche Intuition), welcher Art die Beziehung zwischen Maria und Christopher gewesen war, warum das Mädchen sie jetzt derart anstarrte. Es war, als könnte Maria den Blick gar nicht mehr von ihr lösen, als wäre Isabellas Anblick einfach zu faszinierend.

Isabella errötete und wandte sich ab. Sie gab einen missbilligenden Laut von sich: Seltsame Manieren hat diese Frau, und ich war beruhigt, ich hatte mir das alles nur eingebildet, wie hätte Isabella die Verbindung zwischen Christopher und Maria erahnen können, die Tatsache, dass er mit dieser finsteren jungen Frau hinter der Empfangstheke des Hotels in viel jüngerer Zeit intim gewesen war als mit mir, seiner Frau, ein Unterschied von etlichen Monaten?

Sie setzte hinzu: Das ist genau die Sorte Frau, die Christopher gefallen hätte. Ich war wider Willen beeindruckt, sie kannte ihren Sohn weit besser als ich, wie oft hatte ich Maria gesehen, ehe ich sie wirklich wahrgenommen hatte? Isabella sah mich mit fragender Miene an, als unterhielten wir uns nur über die Eigenarten eines gemeinsamen Freundes, ich zuckte die Achseln und sagte, das wisse ich nicht, dazu könne ich nichts sagen, wir hätten ja nun offenkundig nichts gemein, diese Frau und ich. Sie warf Maria noch einen sorgenvollen Blick zu und wandte sich dann ab, als wäre die Sache damit abgeschlossen.

Das war sie auch gewesen, nur hatte Isabella unbedacht die Tür wieder aufgerissen, und sei es nur für einen Moment. Sie biss die Zähne aufeinander, als sie auf die Treppe zuging, als wollte sie sagen: Genug, es reicht, und ich erkannte, dass ihre Trauer ein Willensakt war, so wie alles bei Isabella. Sie sagte, Mark werde die Portiersfrau bitten, einen anderen Fahrer anzufordern, und ob ich in einer Stunde startbereit sein könne, und ich antwortete: Ja, sicher, ich komme ins Foyer herunter.

ZWÖLF

Man schickte uns einen anderen Fahrer, der uns zur betreffenden Stelle bringen würde. Mark zeigte sich nicht verwundert über die Bitte, diesen Wechsel zu veranlassen, vielleicht hatten meine auf Stefano gemünzten Andeutungen schlicht seinen eigenen Eindruck von dem Fahrer bestätigt, ihre Interaktion war nicht glücklich verlaufen, ungut war tatsächlich genau das richtige Wort dafür. Mark war kein Mann, der gern Szenen machte, doch genau das hatte er auf der Rückbank von Stefanos Wagen getan.

Das gedachte er zweifellos nicht zu wiederholen. Er saß mit gedankenverlorener, geradezu würdevoller Miene auf dem Beifahrersitz, ohne den Fahrer anzusehen, der sich uns nicht vorgestellt hatte. Isabella und ich saßen hinten. Es war gleich klar gewesen, dass keine von uns vorn neben dem Fahrer sitzen würde, Marks Kavaliersinstinkt ließ das nicht zu, als müssten Isabella und ich vor dem Fahrer beschützt werden, vor der Unannehmlichkeit, neben einem Fremden zu sitzen.

Als wir das Hotelgelände verließen, fragte Mark den Fahrer, ob er wisse, wo es hinging, und der Mann sagte, ja, Kostas habe ihm alles erklärt, er kenne den Ort. Als wären wir auf dem Weg zu einem örtlichen Restaurant oder einer Touristenattraktion. Isabella schaute mit einem angespannten, befremdeten Gesichtsausdruck aus dem Fenster, sie begriff nach wie vor nicht, was ihren Sohn hierhergezogen hatte, es würde ihr immer unerklärlich bleiben, egal wie lang sie in Griechenland blieb, ob sie den Ort seines Todes sah oder nicht. So betrachtet, war es richtig abzureisen, es gab für sie hier nichts Neues zu erfahren oder zu begreifen. Ich hörte, wie Mark zum Fahrer sagte: Wir wollen die Stelle sehen, wo unser Sohn gestorben ist.

Ich weiß bis heute nicht, warum er das sagte, er war kein Mensch, der dazu neigte, Fremde ins Vertrauen zu ziehen, er hatte nicht den Drang, sich lieb Kind zu machen, auch Smalltalk war nicht seine Sache. Doch obwohl der Fahrer, von einem kurzen Nicken abgesehen, nicht reagierte – es war schwer zu sagen, wie gut sein Englisch war, er hatte bisher nur ein paar Worte gesprochen, womöglich hatte er gar nicht verstanden, was Mark gesagt hatte, diese bizarre Mitteilung –, sprach Mark unaufgefordert weiter: Wir müssen das tun, bevor wir abreisen können, und der Fahrer nickte wieder, wie um zu sagen, das verstehe er, das sehe er genauso.

Der Fahrer war offensichtlich ein guter Zuhörer, er wusste zu schweigen, vielleicht war das in seinem Beruf notwendig, wobei es meiner Erfahrung nach üblicherweise die Taxifahrer waren, die ein Gespräch anfingen, sich etwas von der Seele reden mussten, war nicht auch Stefano so gewesen, zumindest mir gegenüber? Es war kurz still, dann sagte der Fahrer zu Mark in fast akzentfreiem Englisch: So etwas ist wichtig. Eine bloße Phrase, aber Mark nickte, und seine Miene erhellte sich, als hätte der Fahrer etwas Tiefschürfendes, außerordentlich Einfühlsames gesagt.

Vielleicht wollte Mark seinen Schmerz mit jemand anderem als Isabella, jemand anderem als mir teilen – ein fremder Mensch ohne eigenen Schmerz, auf den man Rücksicht nehmen müsste, ist manchmal ein besserer Trostspender als jene, die neben einem im Schützengraben des Verlusts kämpfen –, oder vielleicht genoss er den Kontakt mit einem anderen Mann, Mark war gern unter Männern, und er betrauerte den Verlust seines Sohns, eines weiteren Mannes, bislang waren sie zu dritt gewesen, sie beide und Isabella, jetzt war er mit Isabella allein. Mark sagte: Sie wissen, dass mein Sohn umgebracht worden ist, und der Fahrer nickte wieder, ja, schrecklich, er habe zwei Kinder, er könne sich nichts Schlimmeres auf dieser Welt vorstellen.

Mark wandte sich dem Fahrer zu. Wir könnten noch länger hierbleiben, aber wozu? Unsere Anwälte meinen, dass wir auch von London aus Druck auf die Polizei ausüben können. Es wird eine gerichtliche Untersuchung in England geben, der Staat hat sich eingeschaltet – schließlich wurde ein britischer Staatsbürger umgebracht, deswegen gibt es ein offizielles Interesse. Aber das bringt Christopher natürlich nicht zurück. Es heißt nicht mal unbedingt, dass man den Mann finden wird, der ihn umgebracht hat. Er hielt inne. Die Inkompetenz der griechischen Polizei übersteigt jedes Vorstellungsvermögen.

Es gibt keinen Grund für uns hierzubleiben. Aber zugleich ist es schwierig abzureisen, es ist schwierig abzureisen, ohne das Gefühl zu haben, wir würden Christopher im Stich lassen – unseren Sohn, er hieß Christopher. Wir nehmen ihn mit, er wird in England begraben. Und trotzdem kommt es mir vor, als ließen wir ihn hier zurück, hier sind einfach noch Fragen offen. Isabella schaute immer noch aus dem Fenster, als hörte sie kein Wort von dem, was Mark sagte, vielleicht hatte sie sich angewöhnt, ihrem Mann nicht zuzuhören. Wahrscheinlich fühlen sich die Überlebenden immer so, sagte Mark, alles, was man tut, kommt einem Verrat gleich.

Das war noch intimer als alles, was er bisher schon zu dem Mann gesagt hatte, es hatte etwas von einer Beichte. Er starrte auf die Straße vor uns, der Fahrer ebenso, zwei Männer, die auf eine Straße starrten. Nach kurzem Schweigen – der Fahrer blieb stumm, Mark schien ihn nun doch verstört zu haben – wandte Mark den Kopf zum Seitenfenster und schaute hinaus.

Wir waren die ganze Zeit ins Landesinnere gefahren, weiter als ich bisher gelangt war, hatten mehrere Dörfer hinter uns gelassen und befanden uns nun auf einem längeren unbesiedelten Straßenabschnitt. Auf beiden Seiten der einspurigen Straße stand verkohltes Gestrüpp, dazwischen Grüppchen versengter Kakteen, deren Arme herunterhingen und teilweise geschmolzen waren. Aus der geschwärzten Erde lugten schon wieder die ersten grünen Triebe, obwohl es nicht die Jahreszeit für neues Wachstum war, nichts war mehr normal. Vielleicht war es an so einer Stelle gewesen, zwischen zwei Dörfern, ein Abendspaziergang, Christopher machte so etwas gern.

Der Fahrer räusperte sich. Marks Rede musste ihm an die Nieren gegangen sein, sicher ahnte er, dass sie untypisch gewesen war, nicht zu dem angespannten, aufrechten Habitus dieses Engländers passte, dessen steinerne Fassade unter dem Druck seiner Trauer bröckelte. Es war die schlichte Wahrheit gewesen, als der Fahrer erklärt hatte, er könne sich das nicht vorstellen – den Schmerz, den Tod des eigenen Kindes. Wir sind gleich da, sagte er fast widerwillig.

Isabella erstarrte, ihr ganzer Körper wurde mit einem Mal steif. Vorne fing Mark jetzt wieder an zu reden, als hätte er den Fahrer nicht gehört, als wollte er die Bedeutung dieser Aussage leugnen oder zumindest noch wegschieben, er wäre gern weitergefahren, wenn möglich stundenlang. Kein Vater rechnet damit, seinen Sohn zu überleben, sagte er, das ist unnatürlich. Doch noch während er es sagte, bremste der Fahrer ab, und wir kamen außerhalb eines kleinen Dorfes zum Stehen, und jetzt sagte Mark nichts mehr. Ohne das Brummen des Motors war es plötzlich sehr still. Isabella rutschte auf ihrem Sitz herum.

Das ist die Stelle?

Ihre Stimme war hart und missbilligend, sie klang, als bekäme sie von einem inkompetenten Makler eine minderwertige Immobilie gezeigt, es tut mir leid, dieses Haus ist vollkommen ungeeignet, es ist nicht einmal ansatzweise das, was ich suche. Aber es konnte kein Haus geben, das groß genug für ihren Schmerz war, mit einer abrupten Bewegung schnallte sie sich ab und stieg aus. Mark saß vorne, die Hände im Schoß, er schaute Isabella nicht an, die mit der Hand auf dem Autodach draußen stand. Auch der Fahrer öffnete jetzt seine Tür und stieg aus, woraufhin sich Isabella ein paar Schritte vom Auto entfernte.

Woher wissen Sie, dass das die richtige Stelle ist?.

Der Fahrer schaute weg. Isabellas Ton war herrisch, als wäre Trauer eine Dienstleistungsbranche wie jede andere, die Trauer, die sie erlebte, entsprach nicht ihren Anforderungen, sie wollte mit der Geschäftsleitung sprechen. Im Wagen holte Mark tief Luft – ein geräuschvolles, rauhes Atemholen, der Mann sammelte sich –, dann öffnete er die Autotür und stieg aus. Ich tat es ihm wenig später gleich, ich konnte nicht im Auto sitzen bleiben, obwohl ich es gern getan hätte, ich wäre gern bis in alle Ewigkeit dort sitzen geblieben.

Sind Sie sicher, dass das die richtige Stelle ist?, bohrte Isabella nach.

Der Fahrer nickte, Ja, das ist sie, ganz bestimmt. Ich fragte mich, ob auch er, so wie Stefano, an jenem Morgen zufällig hier entlanggefahren war, ob er die Straßensperren und den Polizeiwagen gesehen hatte, vielleicht sogar den Leichnam oder das, was vom Leichnam zu sehen war, die Beine unter der Plane, die Füße verdreht. Diese Straße ist die schnellste Verbindung zwischen den beiden Dörfern, ein Dutzend Leute mussten an jenem Vormittag hier vorbeigekommen sein.

Ich wandte mich nach Mark und Isabella um, sie waren nicht weit gegangen, keine zehn Meter. Sie standen nebeneinander und schauten in die Ferne, über die geschwärzte Erde. Am Horizont ein Durcheinander aus Telefonleitungen, baufälligen Schuppen und verrosteten Ölfässern, eine Gruppe niedriger Betongebäude. Sie standen reglos da, berührten sich nicht, waren sich aber körperlich nahe, wirkten in gewisser Weise vertrauter, als ich sie seit ihrer Ankunft in Griechenland, ja überhaupt in den letzten Jahren gesehen hatte.

Und doch schien es kein Moment der Versöhnung zu sein, geschweige denn ein Abschluss, sie sahen aus wie ein altes Ehepaar, das sich in einer fremden Gegend verirrt hatte, außerstande, einander aus dieser Lage herauszuhelfen, woran sich im Handumdrehen ein furchtbarer Streit entzünden könnte, einer würde davonmarschieren, ohne sich noch einmal umzuschauen, der andere würde am Auto stehen bleiben, hilflos mit der Straßenkarte wedelnd. Wie konnte es so weit kommen? Was tue ich hier? Sie schauten auf die schwarze Erde, auf die verkohlte oder welke Vegetation, hofften womöglich auf irgendwelche Hinweise, aber da war nichts, es war ein Ort wie jeder andere, es gab nichts, wovon sie sich Aufschluss erhoffen konnten.

Ich sah zu, wie sie – wackelig, Isabella griff nach Marks Arm, um sich abzustützen – von der Straße auf den Seitenstreifen traten. Sie sahen plötzlich viel älter aus, als hätte nicht nur Christophers Tod, sondern auch dieser Ort sie altern lassen, einen Moment lang hätte ich glauben können, dass diesem Ort ein böser Geist innewohnte, wie jedem Ort, an dem ein Mensch getötet worden war; ein böser Geist, der ihnen das Leben ausgesaugt hatte, es gab viele solcher Geschichten in Griechenland, sie waren Teil der Tradition. Aus genau diesem Grund, erinnerte ich mich, war Christopher auf die Mani gekommen, ungeachtet dessen, was Isabella gesagt hatte, *Es ging bestimmt um eine Frau, Christopher konnte seinen Schwanz nie in der Hose behalten* – was ihn hergeführt hatte, war der hiesige Totenkult.

Beinahe so, als wäre er zum Sterben hierhergekommen. Er war nicht suizidal, Christopher hätte sich niemals umgebracht. Aber er war auf die Mani gekommen, um nach Zeichen des Todes zu forschen, nach dessen Symbolen und Ritualen, seinen obskuren Manifestationen, er hatte diese Landschaft betrachtet und ein Muster von Ritualen für die Toten und Sterbenden darin gesehen. Wie hätte sein eigenes Ende nicht in seine allgemeinen Überlegungen über den Tod eingehen, wie dessen Erwartbarkeit ihm nicht in den Sinn kommen können? Es war unmöglich, an seine letzten Tage zu denken, ohne den Schatten des Todes zu sehen, selbst seine Flirterei – eine hartnäckige, lebenslang gepflegte Gewohnheit – begann wie ein vergeblicher Protest gegen das drohende Ende auszusehen.

Ab einem gewissen Alter ist es nur noch eine Frage weniger Jahrzehnte, zwei oder, wenn man Glück hat, vielleicht auch drei, kaum der Rede wert. Und wie hatte er wohl im Bewusstsein des Todes über den Zustand unserer Ehe gedacht? Selbst wenn er die Trennung nicht bereute, war er womöglich für dieses Gefühl empfänglich gewesen, das ich jetzt hatte, dass wir nämlich ziemlich alt für einen Neuanfang waren. Christopher war acht Jahre älter als ich. Was hatte er gesehen, als er dort stand, in seinen letzten Momenten? Vielleicht gar nichts – vielleicht war es nur ein ganz gewöhnlicher Ort gewesen, alles völlig normal, bis zu dem brutalen Schlag auf seinen Hinterkopf.

Ich sah mich um. Diese Stelle fühlte sich nicht an wie ein Ort, an dem ein geliebter Mensch gestorben ist, ihr fehlte diese spezielle Vertrautheit – eine Vertrautheit, wie sie das Bett, in dem der geliebte Mensch geschlafen, der Schreibtisch, an dem der geliebte Mensch gearbeitet, der Esstisch, an dem der geliebte Mensch gegessen hat, sofort und mühelos für uns haben –, es war einfach nur ein einsames Stück Straße, einsam, aber nicht einsam genug, in der Ferne konnte man das Dorf sehen, ein Gewirr von Telefonleitungen, in dem verkohlten Gestrüpp lagen Abfälle, vor unseren Füßen zerbeulte Bierdosen und Zigarettenstummel.

Ich starrte auf die Zigarettenstummel hinunter, alle ziemlich neu, das Papier war erst leicht vergilbt, sie lagen überall, bedeckten den Boden. Es war merkwürdig, dass Leute mitten in dieser abgefackelten Landschaft stehen und eine Zigarette – womöglich sogar eine brennende, wer weiß – wegwerfen konnten. Vielleicht dachten sie, bei einer Zerstörung dieses Ausmaßes gebe es nichts mehr zu bewahren, tatsächlich war hier nichts mehr, ja es war unerklärlich, dass jemand lange genug hier stehen geblieben war, um eine Zigarette zu rauchen, unerklärlich, dass überhaupt jemand auf dieser Straße stehen geblieben war. Selbst wir – warum wir hier waren, wurde mit jeder Minute weniger klar.

Während ich Christophers Eltern betrachtete, fiel mir ein, wie ich ihnen das erste Mal begegnet war, ich hatte Isabella und Mark erst kennengelernt, als Christopher und ich bereits verlobt waren, und zu diesem späten Zeitpunkt hatte ich schon eine Menge über sie gehört, allerdings fast nichts Gutes. Er hatte erst sehr wenig über sie gesprochen, aber dann auf einmal sehr viel über sie und ihre Ehe zu sagen gehabt, ob es deshalb war, weil er selbst im Begriff war zu heiraten – er war nicht mehr jung, als er heiratete, hatte es eine ganze Weile immer wieder erfolgreich aufgeschoben –, oder einfach deshalb, weil sich diese Kammer, der Verwahrungsort von Christophers Gefühlen gegenüber seinen Eltern, insbesondere gegenüber Isabella, nachdem sie erst einmal geöffnet worden war, schwer wieder schließen ließ.

Insofern war mir bange, mehr, als es ohnehin der Fall gewesen wäre – als einfach gilt es ja selten, das erste Zusammentreffen mit den zukünftigen Schwiegereltern –, obwohl ich davon ausging, dass es nicht so schlimm werden würde, wie Christopher behauptete, er hatte schließlich selbst gesagt: Wahrscheinlich findest du sie hinreißend, sie sind sehr charmant, als wäre es ein Verrat, den ich bereits begangen hätte. Aber ich fand sie nicht hinreißend und auch nicht sonderlich charmant, und diese Grundstimmung besteht in unserer Beziehung bis heute. Ich weiß noch, wie ich ihnen am Tisch gegenübersaß – eines von zahlreichen endlosen Abendessen, nachdem sie mich erst einmal kennengelernt hatten, wurde es, ohne Diskussion und fast ohne dass ich es bewusst wahrgenommen hätte, zu einem regelmäßigen Termin, das monatliche Abendessen bei Isabella und Mark, etwas, was ich zu Beginn unserer Beziehung nicht hätte ahnen können – und dachte, wie sehr ich doch hoffte, dass unsere Ehe, die von Christopher und mir, nie so werden würde.

Hoffte, sage ich. Tatsächlich war ich von unbekümmerter Zuversicht erfüllt, es schien mir ausgeschlossen, dass wir so werden könnten wie Isabella und Mark, ich konnte mir keine Zukunft vorstellen, die ein so unheilvolles Ende zeitigen würde. Und ich hatte recht behalten, wir hatten nicht geendet wie Mark und Isabella, allerdings aus anderen Gründen, als ich zu jener Zeit dachte. Ich war damals so, wie junge Menschen angesichts älterer eben sind – auch wenn ich gar nicht mehr so jung war und Christopher erst recht nicht –, wie alle, die nicht glauben können, dass sie jemals alt sein, geschweige denn sterben werden, ich konnte mir nicht vorstellen, dass unsere Ehe wie ihre werden, geschweige denn zerbrechen könnte.

Aber genau das war geschehen, nach fünf Jahren. Fünf Jahre – ein Bruchteil der Dauer von Isabellas und Marks Ehe, die fortwährte, auch jetzt gerade fortwährte. Dort standen sie, kaum einen halben Meter voneinander entfernt, und ihre Ehe akkumulierte weitere Stunden, gewann an Dauer, Minute um Minute. Vielleicht war es eine schreckliche Ehe, auf Verrat aufgebaut – aber was heißt schon schrecklich, es gibt Fälle von Verrat, die von außen unverzeihbar erscheinen, aber dennoch verziehen werden, und es gibt Formen von Nähe, die nach allem anderen als nach Nähe aussehen –, aber trotzdem war es eine Ehe.

Meine hingegen hatte geendet – gleich zwei Mal. Es war kein Wunder, dass ich jetzt Christophers Eltern betrachtete und ihre Ehe mit neuen Augen sah. Es schien mir unvorstellbar, dass ich je etwas Verachtenswertes darin gesehen hatte, das Wort klang zu hart, aber es traf zu, es war die Wahrheit. Eines der Probleme, wenn man glücklich ist – und ich war sehr glücklich gewesen, als Christopher und ich uns verlobten –, ist, dass man selbstzufrieden und phantasielos wird. Jetzt betrachtete ich Isabellas und Marks Ehe und stellte fest, dass ich nichts begriffen hatte – hinsichtlich ihrer Ehe, aber auch der Ehe schlechthin, sie wussten Dinge, die Christopher und ich nie herausgefunden oder herauszufinden uns die Zeit genommen hatten.

Abrupt drehte sich Isabella um und ging zum Auto zurück. Ich glaube, wir sind fertig, sagte sie. Der Fahrer nickte, und Isabella setzte sich auf die Rückbank. Sie saß stocksteif da, starrte auf die Kopfstütze des Fahrersitzes, und ich sah, dass ihre Augen glasig von Tränen waren. Sie zog eine Grimasse, als hätte sie nicht vor, sich von ihrer Trauer unterkriegen zu lassen, dann straffte sie die Schultern und sagte: Mark? Kommst du? Ich möchte fahren, ich will hier nicht mehr sein.

Mark nickte dem Fahrer zu, und sie stiegen beide ein. Der Fahrer steckte eilig den Zündschlüssel ins Schloss und ließ den Motor an, und wir fuhren mit quietschenden Reifen los. Isabellas Kopf und Oberkörper wurden nach hinten geworfen, aber die Grimasse verschwand nicht, genauso wenig wie die Tränen in ihren Augen. Wohin soll ich fahren, zurück zum Hotel?, fragte der Fahrer, und Mark nickte. Ja. Zurück zum Hotel. Wann reisen Sie ab?, fragte der Fahrer, und Mark erwiderte: So schnell wie möglich, sobald wir gepackt haben.

DREIZEHN

In jenem Winter verschwand im Südpazifik ein Kreuzfahrtschiff. Ein Meteorologe in Neuseeland erhielt um zwei Uhr morgens einen Anruf per Satellitentelefon von einer unbekannten Frau, die erklärte, das Schiff sei in ein Unwetter geraten, sie gab ihre Koordinaten durch und fragte, welchen Kurs sie einschlagen sollten, um dem Sturm auszuweichen. Der Meteorologe, der die Nachtschicht allein bestritt, sagte der Frau, sie solle in einer halben Stunde noch einmal anrufen, bis dahin habe er sich kundig gemacht und könne ihr Ratschläge geben.

Aber die Frau rief nicht zurück. Wie in solchen Fällen üblich, löste der Meteorologe den Alarm aus. Rettungskräfte versuchten, das Schiff zu orten, mit der mysteriösen Anruferin Kontakt aufzunehmen, deren Nummer der Meteorologe und die Rettungskräfte in den folgenden Stunden immer wieder anriefen – die Leitung war nicht tot, es ging einfach niemand ran. Nun begannen die Rettungskräfte, andere Boote und Schiffe in der Region zu kontaktieren, um zu fragen, ob sie ein Schiff in Seenot gesichtet hätten oder überhaupt ein Schiff.

Als Nächstes wurde eine Militärmaschine losgeschickt, die das Gebiet, aus dem der Anruf wahrscheinlich gekommen war, absuchen sollte. Dies geschah sechsunddreißig Stunden nach dem Anruf – der ja weniger ein Notruf gewesen war als eine Vorsichtsmaßnahme, ein Anzeichen dafür, dass es zu einer Seenot kommen könnte –, aber auf See läuft die Zeit langsamer als anderswo, als auf dem Land oder in der Luft. Das betreffende Areal war riesig, ausgehend von den durchgegebenen Koordinaten hatte es einen Radius von über tausend Seemeilen. Viele Stunden lang suchte das Flugzeug die leicht bewegte, gekräuselte Meeresoberfläche ab, doch vergebens.

Eine Woche verstrich. Es waren 232 Menschen an Bord gewesen, Kapitän und Besatzung eingeschlossen. In dieser Woche angstvollen Wartens wurden die nächsten Angehörigen der Vermissten nach Australien eingeflogen, wo sie vorerst blieben – sie wurden von der Schiffsgesellschaft, einem kleinen Unternehmen, das auf Luxuskreuzfahrten spezialisiert war, in einem noblen Hotel untergebracht –, so als könnte die geographische Nähe ihre Angst und Anspannung irgendwie verringern. Tatsächlich kamen viele von ihnen aus Europa, durch ihre Reise nach Australien waren sie dem Moment, wo sie ihre Lieben, wenn diese erst einmal gefunden und an Land gebracht worden wären, in die Arme schließen konnten, um zwanzig Stunden näher.

Während sich die Suche ausweitete – mehrere Staaten waren mittlerweile beteiligt, die Geschichte fand besonders in England große Beachtung, die Kreuzfahrtgesellschaft, deren Schiffe sich durch besonders geräumige Kabinen und einen exzellenten Personalschlüssel auszeichneten, war speziell bei Rentnerehepaaren sehr beliebt –, begannen die Angehörigen ihres ausgedehnten Aufenthalts in Cairns müde zu werden. Neben anderen Annehmlichkeiten bot das Fünf-Sterne-Hotel schöne Ausblicke auf Bucht und Jachthafen. Doch der Blick aufs Meer wirkte nicht gerade beruhigend. Bald erinnerte der ganze Luxus die Angehörigen nur noch daran, dass sie nicht zu Hause waren, sondern sich in einer Art Schwebezustand befanden, im Ungewissen.

Tatsächlich waren diese Wochen nur ein Vorgeschmack auf all die Monate und dann Jahre, die folgen würden, in denen es – während die Suche langsam auslief und die Versicherungen sich darauf vorbereiteten, immense Abfindungen an die Familien der vermissten Passagiere und Besatzungsmitglieder zu zahlen – weiterhin keine Nachricht von dem Schiff gab und diejenigen, die an Bord gewesen waren, weder als tot noch als lebendig, sondern schlicht als vermisst galten. In den zahlreichen Interviews, die mit den Angehörigen geführt wurden (auch das hörte irgendwann auf, erst konnten die Medien gar nicht genug kriegen, und die Journalisten bedrängten die Familien mit Fragen, doch dann verloren sie plötzlich das Interesse, wie es so oft der Fall ist), sprachen diese darüber, wie schwierig es war zu trauern, da sie nicht wussten, ob sie weiter hoffen oder, wie einer es formulierte, *nach vorn schauen* sollten.

Dass dieses *Nach-vorn-Schauen* so schwierig war, lag nicht zuletzt daran, dass das Verschwinden des Schiffs eigentlich ein Ding der Unmöglichkeit war, für ein Kreuzfahrtschiff zwar klein, war es dennoch ein viel zu großes Objekt, um in unserem Zeitalter verlorenzugehen, insbesondere da es mit der modernsten Technologie und zahlreichen redundanten Sicherheitsmerkmalen ausgestattet gewesen war. Es gab keine naheliegende Erklärung, ja in der Region war nicht einmal schlechtes Wetter gemeldet worden – was den Anruf der unbekannten Frau umso rätselhafter machte –, und keinerlei Trümmer oder Wrackteile wurden je gefunden. Das Schiff war schlichtweg spurlos verschwunden.

Es gab viele Theorien über das Verschwinden des Schiffs, von einer Umweltkatastrophe (das Schiff sei im wörtlichen Sinne vom Wasser verschluckt worden) bis hin zu Geopolitik (das Schiff sei von Terroristen entführt worden). Eine der populäreren Theorien, die damals kursierten, besagte, dass die Passagiere an Bord sich mit der Besatzung verschworen und ihr eigenes Verschwinden orchestriert hätten. Sie hätten ihre Tickets gekauft, sich von ihren Familien verabschiedet und sich dann in Luft aufgelöst, wobei ein wesentliches Argument für diese Theorie die Tatsache war, dass die Route des Kreuzfahrtschiffs so abgelegene und exotische Orte wie die Insel Vanuatu (bekannt für ihre landschaftliche Schönheit und die Verehrung, die ihre Einwohner Prinz Philip entgegenbrachten) und die Salomonen einschloss.

Die Idee, dass alle Vermissten zusammen auf einer tropischen Insel lebten, war natürlich extravagant, und obwohl sie als Lösung durchaus attraktiv war – die Vermissten waren nicht tot, sondern lebten vergleichsweise glücklich in einer Art endlosem Urlaub an einem schönen Ort –, war sie nicht ohne Probleme, schließlich beruhte sie auf der Annahme, dass alle, die an Bord des Schiffes gewesen waren, unbedingt nicht nur ihrem Leben, sondern auch den Menschen darin entfliehen wollten, also genau den Menschen, die sich in der Hoffnung in Cairns versammelt hatten, hier mit den Vermissten wieder zusammenzutreffen.

Aber wird diese Sorte Verdacht nicht oft gegenüber den Toten erhoben? In unserem Fall gab es natürlich nichts so Katastrophales wie ein verschwundenes Schiff, und es war keineswegs fraglich, ob Christopher wirklich tot war oder doch noch lebte – er war eindeutig tot, es war eine zweifelsfreie Tatsache, kein Humbug –, und trotzdem hatte sein Tod etwas Ungeklärtes. Wenn man erst mal anfängt, nachzubohren, ist jeder Tod ungeklärt (der Endgültigkeit des Todes stehen die Wellen der Unsicherheit entgegen, die er nach sich zieht), und Christophers Tod war da keine Ausnahme.

Wie prophezeit, blieben die Ermittlungen erfolglos, und etwas mehr als ein Jahr später wurde der Fall geschlossen, still und leise und offenbar ohne dass es als Misserfolg betrachtet worden wäre. Die Polizei hatte nicht damit gerechnet, den Mörder zu finden, und schien daher weder überrascht noch enttäuscht, als ihre Ermittlungen ergebnislos blieben. Ich erfuhr es von Isabella. Die Ermittlungen sind eingestellt worden, sagte sie. Wir könnten darauf drängen, dass der Fall noch einmal aufgerollt wird. Aber es gibt keine Garantie, dass dann mehr dabei herauskommt, es ist sogar äußerst unwahrscheinlich. Es gibt keine Beweise, fuhr sie fort, die haben von Anfang an gepfuscht. Wir sind bereit, dieses Kapitel abzuschließen und nach vorn zu schauen. Aber erst wollten wir dich fragen, wie du das siehst.

Ihre Stimme klang tatsächlich fragend. Zu meiner Überraschung stellte ich fest, dass ich anderer Ansicht war, ich neigte dazu, die Ermittlungen wiederaufnehmen zu lassen, die erforderlichen rechtlichen Schritte einzuleiten, denn wie Isabella gesagt hatte, war von Anfang an nachlässig gearbeitet worden. Vielleicht gab es doch noch eine Chance, die Person zu finden, die für Christophers Tod verantwortlich war, und mit diesem Wissen das Kapitel dann wirklich abschließen und nach vorn schauen zu können (Isabella hatte sich sonderbar ausgedrückt, so sprach sie normalerweise nicht, ihre Erklärung war zweifellos einstudiert und unaufrichtig).

Bevor ich antworten konnte, fuhr sie fort: Außerdem wollte ich dir sagen, dass Christophers Investitionen – oder vielmehr die Investitionen, die Mark für ihn getätigt hat – ausgezahlt worden sind, es sind ungefähr drei Millionen Pfund. Ich war sprachlos, nichts hatte darauf hingedeutet, dass ich eine so große Summe erben würde. Unser Anwalt wird sich wegen der Details mit dir in Verbindung setzen. Es ist nicht sehr viel, sagte sie ohne erkennbare Ironie, das reicht heutzutage kaum, um ein Haus in London zu kaufen. Dann beendete sie das Telefonat ziemlich unvermittelt, sie sei müde, wir würden uns in ein, zwei Tagen wieder sprechen.

An diesem Tag erlebte ich das Gegenteil eines Abschlusses. Bereits am Abend hatte das Geld angefangen in meinem Kopf zu schwären, es vergiftete alles. Ich fand nicht, dass ich es annehmen, doch genauso wenig, dass ich es ablehnen könnte. Ich begann zu überlegen, welche Summe akzeptabel gewesen wäre, hätten eine Million Pfund mein Gewissen weniger belastet? Zwei Millionen? Spielte es eine Rolle, dass sich meine Gefühle für Christopher seit seinem Tod verändert hatten, spielte es eine Rolle, dass, wenn Christopher noch leben würde und wir die Scheidung in die Wege geleitet hätten – was zweifellos geschehen wäre –, die Hälfte des Geldes ohnehin mir gehört hätte, da ich in der Sprache der Scheidung die beschwerte Partei gewesen wäre?

Andere Leute beschäftigten Rechtsanwälte und zahlten horrende Summen, um ein Ergebnis wie dieses zu erzielen, das sich durch Zufall oder vielmehr durch ein Unglück eingestellt hatte. Ich fragte mich, warum Christopher mir nichts von diesem Geld, diesen Investitionen erzählt hatte – erst bei meiner Rückkehr nach London erfuhr ich, dass Christopher zwei Jahre zuvor, als unsere Ehe noch intakt gewesen war, eine stattliche Summe geerbt hatte, die Mark damals für ihn angelegt hatte. Ich fragte mich, warum er das Mark überlassen hatte, womöglich hatte Mark das Geld sogar unter seinem eigenen Namen angelegt, ich hatte nicht nach Einzelheiten gefragt. Vielleicht hatte doch schon der Gedanke an eine spätere Trennung im Raum gestanden, zumindest für ihn – so würde sich das Geld aus der Aufteilung der Vermögenswerte heraushalten lassen –, oder vielleicht war es auch pure Trägheit gewesen, Christopher brauchte dieses Geld nicht.

Genauso wenig, wie ich es brauchte. Und doch war es da, und irgendetwas würde damit geschehen müssen. Drei Millionen Pfund – ich war nicht geldgierig, und unter diesen Umständen war geldgierig das Letzte, was ich hätte sein wollen, dennoch musste ich feststellen, dass das ein Betrag war, der sich in der Phantasie einnistete. Mit drei Millionen Pfund konnte man, entgegen Isabellas Behauptung, sehr viel kaufen, es war eine Menge Geld, ein neues Leben, nicht nur ein neues Haus, das Haus, das ich mir wider Willen vorzustellen begonnen hatte.

Etwa eine Woche später erhielt ich über Facebook eine Nachricht von Stefano, der mir mitteilte, dass er und Maria geheiratet hätten, sie seien sehr glücklich und dächten daran, eine Familie zu gründen. Ich hatte keinen Kontakt zu Stefano gehabt, war erstaunt, dass er auf die Idee gekommen war, mich über Facebook aufzuspüren, über einen Account, den ich selten benutzte. Ich klickte ihn an und stellte fest, dass er auf seiner Profilseite einige Hochzeitsfotos gepostet hatte, die beiden hatten sich in dem Hotel in Gerolimenas trauen lassen und sich das Jawort – so entnahm ich es den Bildern – auf der steinernen Mole gegeben, auf der ich gesessen und zu Christophers Fenster hochgeschaut hatte.

Im Laufe des vergangenen Jahres hatte mich immer mal wieder die Befürchtung erfasst, ich könnte Stefano zu sehr gemocht und es daher zugelassen haben, dass mich das Interesse an seiner Not – die im Nachhinein betrachtet gar keine solche gewesen war, entweder eine Frau liebt einen oder eben nicht – blind gegen sein wahres Naturell gemacht hatte. Schließlich hatte er ein eindeutiges Motiv, ein Motiv, das stärker war als eine Handvoll abgegriffener Geldscheine, eine Uhr und ein Ehering sowie eine Kreditkarte, die dann mit allerlei Beträgen belastet wurde. Er hätte genug Zeit gehabt, um den Mord zu planen, hätte Zugang gehabt, ihm musste doch der Gedanke gekommen sein, *Wenn der aus dem Weg wäre, sähe die Lage anders aus.*

Jetzt aber war ich mir sicher, dass er nicht Christophers Mörder sein konnte, seine Facebook-Nachricht klang fröhlich und entspannt, er hatte bedenkenlos seine Hochzeitsfotos gepostet, Fotos, die absolut normal waren. Er hätte mir niemals so eine Nachricht schicken können, wenn er Christopher umgebracht hätte. Aber wenn nicht Stefano, wer dann? Seit diesen beiden fast gleichzeitigen Ereignissen, Isabellas Anruf und Stefanos Nachricht, kreisen meine Gedanken wieder um die Umstände von Christophers Tod und die Frage der Schuld.

An den meisten Tagen glaube ich, dass Christopher von einem Dieb getötet wurde, dass das Verbrechen und somit sein Tod unbeabsichtigt und zufällig war – wobei schwer zu sagen ist, was unter diesen Umständen schlimmer wäre, ein zufälliger oder ein beabsichtigter Tod. Es gibt Tage, an denen ich fast pausenlos an den Dieb denke – von dessen Existenz ich überzeugt bin, auch wenn er von niemandem gesehen oder beschrieben, geschweige denn gefasst wurde, und der jetzt frei herumläuft, ein Mensch aus Fleisch und Blut, und ein Leben führt, das durch die Art seines Verbrechens nicht verändert wurde, der womöglich weiter durchs Land zieht und unglückselige Touristen überfällt. Und ich finde es erstaunlich, dass wir absolut nichts über den Menschen wissen, der Christopher umgebracht oder jedenfalls tot zurückgelassen hat.

Wir wissen nicht, wie er aussieht, wir wissen nicht, ob er dunkles oder helles Haar hat, ob es lockig oder glatt, drahtig oder fein oder nichts von alledem ist, ob er Familie hat, ob es Kinder und eine Frau in einem Haus irgendwo auf der Mani gibt, ob er klein oder groß ist, vielleicht ist er ein kleiner Mann mit weichen Gesichtszügen und zarter Haut, warum nicht? Oder vielleicht misst er einen Meter achtzig, und seine Haut ist voller Aknenarben, auch das ist möglich. Der Mann – in gewisser Weise, auch wenn keiner von uns das ausspricht, der wichtigste Mann in Christophers Leben, der Mann, der ihm den Tod gebracht hat, so wie Isabella ihm das Leben geschenkt hat – ist ein unbeschriebenes Blatt.

Hingegen wissen wir – wenn wir wagen, es uns vorzustellen –, dass jene letzten Stunden intim waren, auch wenn es sich um eine Art von Intimität handelt, die von dem abweicht, was wir üblicherweise mit dem Wort verbinden – die um den Hals geschlungenen Arme, die auf der Schulter ruhende Hand, die Lippen am Ohr, die geflüsterten Worte. Dies war keine zärtliche Umarmung zwischen Liebenden, aber intim war der Kontakt zwischen den beiden Männern dennoch, ein Kontakt von der eindeutigsten, bedeutsamsten Art, gegen den jegliche erotische Berührung verblasst, auch meine, auch die all der anderen Frauen.

Sah er den Mann, sprachen sie miteinander, bevor er angegriffen wurde – vielleicht fragte der Mann ihn etwas, um ihn zu entwaffnen, nach dem Weg oder ob er ihm Geld wechseln könne oder ob er Feuer habe, irgendetwas, um ein Gespräch anzufangen und Christophers Schritt zu verlangsamen. Oder überfiel er ihn hinterrücks, sodass Christopher das Gesicht seines Angreifers nicht sah, ihm nicht in die Augen schaute – nicht einmal seine Gesichtszüge oder seinen Körperbau sehen konnte –, die einzige Begrüßung die stumpfe Gewalt des Steins, den er auf Christophers Kopf niedersausen ließ. Nicht allzu fest, nicht mit der Absicht zu töten, nur ihn benommen zu machen, ihm die Orientierung zu rauben, fest genug für eine Ohnmacht, nichts an den Spuren, die der Schlag hinterlassen hatte, ließ darauf schließen, dass ein Mord beabsichtigt gewesen war, es war Diebstahl, kein Mord. Höchstwahrscheinlich hatte der Mann gedacht, Christopher sei nur bewusstlos, werde mit furchtbaren Kopfschmerzen und etwas dehydriert wieder aufwachen, mehr nicht, etwas weniger Wucht, und Christopher wäre noch am Leben.

Immer vorausgesetzt natürlich, dass er von einem Fremden getötet wurde, dass er nicht etwa stolperte und sich den Kopf am felsigen Boden aufschlug – ein unwahrscheinlicher, unglückseliger Aufprall, aber nicht unbedingt ausgeschlossen, es sind schon seltsamere Dinge geschehen, die Autopsie hatte zutage gebracht, dass er getrunken hatte, dass er zum Zeitpunkt seines Todes alkoholisiert war. Mitten in der Nacht, diese Möglichkeit ist unendlich viel schlimmer, ein Tod ohne jede Würde, vielleicht war es das, was wir während der laufenden Ermittlungen am meisten gefürchtet hatten – ein Ergebnis, das noch schlimmer gewesen wäre als die faktische Ergebnislosigkeit –, die Bestätigung, dass es keinen Mörder gab, dass Christopher betrunken und allein herumirrend gestorben war.

Ein trister und absurder Tod. Deshalb ist mir paradoxerweise manchmal die Vorstellung lieber, dass Christopher seinen Tod irgendwie durch sein eigenes Handeln herbeigeführt hatte, mag es auch unbeabsichtigt und unwissend gewesen sein. Manchmal ist es tröstlich zu denken, dass sein Tod ein Ergebnis seines In-der-Welt-Seins war und nicht völlig willkürlich erfolgte, so als würde eine Existenz endgültig ausradiert, die schon zuvor keine Spuren hinterlassen, nicht ausreichend auf dem Leben bestanden hatte – dann wäre es wirklich so, als hätte er sich in Luft aufgelöst.

Sicher ist das der Grund, warum mir tief in der Nacht andere Szenarien in den Sinn kommen – dass es doch einen rachgierigen gehörnten Ehemann gab, den einer unbekannten Frau, die nicht Maria war, der ihm aus dem Dorf gefolgt war – *es gibt Gerüchte, dass eine Frau im Spiel war, ein eifersüchtiger Ehemann hätte den Fall für uns gelöst.* War es nicht möglich, dass die Ermittlungen ergebnislos geblieben waren, nicht weil es diesen Ehemann nicht gab, sondern weil das Dorf die Reihen geschlossen hielt – gegenüber der Polizei und damit auch gegenüber der Vorstellung, es könnte Gerechtigkeit für den Fremden, den Außenseiter geben, Gerechtigkeit für Christopher? Oder vielleicht kannte die Polizei den oder die Täter ja sogar und hatte beschlossen, ihn oder sie zu schützen.

Morgens freilich finde ich diese Gedanken immer absurd, und die Vermutungen, die mir nachts durchaus plausibel erscheinen, fallen in sich zusammen. Am helllichten Tag kann ich mir eingestehen, dass meine Phantasie nur etwas Dramatik in einem Tod sucht, der nichts Rätselhaftes hat und es nie hatte. Wenn jemand, den man liebt, eines unnatürlichen Todes stirbt, ist es normal, dass man nach einem umfassenderen Narrativ, einer tieferen Bedeutung sucht, der Schock der Ereignisse scheint das zu erfordern.

Aber letztlich jagt man damit nur einem Phantom nach. Die wahre Schuld finden wir nicht im Dunkeln oder bei irgendwelchen Fremden, sondern in uns selbst. Von allen Verdächtigen – die sich auf verschiedene Gruppen verteilten, in getrennten Narrativen existierten – hatte niemand ein stärkeres Motiv als ich. Ich hatte nicht nur ein Motiv, sondern gleich mehrere – eine riesige Summe Geld, die mir zufallen würde, einen fremdgehenden, leichtsinnigen Ehemann, der mich, zumindest dem äußeren Anschein nach, nur eben noch nicht verlassen hatte, und einen anderen Mann, der mich heiraten wollte. Die Motive hatten sich um mich zu einem Mantel verhärtet, in dem sich meine Schuld manifestierte – die Schuld der Lebenden, die unmöglich wiedergutzumachen ist.

Aber allen anderen schien das gleichgültig zu sein. Ungefähr anderthalb Jahre nach Christophers Tod verkauften wir die Wohnung – ich wollte nicht dort wohnen, und Mark und Isabella hielten es für den besten Weg –, und kurz darauf kaufte ich ein Haus im selben Stadtteil, etwa eine Viertelstunde zu Fuß von unserer alten Wohnung entfernt. Yvan und ich sind jetzt verlobt, und wir leben in diesem Haus, das zu groß für uns ist, in das wir aber, so sagen wir uns jedenfalls, hineinwachsen werden, wenn wir einmal Kinder haben oder zumindest eins. Das Geld, das Christopher mir hinterlassen hat – unabsichtlich, wie ich immer noch glaube –, habe ich bisher nicht angerührt, was Yvan wohl versteht, wobei ich nicht weiß, ob er denkt, dass sich das irgendwann ändern wird, in einem oder vielleicht zwei Jahren.

Ich bin mir nicht sicher, ob es sich ändern wird, nicht

einmal, ob die Beziehung zu Yvan Bestand haben wird, ich bin durchaus willens, aber er vielleicht nicht. Die Bedingungen unseres Kontrakts – der Vereinbarung, die wir getroffen haben, ungeschrieben und unausgesprochen, aber dadurch nicht weniger bindend – haben sich in gewisser Hinsicht verändert, er lebt jetzt in Verlobung mit einer Frau zusammen, die nicht frisch geschieden ist, sondern ihren Mann verloren hat und diesen Verlust weiterhin betrauert, auch wenn sie versucht, es vor ihm zu verbergen. Manchmal wenn ich neben Yvan im Bett liege, erinnere ich mich daran, wie ich mit Mark und Isabella in Griechenland war und befürchtete, sie könnten meine Verstellung durchschauen, die Künstlichkeit meiner Witwentrauer bemerken.

Aber sie unterschieden sich weniger, als ich dachte, die Trauer, die ich tatsächlich verspürte, und das, was ich für die rechtmäßige Trauer der rechtmäßigen Frau hielt – die Trauer, die ich nachzuahmen versuchte, während ich mit Isabella und Mark zusammen war und dann später in der Öffentlichkeit. Die Nachahmung wurde zum Ding an sich, letzten Endes gab es keinen großen Unterschied mehr zwischen der Trauer einer Ehefrau und der Trauer einer Exfrau – vielleicht sind *Mann und Frau* und *Ehe* nur Wörter, hinter denen sich eine viel fragilere, turbulentere Realität verbirgt, als eine Handvoll Silben oder ein noch so langer Text sie erfassen können.

Man sagt, dass die Trauer fünf Stadien durchläuft, dass alles noch einmal schlimmer wird, ehe es sich schließlich bessert, und dass die Zeit letzten Endes alle Wunden heilt. Aber was ist mit den Wunden, von denen man nichts weiß und deren Entwicklung man nicht vorhersehen kann? Eins weiß ich sicher: Wäre Christopher noch am Leben, dann wären Yvan und ich jetzt verheiratet. Es gäbe keine regelmäßigen Besuche bei Isabella und Mark, keine Planungstreffen zum Aufbau einer Stiftung in Christophers Namen (trotz ihrer Bedenken hatte Isabella schließlich doch beschlossen, eine Stiftung einzurichten), keine zu erwartende Veröffentlichung von Christophers zweitem, letztem Buch.

Es gäbe dies hier nicht und auch nicht die vielen damit verbundenen E-Mails und Telefonate. Es gäbe keine schlaflosen Nächte, kein Reservoir an nicht ergründeten, unbekannten Emotionen, das sich immer weiter füllt, immer größer wird, ein schwarzes, namenloses Loch, an dessen Steilrand ich zu liegen meine, starr vor Angst, und von dem ich niemandem erzähle. Gegen das meine Beziehung zu Yvan – die jetzige Beziehung, die Beziehung, auf die es ankommt, deren Details im hellen Sonnenlicht liegen, ja für meinen Geschmack viel zu hell erleuchtet sind, es tut weh, sie anzuschauen, es gibt nichts, was ich nicht sehen könnte – ankämpfen muss.

Manchmal scherzt Yvan, es sei verdammtes Pech, dass Christopher umgebracht wurde, und ich muss ihm zustimmen, es ist unglaubliches Pech, für alle Beteiligten. Yvan hat erst letzte Woche gesagt, dass er nicht weiß, wie lange er noch warten kann. Und obwohl ich hätte fragen können: Worauf? – schließlich war ich doch hier, bei ihm zu Hause, in seinem Bett, und wir waren verlobt –, wusste ich genau, was er meinte, und ich konnte nur sagen, es tue mir leid und ich stimme ihm zu – auch wenn keiner von uns hätte sagen können, worauf genau wir eigentlich warteten.

DANKSAGUNG

Ich danke Ellen Levine, Laura Perciasepe, Jynne Dilling Martin; Clare Conville, Geoff Mulligan, Anna-Marie Fitzgerald. Und jenen, die frühe Fassungen dieses Buchs gelesen und sich dazu geäußert haben: Karl Ove Knausgård, Meghan O'Rourke. Schließlich danke ich meinem ersten und besten Leser, Hari Kunzru.

Dieses Buch wurde mit Unterstützung der Lannan Foundation und des OMI International Arts Center geschrieben. Mein Dank gilt auch Ian Seiter, Stephanie Skaff und dem Hertog Fellowship Program des Hunter College.